·大河文丛·

小说集

炎阳下

袁鸣谷 著

黄河出版传媒集团
宁夏人民出版社

图书在版编目(CIP)数据

炎阳下 / 袁鸣谷著. — 银川：宁夏人民出版社，
2018.4(2023.8 重印)
(大河文丛)
ISBN 978-7-227-06898-3

Ⅰ.①炎… Ⅱ.①袁… Ⅲ.①短篇小说 – 小说集 – 中
国 – 当代 Ⅳ.①I247.7

中国版本图书馆 CIP 数据核字(2018)第 088512 号

大河文丛

炎阳下

袁鸣谷　著

责任编辑　周淑芸
责任校对　姚小云
封面设计　叶　莉
责任印制　侯　俊

 黄河出版传媒集团
宁夏人民出版社　出版发行

出 版 人　薛文斌
地　　址　宁夏银川市北京东路 139 号出版大厦(750001)
网　　址　http://www.yrpubm.com
网上书店　http://www.hh-book.com
电子信箱　nxrmcbs@126.com
邮购电话　0951-5052104　5052106
经　　销　全国新华书店
印刷装订　三河市嵩川印刷有限公司
印刷委托书号 (宁) 0027070

开本　660 mm×960 mm　1/16
印张　14
字数　180 千字
版次　2018 年 5 月第 1 版
印次　2023 年 8 月第 2 次印刷
书号　ISBN 978-7-227-06898-3
定价　45.00 元

《大河文丛》之序

张学东

我始终以为，但凡有河水流经的城市，总是令人产生无限的遐思；那些被河水长久滋养的土地，必能诞生神奇和壮美。

青铜峡素有塞上明珠、鱼米之乡的盛誉，山川锦绣，人杰地灵，滔滔黄河之水千百年来在此奔流不息，向世人诉说着一段段自秦汉以来的农耕历史。2017 年金秋时节，青铜峡作为宁夏引黄古灌区被正式列入世界灌溉工程遗产名录，这是中国黄河流域主干道上产生的第一处世界灌溉工程遗产，全世界将目光聚焦在这片创造了农耕文明的古峡圣地。而今适逢宁夏喜迎 60 年大庆之际，六卷文学丛书《大河文丛》即将付梓行世，这既是青铜峡作家们的一次集体亮相，更是向自治区 60 年大庆呈上的一份厚礼。

《大河文丛》主要囊括了近年活跃在宁夏文坛的鲁兴华、董永红、袁鸣谷、包作军、孙海翔以及秦兵六人的文学作品选集。此前他们的作品多发表在宁夏的《朔方》《六盘山》《黄河文学》等刊物上，并在区内外多次获奖。这六本书的作者有一个比较普遍的特点，即他们都扎根于青铜峡，有教师，有护士，有公司职员，也有机关干部等，他们长期生活在这片土地上，且是利用业余时间进行文学创作。他们的作品散发出泥土的气息、花草的香味，有时甚至如河水那般温润蕴藉，给读者带来美好的阅读体验。

鲁兴华在创作短篇小说之前，曾写过大量的微型小说，最典型的当数《"骆驼"的罗曼史》，可谓构思精巧，语言简练，故事不蔓不枝，通过寥寥数笔，就把小人物的喜怒哀乐惟妙惟肖地刻画出来。后来，她又改作短篇小说，依然延续了那种近乎白描式的创作手法。《旅途》可以说是她转型之后，最为出色的一篇短篇佳作。故事依旧非常简单，从旅行团队的一日游写起，大巴车上坐了形形色色的旅客，在短暂的相遇相识之后，看似美好的观光旅游开始了，可美中不足的是，旅途中人们发现团队中居然有一位按摩小姐——她其实是位心地良善、完全靠双手谋生的普通劳动者，而几乎所有的旅客都用有色眼镜看她。作者巧妙地通过那些冷漠的表情、猜疑的心态和世俗的眼光，洞悉了人性中很不光彩的一面，从而歌颂了来自底层的按摩工作者的淳朴与正直，批判了所谓中上层社会人士的狭隘与自私。

鲁兴华的另一篇小说也堪称出色，《一只羊的独白》以第一人称即动物的视角，生动展示了一只羊短暂的人世遭遇，从而唤醒读者久已麻木的心灵，就像老子所倡导的"齐观万物"的法则，我们人类并非这个世界的唯一主宰，该对一切生命常存敬畏之心。众所周知，短篇小说最是以"短"见长的，倘若在这短小的结构中涉猎了人类那些重大的命题，它在某种程度上也就变得宏大了。鲁兴华通过个人的不懈努力和创作，让我们看到了这种可能性。

另外一位女性创作者是董永红，她已先后出版过两部长篇小说。由于长期在医院工作，董永红对病者之痛、医者之艰难等医患关系，有着更为深切的体悟和了解，其短篇小说或侧重刻画病人家属的焦虑与困境，或真实记录一线医生的日常繁重诊疗。《等你长了头发》较为生动地讲述了患有白血病的琛琛在住院治疗期间，与张大夫等医护人员之间发生的感人至深的故事。琛琛的母亲为了给孩子治病，不停奔走于单调、繁忙、压抑的医院科室之间，孩子的病情无时无刻不牵动着她的心。让人略感欣慰的是，张大夫们对小患者总是和颜悦色地加以抚慰，尤其是母亲给孩子的那句承诺"等你长了头发"，在不知不觉中将故事的悲剧色彩淡化了，让人真切感受到至善亲情足以抵挡世上的一切病痛和灾难。

在董永红的《自愿书》中，有个叫蛮大胆的女医学专家，自小就在男孩子堆里玩闹嬉戏且从不甘示弱，后来做了医生果然是大刀阔斧手术精湛，而这个女医生最叫人惊诧的却是，逢人便会建议对方在生前签署器官捐献协议，经过她的软磨硬泡，最终故事中的"我和父亲"都签了这种自愿书。小说在看似闲散戏谑的叙述过程中，勾勒出一个另类医生的形象，同时，也将人们通常比较避讳的器官捐献话题推到读者面前，令人深思。在这个意义上，董永红的小说仿佛是专门为司空见惯的医院打开的一扇小窗，医者仁心，救死扶伤，ICU病室，孱弱的患者，焦虑的家属，凡此种种，使读者能更多地认识到这个平凡而又特殊的领域，从而也能更好地了解我们自己，尤其是我们的身体。

比之上述两位女作家的作品，袁鸣谷的短篇小说集《炎阳下》则更注重故事的奇特性，尤其是在语言、细节和情节等技术把握上，均有自己独到的地方。《墙上的猫》以旁观者的口吻慢慢讲述陈年旧事，"阳光下的恐惧是一种慢性病，在有增无减的过程中持续"，这样感性极强的句子，让小说呈现出某种久违了的光阴的质感，同时，也能感受到作者对语言文字的反复锤炼。《子弹壳》塑造了经常受人欺辱的男孩哑锁的形象，书写童年故事几乎是每个作家的拿手好戏，好在这个压抑悲伤的故事，最终没有完全坠入阴暗，作者让那群经常欺负哑锁为乐的坏孩子良心发现，从而为暗淡的童年岁月留下美好的一瞥。《炎阳下》的光哥曾是一度入狱过的劳改犯，人们对这样的人员或多或少会冷眼相向，无奈之际，光哥巧设骗局，并以自己有所谓的大人物做后盾，竟也蒙混过关将女儿办进了理想的学校就读，在看似荒诞幽默的故事背后，折射出的却是社会百态和人情冷暖。

这套书还辑录了两部散文作品集，即《褐色精灵》和《稻花香里》，作者分别是孙海翔、包作军。喜欢读书又勤于思考的孙海翔，去年刚刚出版了首部短篇小说集《拳手》，乡土、少年、顽劣和先锋，或者可以概括为那部集子的显著特质，它们集中展示了作者在富饶的青铜峡文学创作队伍中与众不同的一面。《褐色精灵》，主要是孙海翔多年来的读书随笔和散文短章，甚至多数是他发表在自己博客上的印记性文字，这些或长或短或轻或重的作品，恰好可以为一个已经取得了不俗成绩的小说作者找到一个可靠而清晰的注脚。散文创作其实并不那么简单，它并非文学创作的某项副业，恰恰相反，它需要作者有更加深厚的语言功底和生活积累，有更加自觉的结构布局和精神提炼，所谓形散而神聚。好在这方面孙海翔已经有了很强的自我意识，也就是说，他正在通过《褐色精灵》这样的散文篇章，不断地做出自己的尝试和探索，只要在路上，一切皆有可能。

包作军可谓是个多面手。多年以来，他既写微型小说、短篇小说，也擅长于散文创作，他往往能在多种体裁中自由穿梭。发表在《朔方》上的短篇佳作《裸泳》，可以视为包作军在小说领域的一次成功突破，故事以一种惊险而有趣的形式，为读者揭示婚姻生活中女性不为人知的情感世界，读罢让人印象深刻、感慨良多。散文集《稻花香里》是作者多年散文创作和实践的结晶，这些作品中最值得称道的，窃以为还是深情描绘黄河祭坛和故乡地三的风土人情的那些篇章。青铜峡的黄河楼、黄河祭坛建成之后，吸引了大批区内外游客驻足观光，而作为散文写作者，包作军几乎是第一时间用他独特的文字记述了故乡的这两大人文景观，从古至今，像黄鹤楼、滕王阁等宏伟建筑，均被文人们一次次地吟诵赞美，包作军也不例外，他的《千年河坛》既写得通透大气，同时也融入了自己的感思和忧虑。

"地三，是我们祖祖辈辈生长的地方；地三，也是粮食的故乡。地三，从最初的包氏三兄弟在此开拓，到张王李赵刘多姓氏杂居并处，从最初一片蛮荒之地，到最终成为在整个宁夏都颇具美誉度的村落，成为宁夏确定的十个特色产业示范村之一，并且正在规划建设目前国内面积最大的叶盛地三国家级农业主题公园，展示了生命的顽强、坚韧和从容。如今的地三，村舍、青烟相映成趣；高树、低柳俯仰生姿；绿草如茵，稻花飘香，瓜棚豆架，鸡犬相闻，安静地枕在大河的怀抱。"这些排比句阵是鲜活的、走心的，既可以看作是作者爱乡之情的真实表达，也可以理解为一种拳拳赤子之心，对于故乡，每个作家都应该肩负一种神圣的使命，即如何在自己笔下进行文学性的表述和颂扬，包作军巧妙地借用了古人"稻花香里说丰年"和"也傍桑阴学种瓜"的诗情画意，为读者展示其故乡地三"开轩面场圃，把酒话桑麻"的安逸与美好。

无独有偶，诗人秦兵也借助于《山水光晕》，以简洁疏朗的话语方式，以饱满而硬朗的诗行，更以边塞诗人的一唱三叹，不知疲倦地抒发着个人的美好情感，描摹着这片沧桑巨变的神奇土地，书写大地就是书写人生，赞颂故乡，就是讴歌人民！

概而言之，此次入选《大河文丛》的六位写作者，他们笔下所展现的这方水土，或侧重风俗民情，或揭示人生际遇，或歌咏生命和自然，六部作品共同为广大读者奏鸣出的旋律，犹如一曲感情充沛的交响乐，清澈激荡，真诚朴实，既传达出一定的时代风貌，又显示了个人的艺术才华，这些作品的出版必将引领青铜峡地区的文学爱好者们潜心创作、再创佳绩。

党的十九大报告振聋发聩地将"文化是一个国家、一个民族的灵魂"向世界宣示出来，一时间让文化自信与文化创新的号角，在九百六十多万平方公里的土地上响彻。作为宁夏的作家，实际上最困难的、也最具挑战性的就是如何能够站在一个文化的制高点上，更加清晰准确地审视和描摹我们所处的这一区域。党的十九大报告用了大量篇幅，为我们梳理了这个复杂多元且瞬息万变的大时代，只有深刻把握了时代的脉搏，作家们才能在创作中更好地表达对国家和民族的责任、对人民大众的真挚情感，才能更好地书写无愧于新时代的华彩篇章。而如何记录一个正在深刻变革的大时代，如何让我们滚烫的文字与当下复杂火热的生活现场相得益彰，正是作家们需要不断体悟和深思的。

不久前刚刚结束的全区第八次文代会上，石泰峰书记语重心长地指出，作家、艺术家要"欢乐着人民的欢乐，忧伤着人民的忧伤"。鉴于此，由青铜峡市委宣传部策划出版的《大河文丛》，就不仅仅是一次文学献礼，它更是为新时代新征程而发起的一次集结和检阅。如果说时代是出卷人，那么广大作家们也可以是灵魂的答卷人，心中有定力，笔下有乾坤，铁肩担道义，妙手著文章，唯如此，我们的文学作品才有可能传得开、留得下。

在本文行将结束时，我谨祝愿青铜峡这片土地上的人们永远安宁祥和，这里的作家们能在未来奉献出更多更好的得意之作。

是为序。

2018 年春节于塞上银川

张学东，1972 年生，宁夏文坛"新三棵树"之一，国家一级作家。现为宁夏作家协会副主席、《朔方》副主编、宁夏政协委员。个人先后入选"国家百千万人才工程""四个一批人才工程奖""享受宁夏政府特殊津贴专家""塞上文化名家"等。

目 录

墙上的猫

第一次到董府是二十多年前的事。

那时我还是省城师范学院美术系的一名学生，为了毕业创作，我把体验生活的目的地选在牛首山下的峡口回族聚居区。一来是很多同学都去了南部山区，担心回来后会出现"撞车"的局面；二来是银川距峡口只有半天路程，能省下许多跑在路上的时间。我当时很热衷于一种流行的超写实主义画法，它的绘制过程相当繁琐。拿了一个朋友写给他在当地乡政府工作的熟人的条子，很快，我就到峡口来了。

见到那个朋友的朋友，我边介绍自己边递上条子。他很仔细地看了看，然后把我领到乡招待所安顿下来。吃罢晚饭，朋友的朋友一脸歉意地对我说，这几天上头要来检查工作，他要忙着整理材料不能陪我下去了。我忙说没关系，你忙你的。心里想只要有吃有住，我还是更喜欢独来独往地四处走走。他给我介绍了几个地方，其中就有往北五里地的董府。我记住了这个名字，并决定第二天一大早就去那儿。

往北的路是一条笔直的石子官道，路两边是宁夏平原随处可以见到的黄泥村舍，只是这里的院门更讲究些，大都是一砖到顶的墙面和双扇铁门。走在低于宅基的大道上，是很难看见气派的门面后头的景色的，只有鞋底摩擦石子发出单调且快意的声响。那些乡村妇女，在我走过去时，一齐向我这个身背双肩包的生人投来疑惑的目光。

烈阳下

走到只见麦田不见庄子的地方，石子路摇身变成一条蜿蜒偏东的土道，我想大概快到地方了，就停下来想找个人打听打听。我发现自己已经站在一片寂静的田野上，天空平静得连小鸟的影子都见不到，满目青绿一望无际，麦苗在暖暖的阳光下散发出生涩的气味。好不容易看见一个背着口袋的男人从石子路上踽踽走来。走到跟前，我才看清这是一个四十岁左右的中年人，木讷地只管盯住前面的路。一件有补丁的灰布褂子很难说清它的本色，因为在领子下面、胳肢窝和缝纫线里，可以看出明显的青蓝颜色。在我向他问过路后，他没有搭理我，继续快速地往前赶。我碎步小跑着才追到和他并肩的位置，并再次大声地问他。这时我才发现，这个只顾埋头走路并且走得飞快的男人竟然是个哑巴。他朝土道前面的方向咿咿呀呀地努努嘴，继续往前赶路，他的身影很快就隐进前面的沙枣林里。

果然，走过沙枣林，就见一堵高大浑厚的老墙横亘在早春的原野上，在青苗翠绿和散点桃花的映衬下，透出几分霸气。

推开朽痕斑驳的大木门，我立时被眼前的情景撼住了：高大的府墙之内，一座旧时的官府豪宅盘桓在宽阔平坦的大院里，像一位饱经沧桑的老人，面向东方，在和煦的阳春三月，娓娓述说着无尽的凄美与破败。它不同于遗存各处的商贾府邸，除炫耀本身的资本外，还沾染上浓重的皇族气息，大有点天高皇帝远、唯我小朝廷的味道。我惊叹着它的美，它的一砖一石一草一木都能入进画里来，我终于找到了迫切要画的东西，它原来就在我眼前。

这时，从左侧的耳房走出一位老太太，老到快赶上这座宅子的年岁，苍白的头发在逆光中像一团白麻在缓慢地移动。寂静的院子里突然出现的这位老人，也出乎了我的意料。她佝偻着矮小的身子走到我跟前，用浑浊的眼睛仔细打量着我，看得我浑身发怵。她开始用一种夹杂点南方口音的本地方言询问我。当得知我是来这里写生的学生，她的表情变得温和了许多。她热情地把我让进她的小屋。我看见小屋的炕上就坐着刚才在路上遇见的男人。看见我们进来，他的眉头稍微舒展了些，但那张没有表情的脸依旧没有多少变化。很快，他就站起身来咿咿呀呀地走了，我注意到他背的那个口袋就落在屋子的一角。

　　这是一间陈旧的但归置得还算齐整的屋子，看上去比一般人家要简单得多。一盘土炕占据了屋子的一半空间，炕的中央卧着一只老白猫，个头很大，皮毛不算很纯，夹了一些老旧的杂色，看上去并不干净甚至可以算是脏兮兮的。沿墙贴满了早几年的报纸，有些发黄发暗，快要退进墙里。老太太热情地张罗着。看她麻利的身影，似乎又没有先前看上去那么老。她用一个印有毛体字的大瓷缸子给我沏了杯浓酽的砖茶。我不喜欢喝茶，自始至终没去碰那个缸子。她不停地问这问那，都是有关我们城里女孩子的事。她说话老有停顿而且前后不搭，反应明显滞慢，加上口齿含糊的夹生话，听起来有些费解。从她的问话中听得出囿居深宅的她，对外面的许多事情已经不甚了解了。我有些心不在焉，目光开始在屋子的细处扫起来。门口的小灶台是土坯砌成的，表面抹了一层薄薄的黄泥，露出和在里面的稻壳，就像一块镶了芝麻的干饼。唯一的一件旧柜子上，什么东西都没摆。一切都显得陈旧，连空气里都是一股陈年老醋的味儿，但这种陈旧感正接受着从木格窗外射进来的阳光的渲染，倒也使屋里显出几分温馨来。那只老猫仍然一动不动地盘卧在那儿，慵懒得令人生厌。这时，一个挂在炕头上约莫有书本大小的旧相框吸引了我的视线。那是一幅已经有些发黄的黑白双人照，照片上的年轻男女是那种生活在上世纪三四十年代大城市富裕人家的装扮。

　　"老奶奶，照片上的人是谁呀？"我往相框的方向凑了凑，问道。

　　"是我和老头子。"她边说边起身从墙上取下相框，端到我面前。

"老爷爷呢?"

她顿了一下,说:"死了,有七个年头了。"

"噢……那您有孩子吗?"

她没有马上回答我,眼睛里浮出一丝雾。

我的问话可能勾起了她心里的隐痛,我试探着改变话题。我问:"您不是本地人吧?"

她好像还停在前一个话题上,说:"老头子走后,儿子就随返城的知青回上海老家了。"

"您老家是上海的?"

"是啊,上海青浦的。"

"您怎么没跟儿子一块回去呢?"

"我在这里落下户口不好走了,老了再回去做啥,回去有啥意思……"

她说得很淡,并没有拿大城市和她的过去在我面前炫耀。

我隐约感觉这里面可能有一个委婉动人的故事,只是现在不好去追究。闲聊间,我发现不知什么时候,我的手已经被攥在她那双骨节粗大、皮肤像一块皱巴巴的黄油纸一样的手里,凑着我的矮小身子让人顿生怜意。我很难看出照片上的女孩和坐在面前的老人,她们之间能有什么内在和外在的联系。我问了有关这座宅子的事情,她只听说这里早先住过一个清末的大官,解放后改成县上的农技学校。她说她的老头子死前还是农技学校的老师呢。

接下来的日子,我每天都往返于招待所与董府之间。我走遍了这里的前院后院楼上楼下各个角落,凭着对它原初的冲动和感受,画了许多速写,但好像都没有达到我要表现的最好效果,那种感觉近在眼前,伸手可及,却总也抓不到。尽管每天都持续着阳光普照的好天气,就是站在明亮寂静的庭院里,我也能感受到来自暗处的恐惧。稍有响动,整个院子都是回声，好像连墙洞里都充满了回声，石头底下压的也是回声，甚至连你走路，都有回声像尾巴一样跟在后头。有两次我还看见一道白光在廊上一闪而过，好像是那只老猫的身影。我问过老太太，可她说不会的，猫咪一直都在屋里。的确，任何时候看去，那只猫都像个出土物似的卧在炕上，连窝都不曾挪过。阳光下的恐惧是一种慢性病，在有增无减的过程中持续着。我后悔当初没有叫上一个同伴来。我只有专注在画上，才能暂时忘掉周围咄咄逼人的冷惧。

老太太在前院门口喊我吃饭了。她的喊声在整个庭院里形成一股巨大的回声，在楼上的回廊里盘旋，追赶着恐怖的幽灵，向天井上头的空中缭绕扩散。

老太太的饭菜完全是地道的本地粗食，没有丁点油水，吃不出一点江南风味，看见那只令人厌恶的老猫，我甚至有些难以下咽。我每天都带上食堂师傅给我准备的烙饼，她不让我吃，说太凉，吃了对胃不好。我仍然坚持着每天带上两个。

吃着碗里的热饭，她问我："你不喜欢猫咪吧。"

"挺喜欢的，只是它大过了让人喜欢的年龄。"我说。

"是啊，它老得都看不见东西了。"

我伸出两个手指在老猫眼前晃了晃，果然，它的眼睛瓷瓷的像两枚铜扣子。

"它过去可是一只人见人爱的猫咪呢。"她停了一下，说，"老头子活着的时候可喜欢它了。"

我显出亲昵地摸了摸那堆东西，问她："那天那个哑巴大叔是干啥的？"

"哦，你说的是广义呀。他是老头子教过的学生，以前就在这个农技学校上学。"

"他生来就是哑巴吗?"

"不是,让人打的。批斗老头子那会儿替老头子说好话,让造反派打哑的!"

那年头批斗打人这种事我听得多,不觉奇怪,难以相信的是那个叫广义的男人竟能被打成哑巴。

"哑巴大叔经常给您送东西吗?"我又问。

"是呀,这些年我老了,不能下地干活,没有口粮,一直都是广义给我送粮送菜。要不我早就饿死了。"她唠叨着又说了些啥,我没听清楚。

第二天早起,外面的天色阴沉沉的,我问食堂的师傅今天会不会下雨,他说可能会下的。我犹豫了一会儿,还是提上东西出去了。果然走到半道,天上就淅淅沥沥下起雨来,刚进宅子大门,大院的地面就像密集的子弹射出一片水花。

整个下午我都在等雨停,可大雨一直在不知疲倦地下着。高屋顶上的青瓦被雨浇出淡淡的雾,阴沉沉的天空一点明朗的意思都没有,连照片上那对新人甜蜜的笑也好像隐去不少。那只老猫还是卧在老地方,一动不动地打着盹。我只能待在屋里整理那些画稿。我和老太太都缄默着做自己的事,像两个毫不相干的人。多数时间她都静静地坐在门口的小板凳上,目光茫然地盯在外面的景物上,眼睛里浮着雾,那是上了年纪的人常有的呆痴无奈的神情。

天渐渐暗下去,一层一层加重加厚。雨在下午小了,但没有完全停住,想想那段现在已是泥泞不堪的土路和空旷无人的麦田,我还是住下了。老太太到处找她那只猫,那只老猫不知什么时候已经不在屋里,炕上空空的,她对着雨幕唤了好几遍"咪咪"都没有反应。我想它不在屋里正好,否则我咋能睡得安心呢?晚饭后猫还是没有回来,她变得愈加呆滞了,沉默着一句话都不说,早早就爬上炕。我也只好和衣躺下,很快她就沉睡过去，喉咙里发出的呼吸声像扯皮纸一样，和屋外的雨声呼应着。我想着招待所里可以整夜不熄的长明灯，好不容易才睡着。

半夜里，我隐约感觉老太太起身走出屋去，心想她大概是出去起夜，我听到她的脚步声走得有些远了。我迷糊地等着又睡了过去。不知多久，我被一种奇怪的声音吵醒，拉长调门的絮叨好像醉汉发出的痛苦的呻吟，又像是那只老猫悠长的叫声。这声音在寂静的夜空下显得很透亮，也许正因其透亮，才能穿过梦境把我吵醒。等我完全醒过来时，一切又都沉静下去，只有老鼠躲在不知道的地方，发出如饥似渴的磨齿声。我赶紧翻身坐起来。屋里漆黑一片，只能从砖墙一样的窗格看到外面的天空泛出微弱的暗光，还有几枚星星熠熠闪动。外面雨停了，风也住了，能听见从屋檐滴到水罐里水滴的声响。我触了一下身边的老太太，被窝好像是空的，仔细摸，那里的确没有人。我想起她出去的时间应该不算短了，想着身上就涔涔地渗出汗来。这时我听见外面有人走在泥地上黏沓沓的脚步声，还有自言自语的唠叨声，这些声音几乎就在我耳边，紧贴着屋子的墙根传来。我壮着胆子走出屋，当然，我为自己设计好了退路，如果遇到不测，我就赶紧退到屋里，用事先准备好的木棒把门牢牢顶上，然后攥起那把刀……我摸黑把它们放在黑暗中一把就能拿到的地方。

外面的确是和屋里不一样的另一番景色。天空不算很黑，高屋顶上回旋着一股幽冥的气息，地上的湿处还有隐隐的反光，星星只有在站住时才能隐约出现。我第一脚就伸进烂泥里，已经有点稠的泥能踩出坑，有点踏实感，不用担心泥水会灌进鞋里。我在黑暗中摸索着，尽量探在白天有印象的凸处走，但并不确切。

约莫那声音不远了，好像就在南墙的拐弯处，已经能听出是老太太的絮叨声。我放慢脚步，提着身体尽量控制脚下的响动。走到墙根，我扶住墙壁，像是用双手在走，她的声音犹如贴着我的耳根咿唔，我离开墙，声音依然紧跟在我的身前身后。拐过前院的南墙角，声音停住了。我的视力已经适应了黑暗的环境，能看见早先下人住的一排低暗的平房，静静地摆在稍低下去的地方，后面就是漆黑的高大城墙。我一动不动地站在墙角等着。就在我等得快要失去耐心时，那声音竟在距我平行着不足十米的院墙边出现了，暗哑得就像冬天的木柴。我看见昏暗的墙根边一个漆黑如炭的矮小身影正对着面前的高墙说话。我惊出了一身冷汗。

黑影慢声慢气地唠叨着，是一句都听不懂的南方话，悠长的回音舌头一样地舔着对面的墙皮。说话间，那只老猫像一团白雾出现在墙头上，悠闲地踱着虎步……

第二天起来我就开始追问昨夜发生的事，她回避我的眼神，只是反复地说："我能看见呢，我真的能看见呢。"

"您能看见谁呢？"我问。

"看见老头子呢。我真的能看见他呢。"

"您看见老爷爷是啥样子？"

她不再躲闪我，盯着我说："我看见老头子那高高大大的身子，穿着一件白风衣，在城墙上走来走去，样子威风得很。"

我想起那只踱着虎步的猫，这时候它就静静地卧在原处。

"您经常能看见他吗？"我看着那只猫问。

"是啊，只要我想看到他，老头子就会在宅子的任何地方出现，有时他还到我的窗前来呢。"

"他能听到您说话吗？"

"听见呢，我每次跟他说话，他都听得可认真了。"

"那他跟您说话吗？"

"没有，他好像不能说话，总是默默地看着我。"

缄默了一会儿，我又问老奶奶："您不离开这里，就是为了常常见到他，跟他说话吗?"

她并没直接回答我。她看着窗外墙头蓬乱的荒草，欲言又止。

她给我讲了他们一生的故事。

一个上午我就这样静静地听着。

我不想把这个故事告诉任何人，它的浪漫甚至有些悲壮的色彩，是生活在这片地方的人们难以理解的，就像一部时下的言情小说，只是没有小说中那样一个圆满的结局。这个在现在看来老套的故事，竟使当初的我感动得浮想联翩。我想象着照片上的女孩就是我。

我求她带我到大爷的坟上去看看，她答应了。我用了很长时间给她仔细地梳了头。

下午我们一起到大爷的坟上去，她告诉我他的坟头就在城墙的西南边。从南边走要近得多，只是那条护城河（其实就是一条小沟），一天一夜的大雨，原来干涸的沟里已经注进腰粗的泥水。我们只好从北面绕过去。北墙根的地势要高很多，沙子埋了半个墙，风景和南面的截然不同。一片沙枣林顺着起伏跌宕的地势形成交叠的曲线，向远处的黄河延伸过去。因为是沙丘地，比干的时候好走。我们绕着墙根走了大半个城墙。拐过西南墙角，老太太指着前面紧挨墙根的一个土丘说，到了。那是个很不起眼的土丘，没有墓碑，几乎要和城墙混为一体，白色的盐碱像浪沫一样从低处的沟里涌蚀上来，发着晶晶的亮光，空气中散发着浸湿的枯草和生涩的新绿相互混合的气味。

老太太坐在土丘前，用她才能听得懂的老家话自言自语地唠叨开了，声音在阳光里透着暖意。

离开的那天，我走得匆忙，我把一支心爱的画笔落在宅子里了。

毕业创作完成得很顺利，那幅名为《老宅夕照》的油画给我带来意想不到的荣誉：被选送参加全国美展荣获二等奖，上了报纸和电视台的每日新闻，我也因此留校，成了一名令人羡慕的大学教师。画面上，坐在宅院门口石狮子旁边的老人，整个身体被老榆树枝丫交错的影子缠绕，像罩在网里的石像，执着地守望着。阳光的墙头上，一只白猫正预备向更高的墙上弹去，它看上去要年轻得多。

这以后我再没去过董府，不是没有机会，几次我都从它身边经过，我只是远远地看着峡口平原的那个方向。我是没有勇气走近它，走近那个带给我痛楚和震撼的老宅。

腊月里，有一位早先去珠海打拼的老同学带着妻小，开着私家车回银川过年。因为在这里还有生意的缘故，他求我陪他南方的妻子到宁夏的几个景点转转，我答应了。不知咋回事，我执意避开他们已有耳闻的西夏王陵、镇北堡和一百零八塔，驱车前往董府老宅。我把它描述得就像画一样美。老同学嬉笑着告诉他妻子，她就是画了那里出的名哪。

通往董府的土路已经变成柏油马路，在原先沙枣林的前面建了一个集贸市场，听说还是西北最大的皮货交易市场。市场里的人流熙攘不断。

天气依旧晴朗，老宅依旧咄逼在平原上。

走进大门，除了一点简单的修缮，老宅依然如故，灰色的屋脊被冬日湛蓝透明的天空映衬得更加挺拔。这时，一个西装革履的男青年从几个参观者中间向我们走来，他热情地介绍自己是董府文管所的工作人员，一口标准的普通话流利大方。应着同学妻子的询问，他开始前院后院滔滔不绝地讲开了。从宅子早先的主人如何征战疆场荣立战功，又如何被贬回故里，在弥留之年营造成这座三宫六院式的深宅大院……我一直注意这个年轻人，他和我见过的一个人很相像，只是一时想不起那个和他相像的人来。登上高大宽直已不见寸草的城墙，我开始和他攀谈起来。

"你是本地人吗？"我问。

"不是，我家在上海。"他微笑得很有教养。

"那你怎么到这里的？"

"我大学毕业应聘到这儿的。"

我笑了。我没有继续再问。等转到能看到那个小屋的角度时，我指着小屋问他："你知道二十年前住在那间屋子的老太太的情况吗？"

他惊讶地看着我，没有很快说出话来。他睁大眼睛显得有些激动的样子问我："阿姨，您认识我奶奶？"

我从他的脸上找到了二十年前在那个小屋里照片上年轻男人的影子。

"是的，二十年前我们就认识。"我说。

我们站在城墙上，他听我讲了二十年前的事情。他说他从没见过自己的爷爷奶奶，他说他是学历史的，毕业后不顾父母反对到这里来工作，就是想寻找爷爷奶奶的踪迹。他告诉我老太太已经在十年前去世了，是哑巴广义把奶奶和爷爷葬在了一起。

我们一起到他们的坟头去，我们是从南边过去的。路上，我一直走在他的前面。

坟头上立了两个石碑，是新立的。大爷的坟已经完全和墙面混为一体，下面爬满了枯黄的干草，在萧萧的寒风里轻柔地飘摇。我为紧挨他们多出的一个土疙瘩而奇怪，年轻人告诉我，那里埋着他们养过的一只猫。

中　途

　　这是一年中太阳最毒的一天，平原上连一丝风也没有。

　　一大早，有人看见，村外小路的土墙根前多了两个城里模样的人。他们在墙上刷写标语，勾勾描描忙活了大半个上午，只写出打头的两个字"要想——"。多数时候看见的是那个个头稍高、年岁稍大、长相憨实的小伙子，他一直定定地站在那儿，在烈日下面，不停手地勾着大字的轮廓。"要想——要想干啥呢？"过往的人念着，猜测着这两个字后面的内容，热心的人还反复来上几次，每一次看见的还是那个"要想"。

　　一个老汉赶着羊群从旁边经过，站下身对着墙面掉过来倒过去地看，也没看出个究竟。羊群钻进玉米地，发出哗啦哗啦啃食的声响，老汉朝玉米地里怪怪地喊了一嗓子，这一声把埋头写字的小伙子惊了一跳。小伙子回过头，循着喊声看了看老汉，然后又掉过头去勾墙上的字。

　　写字的小伙子叫杜平。勾完最后一个字的最后一笔，杜平直起身，对着墙面沉重地嘘了一口气，仿佛把集聚了很久的耐心一下都释放了出去，随后，身子和心绪都松软开了。

　　这是写在村外土墙上的一条标语：要想富——少生娃娃多栽树。红色的宋体大字。当然，这是完成以后的效果。

　　"树"字勾得过于仓促，一个草草的收尾，完全没有字体所要求的那个力度。如果再补上两笔，它也是会有模有样的，杜平有这个把握。

就是这看似容易的两笔，他停下了。

他要让这个败笔先留在墙上一会儿。

杜平把手里的画笔朝离他五米远的一个涂料瓶子投去，漫不经心，完全就是卸重后的随手一扔。细长的笔杆飞了出去，轻盈地在空中滑出一道红线，准确地插入瓶口，甚至没发出一丝该有的声响。你想想，五米外的玻璃瓶子，小胳膊粗细的瓶口，那是几万分之几的可能呀！杜平的目光惊喜地追随着那根画笔。画笔落入瓶子，受到黏稠液体的阻力，缓缓顺着瓶颈往下滑，滑到一根烟的长度时停下了。他急忙寻向身边的樊晃子，惊喜还牢牢地保留在脸上。

他没有一下捕捉到他。樊晃子并不在他该在的位置上。杜平掉过头，才看见他躺在路那边的树荫里，敞开褂子，裸着两排肋巴，正埋头拨弄着手里的机子。

土墙周围没有任何遮挡，路边的小树全是半人高的秃桩桩，只有樊晃子跟前的那棵树能遮出巴掌大的一块阴凉。樊晃子躺在那块树荫里不知多久了，他只描了前面的两个字，而且一个比一个糟糕。字的边线描得弯弯曲曲，色也填不匀，斑驳地暴露着粗粝的墙皮，比狗舔了还要难看，完全把他勾的字形给扭曲了，践踏了！杜平的心里仿佛被一头毛驴踩过一样难受。

杜平会写一手漂亮的美术字，派樊晃子来就是给他打下手的。来的时候主任说得非常明确。描字就是打下手的活，只要心细，啥脑子都可以不费。可现在呢？这种不费脑子的事他都没心干。这时的樊晃子很轻淡地瞟了他一眼，那样子分明没把他的不快放在眼里。这一瞟，也在杜平的心里腾地点了一把火，这股火还包括他要重新回过头去给他擦墙上的屁股。他有理由让自己先愤怒一会儿。

真是个成事不足败事有余的鳖孙子！杜平暗暗地骂着樊晃子。他的眉头上蓄了好多汗，沉甸甸的，一眨眼睛，汗水就会噼里啪啦地往下掉。他用胳膊肘抹了一把脸，重重地吐掉分泌出来的一口唾液，坐在墙边的土坷垃上，斜过头盯着西面的村子。

西面的村子叫沙窝湾，是主任的老家。一条小路，几十家簇拥在一起的土砖房，和平原上的其他村庄没有什么两样。就是这看似平常的平常里却洋溢着一种莫名的亲切，渐浓渐淡地贴近他，萦绕着他。连路上偶尔跑过的小孩，走过的老乡，咩咩而去的羊群，都透着一股温厚亲和的力量。

的确，杜平是带着满满的笃定来的。一下车他就铆足劲，写得格外用心，可以说除了最后那个"树"，其他的字都是在一种超常的状态下勾成的。土墙是搭过温棚遗留的，山形的墙面还算平整，地理位置相当突出，东来西去的人一眼就能看到它。等大字描成鲜艳的红色，再把衬底涂上嫩嫩的苹果绿，那个鲜亮、那个夺目自是不必说的。对此杜平心里早就有数。现在，他用描花样的心境勾的字被樊晃子搞成这样，给谁谁不窝火？

杜平呆呆看着小路尽头的村子，一块块黄泥墙静静地摆在平原上，在葱绿的庄稼堆里，被太阳照得璨璨发亮。忽然他觉得主任就在庄子上看他，神情那么冷静，身上立刻就被无数条蚂蟥叮着，痒得坐都坐不住。

"过来吧，坐在那里多热。"樊晃子在那块树荫里叫他，声音润得像河里的蛤蟆。

杜平瞧了瞧，还是慢腾腾地靠过去。虽然那里躺着一个可恶的家伙，但那块阴凉却是有足够诱惑的。坐下后，他继续看着远处。村子被树枝挡住了，他仍旧盯着不放，专注得没有一点缘由。

"慢慢干嘛，就这几个字，早早干完，主任还以为我们又咋凑合了。"樊晃子碰了碰他的胳膊，递过来一根烟。

他迟疑地接过烟。樊晃子没给他点火。杜平顺手把那根烟别在耳朵上。

"你说主任派我们来，说明啥？"樊晃子问，贴近耳根的声音带着些诡异。

杜平睨了他一眼："啥？"

"这说明主任信任咱们呗。"樊晃子坐起身，往他跟前凑了凑，"你也不想想，我们单位又不是宣传部门，为啥要来干这种毫不相干的事情？主任一向怕人说闲话，这一次又是来他老家，而且早晨安排工作的时候也没当着大伙的面说。你说，是不是带着私情的成分。这种私事他为啥单单派我们？他完全可以和文化馆的张馆长联系，他们是老关系，还不是打个电话的事嘛。"

樊晃子分析得的确很细，把杜平隐约觉到的东西又给细化了一层。杜平一抬头看见对面墙上的那两个烂字，心里的不悦又丝丝缕缕地浮出来。他想说：你明明知道领导很信任，你还这么干？话到了嘴边，又被他咽了回去。

"不就是下乡写几个字嘛，就因为是来主任的老家，至于这么想吗？"杜平慢腾腾地说出了这句话，脸上有意露出些不屑。

樊晃子再没吱声，又躺展了。他伸出舌头缓慢地舔了一圈嘴唇，把一条腿高高地架在另一条腿上，两只空鞋撂在一边，脚指头在空中悠悠地晃着。

樊晃子看见一只肥胖的蛤蟆慢慢往渠坝上爬，四条腿软软地挪动着。他摸起一块土坷垃扔过去，没有打中，又摸起一块扔去，还是没有打中。土坷垃在蛤蟆的前面和后面溅起两团尘烟。蛤蟆定了定神，掉过头，慢慢地往回爬。

看完那只蛤蟆，樊晃子掉过头对他说："听说主任的老妈还住在庄子上。"他稍稍停顿了一下，"待会我们到小卖部买些东西去看看老太太，咋样？"

杜平侧过头，看见了樊晃子脸上的诚恳，连尖削的下巴也仿佛丰润了一些。樊晃子是不多有这些诚恳的。

"不会吧，他老妈还不跟他到城里过去？"杜平说。

"过年的时候我去主任家，见过他老妈，我和老太太聊过，她说她还住在老庄子上。"说着，樊晃子像是想起了什么，噤了声。

杜平盯着樊晃子，脑子里却想起另一件事。去年大年初五晚上，他在连襟家喝完酒出来，不知不觉转到了主任住的小区。也许是受没给主任拜年的歉疚所驱使，凭着醺醺的酒劲，他斗胆空着两手摸到了他家。这是他第一次去主任家。主任一家都在，儿子儿媳女儿女婿围在一起聊得正热乎，看见他进来，他们起身去了另一个房间。他跟主任说了好多话，说了些啥他也记不清了，只记得他家客厅的窗户前堆放着大大小小的礼盒。茶几上有许多水果，主任还给他剥了一个橘子。

樊晃子的话提醒了他，他想起兜里的五十块钱。他掂量着用这些钱打发一个乡下老太太是绰绰有余的。不过，他想一个人去看主任的老妈，他的长相和樊晃子很好区别，老太太在主任跟前肯定能比画清。他想就在中午吃完饭后一个人悄悄过去。

一个周密的计划一旦形成，杜平的心里就沁出一丝诡秘的笑，他觉得和樊晃子的聪明相比，自己的聪明是藏在肚子里的。心里美着，刚才的不悦立马就没影了。

就在杜平为自己的计划暗自庆幸的时候，樊晃子接着讲起他在主任家碰见老陈的事来。他说，他去主任家的那天上午在小区门口遇到老陈，老陈对他说，有些溜尻子的人趁过年给领导送礼，没有一点人格可言！社会风气就是让这帮人给搞坏的。老陈骂得狠毒。"你猜怎么着？"樊晃子笑着说，"晚上我到主任家，屁股还没坐稳，老陈和他老婆就提着两大包东西进来了，看见我，老陈的脸紫得就像块猪腰子。"

樊晃子边说边笑，杜平也跟着笑了。

谈笑间樊晃子用胳膊肘捣了他一下，起身迅速朝对面的墙跟前猫去。这个举动来得异常突然。杜平急忙抬头往四周瞧，看见村子方向的小路上，有一个人正朝这儿走来，定睛看，是村长。杜平没有跟着樊晃子过去。他已经来不及了，村长正边走边朝他瞅呢。

他保持着一个近乎安静的姿势等着村长走来。

村长眯着一双浮肿的小眼睛，站在杜平旁边，看着墙上的字，慢慢地像是端详自己家羊圈里的羊。

"到底是县上的师傅，写的就是不一样，比乡上的刘笔杆子不知要好多少倍。"村长感叹着，脸膛上的皱纹慢慢地往开化。然后他弯下腰，摆出蹲茅坑的架势，两只手搭在一起撑着下巴，眼睛始终没离开过墙上的字。

杜平对村长说："等把字描完后，再把底色涂成苹果绿，红的绿的那么一搭配，肯定美得很。"

村长好像没听见他的话，他对正在描字的樊晃子喊道："小师傅，休息休息吧，这么热的天。"

"你们先聊着，我马上就完。"樊晃子埋着头，手上的笔认真地在杜平勾好的轮廓里描着，描过的地方闪动着鲜亮的大红颜色。

村长笑着侧过头对杜平说："你们这个小师傅真能吃苦，这么热的天，连社员都躲在家里不敢出门呢。"

杜平也把眼睛眯成两条缝，跟着笑，笑得近乎勉强。他坐起身，抱着膝盖，两条眼缝才慢慢松开。

"过来歇会吧，小师傅。"村长又喊了。

樊晃子把刷子放到涂料桶子里，笑吟吟地过来。只一会儿工夫，他的脸上就分泌出许多细密的汗珠，晶晶地闪着亮光。村长掏出烟，边给他们散着边说："这哪是你们城里人干的事呀，要不是为了应付明天上午的检查，这么热的天还真不敢给天牧张口。你看，也没办法给你们弄些水喝。"他给他们分别点上火，给自己也点上一根，吸了一口接着说，"中午我让张寡妇给你们炖红烧肉吃。张寡妇的锅灶在我们这儿是出了名的，上面来人都点着吃她的红烧肉呢。我还吩咐她家的嘎子到小卖部买些酒，中午我们好好喝喝。你们是喜欢白的还是喜欢啤的?"

"不要这么麻烦，随便吃点下午还要干活呢。"樊晃子贼贼地翻了杜平一眼。

"麻烦个啥，你们来了就跟天牧回来一样，就是啥都不干也得吃好喝好。"村长说。

三个人抽着烟，村长的话匣子打开了，洪钟似的北沙窝湾方言打破了土墙周围的沉静。村长的话题总也离不开主任。他说他和主任是从小耍大的表兄弟，他比主任整整小十岁，可从面相上看他比主任要老许多。

"你也不错嘛，天高皇帝远的，啥事还不是你村长说了算。"樊晃子插嘴道。

"我哪能跟别人比呢。你看人家天牧，住着城里的洋楼，风吹不着雨淋不着，娃娃的工作都安排好了，回老家屁股底下还压着小轿车，让全庄子的人看着都眼热。不像我们，就知道在庄稼地里瞎使劲……"村长的嘴角很快就蓄上了一层白沫子。

"听说我们主任的老妈还住在庄子上。"在村长停顿的间隙，樊晃子又插了一句。

村长告诉他们，主任的老妈早就不在沙窝湾了，现在住在他姐姐家。

"他姐姐家在哪儿呢?"樊晃子问。

"在前滩呢。"

他们知道前滩在县城的南边，在另一个方向。樊晃子失望地看看杜平，杜平也看着他，心里的失望比他大得多。村长起身拍了拍屁股，说回村看看饭准备得咋样了，让他们收拾收拾后头来。

村长走远了，樊晃子和杜平起身准备收拾东西回村上去。

这时，樊晃子的手机传出两声鸟叫，有短信来了。他掏出机子看，越看越仔细，越看眼睛睁得越大，最后惊讶地大叫: "你猜猜单位出啥大事了!"

"咋了，楼塌了?"

"你看!"樊晃子把手机推到他眼前。

杜平接过手机，看见屏幕上显示着两行小字: 主任褪了，你们还在那里干啥? "褪"显然是个错字，应该是退休的"退"，要不就说不顺。杜平不信，又看，看到的还是那两行字。樊晃子要过手机，开始在手里摆弄起来，杜平知道他是在发信息，肯定是要证实刚才的那两行字。这里信号不行，只能发信息。

他不停地发着短信，机子里不时传来鸟叫的回复声。

最后，樊晃子像是在很多杂乱里得到了可靠的消息: "确实，主任就是退了，上午宣布的。"

两个人又重重地躺下，谁也不愿吭声。四周又是一片寂静，长长的寂静，相互间都能听见对方的鼻息声。

过了好一会儿，樊晃子坐起身，脚指头缓慢地在泥土里抠着，说: "马天牧都退了，我们还待在这儿干啥?"他重复着手机上的那条短信。

　　这么快樊晃子就直呼起主任的大名了。杜平困惑地看着他说:"那咋办?"

　　樊晃子站起身,赤着脚在杜平面前来回走了几步,然后转过身认真地审视他,仿佛要从对方的脸上找答案,又好像是在心里权衡着一个已经盘算好了的决定。少顷,他果断地对他说:"走,回,现在就回!"杜平看见樊晃子的目光中有一种坚硬的东西。

　　"字写了一半咋能撂下呢?"杜平看着墙上乱七八糟的轮廓说。它看上去还不如不写的好,谁见了都会骂上一通,当然骂的肯定是写字的人。还有村长,他看见后会咋说?他仿佛看见他站在土墙前咬牙切齿的样子。他不忍心就这样把它们留在墙上,就是看字的人是个傻子他也不忍心。

　　"我们就这样回去,万一这事传到单位,单位的那帮人该咋说我们呢?"杜平说。

　　"马天牧都退了,那帮人爱咋说咋说,反正新领导来了又有新套路,谁还有心思管这些。"樊晃子眼睛里的坚硬并没有因杜平的话而软下来。他又在杜平面前来回踱着,愤懑地叨叨:"明知道自己要退,这么热的天还派我们来,临下台都不让人消停。"

　　说完后,樊晃子就到渠沟里洗脚,把渠水弄出很大的响动。

　　杜平一直观察着樊晃子的每个举动。说实话,他也想走,只是犹豫间一根丝丝缕缕的细线始终扯着他,让他难以定夺。杜平有个习惯,一个决定有百分之百的成熟他才会去做,这个习惯让他失去了很多机会,也让他有了为人沉稳的一面。犹豫像一剂毒汁侵蚀着他,又分明把他推向一个更大的犹豫里。

　　他试着寻找能留住樊晃子的理由,毕竟把自己一个人留在这野地里是件很孤单的事。他对着渠沟大声说:"要不等中午吃完饭我们再想办法溜，忙活了半天不吃白不吃。"

樊晃子穿好鞋，拍着裤腿走上岸说："吃了饭还走得了吗？要走就赶快走，人来了就不好走了。"看杜平仍旧躺着不动，他又撂下一句话："你不走你待着，我先走了。"说完，头也不回地朝东边的公路走去。

杜平一直躺在地上看着樊晃子的身影慢慢变成蚂蚁那么大点。

随着樊晃子渐渐走远，四围的寂静也逐渐落到一片更大的寂静里，连渠沟里平缓的流水声也有了很大的响动。一些断断续续的念头开始在他脑子里蠕动，但他一个都抓不住，一个想法也分不清，尽管他使了很大的劲，脑子里依然是空荡荡的。

太阳继续吊在天上，狠毒地烤炙着地面，能闻到玉米叶子被烤晒到极限发出的让人心慌的味道。各种干燥的热气相互推搡着，直往他鼻孔里窜，热烘烘地透不过气来。他打了一个寒战，无声的寒战把他吓了一跳。他往村子的小路上望了望，好在，往那儿去的路和往大路去的路上一样空旷。

一切都静止了，等着他的决定，渠沟里的流水声也急切地催促着他。

忽然，他夸张地猛一跃身，两只手快速地轮番拍打着屁股后面的灰土，边拍边大步往大路的方向走。寂静里只有嗵嗵嗵的脚步声。

走了几步，他又仿佛被谁叫住了似的停下来。一切的声音也跟着停住了，只有沟里单调的流水声哗哗哗地响着。许久，他又慢慢转过身，悻悻地走回到土墙跟前。

他站在土墙前，看着墙上的字发呆。

墙上描完的和没有描的大字的轮廓放在一起反差很大，完全走了两个极端。他看了看那些等待填实的字的轮廓，又看了看描好的那几个字。樊晃子认真描过的字让他无比惊讶。他怀疑这么漂亮的字形竟是出自自己的手。他只盯着这几个描好的字看，反复地看，仔细地看，却是总也看不够似的。

一种强烈的想要完成这条标语的愿望反复撞击着他，这种愿望不受任何利益的驱使，完全是不由自主、情不自禁的，超越了狭义的冲动。他感觉自己被某种美妙的东西轻轻包围起来。

他开始平静地修起樊晃子描的那几个字。只有经过他的手，才会和他后面要去完成的所有字整体合一，他才能完全满意。

修完那几个字，他退到远处，摸着下巴细细地审视着这几个完成后的大红字，审得有滋有味。接着，他又走上去，开始描起倒数第四个字来。

描到一半，他停下了，他也说不上自己为什么会停下，也许是烈日把刚才的激情像水一样蒸发掉了。他叹了一口气，胸口并没有轻松多少。

烈焰击打着墙壁，每一寸地方都几乎达到了熔点，到处都是紫红紫红的，炽热得仿佛一触即化。他艰难地提起笔，颜色碰到墙面的一刻似乎要被燃成滚烫的粉末。

一个人从大路的方向走来，杜平的第一反应是，那人会不会是村长？但方向完全不对。等来人快走近时，他才看清是樊晃子。樊晃子对他说，他觉得把那些没写完的字撂在这儿，心里不舒服。

说这些话的时候，樊晃子一脸的诚恳。

奔　跑

　　冯万下班一进家门，边换鞋边兴奋地对媳妇李沫说："知道吗？街上出新闻了。"李沫没问，甚至都没扭头看他一眼，这让冯万非常扫兴。

　　这时的李沫正斜靠在客厅的沙发上，怀里抱着那个鹅黄色的靠垫，洗过的头发蓬散着，眼睛盯着没有打开的电视机屏幕发愣，身子一动不动。她还穿着中午出门时穿的那件新买的白色"飞飞边"套裙，也不担心裙子会被揉皱，就那么随便地撮成一堆。两只光脚挤在一只白底碎花的布艺拖鞋上，另一只拖鞋脸朝下躺在一米外的地当中，一副被主人长期娇惯后又被遗弃的样子。

　　李沫很少这样。

　　没出现伤及脸面铭心刻骨的事情，她是不会这样的。

　　又受谁的气了？气大到啥程度？和自己有关系吗？冯万慢慢地换好拖鞋，站在鞋柜旁边脑子里掠过几个问号。

　　猜是猜不到的。女人不开口一切都很难猜到。

　　李沫不爱说话，除了上班就是下班，连娘家也很少回，尽管两家离得不太远。外人看来，媳妇似乎一向是顺着他的，只有他心里清楚，一旦对方动起怒来，至少也是六级地震的威力。这威力不是天崩地裂，不是痛快要命，而是一场持久的冷战；老刀子宰牛，虽不断喉也能把你疼死。冯万只得使用惯用的"察言观色法"，走过去坐在媳妇身边，挨近她，但又不是特别近。他手伸过去轻轻贴在她的脑门上温存地问："咋了乖乖？病了？"在家的时候他喜欢管媳妇叫"乖乖"，尽管这个腻味的称呼和眼前板起的面孔极不协调。

不是他这方面的原因，李沫一准会把头移到他肩上，可怜兮兮地靠着，温暖温暖，听他骂上几句给她气受的"狗日的领导""没人操的八婆"解气。冯万的"工人阶级语言"只有在这种情况下才准许舒张一番，且在她听来并无"秽语污言"之感，或许是痛快淋漓的。然后再听他说些贴肝贴肺的话宽慰宽慰，很快，她便忘了外头的烦心事，围上围裙，哼着曲儿，给他做上一顿他喜欢吃的饭菜，有酒的话还破例让他喝几口。他们还没有小孩，李沫无形中填补了妻子和孩子这两样角色。

这时的李沫却一把打掉他的手，身子猛地避开，脸子吊得蜡黄，一字不言，脸上能刮下来二两霜。冯万伸出去的手停在半空中。"察言观色法"告诉他，媳妇今天的气是指向他的。

李沫在厂部子弟小学教书，正经的师范毕业生，和当工人的冯万、冯万的哥们及哥们的老婆不同，属于"知识分子"，相互间有一种凤凰和鸡的距离。李沫喜欢咬文嚼字，性情冷傲孤僻，即便是在知识分子堆里，也有一种自怜自艾的孤兀与无奈。另外，只有冯万知道——媳妇在床上也总是不能令他尽兴，不让开灯，不让弄出花样，连稍大些的动作和动静都不许，令他百般无趣。还有，就是每次行事前必须戴套，理由是不想现在要孩子怕影响工作什么的，放弃切肤之感。不知道的人还说生不出孩子也许是他的问题，建议他去医院查查。你听听。

没有比较就没有鉴别。渐渐地，冯万开始喜欢往大姑娘小媳妇堆里凑，逮着机会，还偷偷在外面腥过几回。不多，但体味到了女人和女人之间在肉体上存在的差别。那是在自己媳妇身上根本找不到的滋味。三次还是四次，他记不住了，目标是厂子里的一个姐们，尝到的皆是工人阶级实实在在的激烈。冯万虽说身材"半残",长相也达不到"酷"级标准,但有着讨好女人的巧舌和私底下总结的那点小手段,一旦放开,也是会招来几个大姑娘小媳妇搔首弄姿扭腰摆臀。

人们都说李沫这朵鲜花不是一般人能采到的。这话不假。当初他追李沫时就费了很大功夫,如果不是那张把什么女人都说成花骨朵的簧舌,冯万是追不上她的。外表看,李沫长相癯秀,条子正,穿什么都如柳似柳如花似花,更别说那由里而外的气质了。可冯万老觉得他是娶了一个花瓶。

婚后的冯万对媳妇并不如外人想象的那样知足。果子好吃不好吃只有吃果子的人知道,鞋合不合脚从外观是很难判定的。他常想,如果把媳妇的品貌和姐们的风骚劲像和面团那样揉在一起,那就完美了。

李沫刚才那一巴掌,把冯万的耐心一下全打飞了,连要告诉她的新闻一时也忘干净了,他想发作,但又探不明这背后的深浅。是和姐们的事露馅了?不应该呀!最后一次他们还互相许诺要守口如瓶的。她也是有儿子有家庭要顾忌脸面的女人,而且那几次媾和都是一年前的事,做得都天衣无缝。为其他事情李沫也不至于此。难道是把鬼日出来了?

一想起姐们,冯万就觉得对不住自己媳妇,虽说是天知地知他知她知的事,但也有一种他先把一块白料子弄脏的自愧和自责。有了这种感觉,他才下足决心和姐们断了首尾。刚开始那女人还缠着他不放,甚至把自己的肉身子用手机拍下来传给他撩拨,后来看他"吃定秤砣铁了心",上班下班老躲着她,也就慢慢罢休了。不过他私下还是常常想起她的。想她那一触就绷紧的肥白身子,想她在床上呼风唤雨的劲头,甚至远远看见她,听见她的说话声,就能立马激起他身上碳酸水一样汹涌澎湃的物质来。几次他都忍住了给她打电话的念头。

李沫始终没理他,不做饭不换裙子早早躺在床上。冯万不敢去骚亲。这一套现在没用，或许会更加重她心里的猜忌。他快快地走出家门，一个人来到小区的大门口，走进马路对过常去的那家"哈胖子饭馆"，想要碗烩面凑合一顿。

正当饭口，饭馆里几乎每个座位上都有人，四十来平方米的屋子显得不够用。屋里闷热难耐，饭菜味、烟酒味、吃饭人身上的汗臭味裹着怪异的嚷嚷声，热浪似的在屋里四处乱窜。从那些似曾熟悉的面孔看去，吃饭的人大多是附近工地上的民工。这些民工是开发商从厦门老家带来的，和本地人的口音反差很大，叽里哇啦的尖嗓门听去就像是在互相吵架，脸上的表情却是一副美滋滋的满足。南方人不爱吃面食，米饭炒菜价钱贵，饭馆老板自然喜欢这类客人，巴结讨好也自然是倾向他们的。从南方人话里那似懂非懂的几个词里听，好像是在议论下午发生在街上的那件事。对那件事冯万现在反倒没什么兴趣了，甚至还有些反感听到。他站在门口的地方有两三分钟，看没人招呼他，又掉头走了出去。

"哈胖子饭馆"是一排样式和大小，甚至招牌都很相似的门面房中的一家，其他门脸也大多是饭馆，吃饭的客人经常会进错门，有时饭吃到嘴里才发觉走错了，不是要去的那家。这样，吃饭的人往往先要站在那排门面房前，按习惯从左至右或从右至左地数，才能准确地找到自己要去的那家饭馆。冯万从"哈胖子饭馆"出来，沿着街道一家一家地往东找，几乎每家饭馆都有不少客人。

"今天是咋回事？又没停电。"他嘴里嘟哝着。

冯万不再一家一家地找了。他径直向最顶头的一家饭馆走去。那家饭馆门口空无一物，想必是去了就能吃上饭的。冯万推门进去问时，一个正在拣菜的戴着帽子的胖女人回头说："不做饭。"用看一个猛然闯进屋里来的怪物那样的眼神，让他心里很不舒服。

真是一个事不随心的晚上。

他又趔回来，随便进了一家饭馆，准备坐下来耐心地等。坐在刚走掉的一个客人的凳子上，冯万又把这些天的所作所为，特别是跟异性有关的事情细细捋了捋，穿针引线地梳理了几遍，也没理出个一须半尾。

回家的时候，天色已经暗了下来，四方的灯只有个别亮着，这个时候，大多数住户还在小区的过道上纳凉。冯万抬头看见四楼自家的窗户，玻璃窗上残留着一抹夕阳的余晖，很像灯光，仔细看才看到玻璃后面的黑暗。在这个七月的傍晚，气温超过三十度，他走在仍然发热的砖道上。在通往自己家的楼道口，他停下来点了根烟，吸了一口，然后却向另一个方向走去。他穿过楼与楼之间的过道，往位于东南拐角何大鼓家的那幢楼走去。今天，他没有像以前那样大摇大摆地走近道，而是舍近求远，拐了一个大大的弯子。

大鼓和冯万在同一个车间上班，自搬到同一个小区后，两个人才过往甚密，后来不知为啥又不多来往了。何大鼓长得粗笨高大，还有几分木讷，看上去比实际年龄大出许多，接近中年男人的特征。但他却手巧心细，连家里的沙发都是自己包的，更别说修马桶改个水电线路什么的。他曾经把冯万家一个断了钨丝的灯泡都给捣鼓亮了。李沫嫌何大鼓粗人一个，尤其看不惯他喝完酒往别人家的沙发上大大咧咧一坐，听不惯他顺口就来的脏话。李沫也同样不喜欢他那个肥腴妖艳的老婆，说他们是鱼虾配，一丘之貉，让他离那两口子远点。起先大鼓还来找他，后来不来了，大多都是冯万到他家去。李沫面前，冯万明里不说是去找何大鼓，只有偶尔瞅着机会才偷偷过去，而且还要给自己限时。

何大鼓家在顶层，拐过一座楼的遮挡就看见他家亮着灯光。

大鼓家的防盗门半开着，屋里电视机的音量调得很响。他推门进去，看见何大鼓只穿着一条大花裤头，展展地躺在沙发上，像个晒肋巴的黑猩猩。一条毛森森的腿担在茶几上，手里摆弄着遥控器，把电视频道调过来倒过去。何大鼓乜斜着看了他一眼，没打招呼，仍旧横在那里。冯万自己找了个地方坐下，静静地看着眼前不断闪动的电视屏幕。

何大鼓的媳妇从里间走出来，穿着一件宽大的肉粉色真丝睡裙，胸罩和三角裤头隐约可见。她刚洗过澡，脑袋上别满发卷，面色光泽红润，身上透着浴液的香味。大鼓的媳妇叫月秀，比冯万大两岁，看见冯万，她显得有些惊讶。

三个人坐在何大鼓家的客厅里，嗑着月秀端来的葵花籽，心里似乎都在想着各自的事情。葵花籽是普通的黑油葵，里面没有什么东西可以让你幻想，葵的滋味和月秀身上的香波味属于两种不同的概念。过了一会儿，月秀显得极有神采的样子问他："李沫呢？咋没带她一块来玩？"冯万说李沫不舒服，在家躺着呢。他感觉自己的回答有些无奈，清了一声嗓子又说："没啥事。"他把葵花皮吐进左手圈成的杯里，抬眼朝大鼓瞅瞅。碎油葵难嗑。冯万把剩下的几粒葵花丢进碟子里，轻轻拍了拍双手，然后却把手又伸进碟子捻了一撮。月秀和大鼓交换了一下眼色。过去他和大鼓聊天，月秀就是这样坐在旁边不走，随时还插上几句，有时连大鼓也看不过，让她去干她的，不要坐在这儿听男人说话。女人说听听咋了？你们又不是说什么见不得人的事。嘴比刀子还利。但那张红嘴唇有时又很会来事，说出的话像抹了层蜂蜜，能把大鼓甜得晕头转向。这是何大鼓的弱处，就像冯万本身也有弱处一样。

冯万感到心烦，想回家，或到小区的院子里散散心。就在他刚要抬起屁股说走的时候，月秀又说上了，眼神还是那样笑着。她说的还是下午发生在街上的那件事。

冯万这才想起下午听到的那个天大的新闻。

冯万所在的县城，隶属大西北板块，经济算不发达地区。但和周边其他县市相比，毗邻黄河，水浇灌溉，地理资源得天独厚，且前后引来大小十多家工矿企业落户，GDP 增长速度一直位居全省各县市之首。厂子多，尤其有省部级大厂，从外地抽调和打工来的人口也就多了起来。有北京的、广东的，还有东北湖北陕西的，街上来来去去的人操着南腔北调，仿佛百鸟临巢一般。相比之下，本地方言反倒显得很边缘，夹带些奇音怪字也不那么纯粹了。外地人多，接收信息的机会就多，新鲜话题层出不穷，时尚潮流也始终走在各市县前头。今天下午在县城的大街上就发生了这么一件事：说是有人裸奔，带头的还是个女的，领着一大帮男男女女老老少少，跟她一起光着身子在街上跑。他们从城市中心人最多的一条街道穿过，途中还不断有人加入，形成了一个巨大的人肉长流，场面甚是壮观。下午和晚上，县城的大街小巷犄角旮旯儿都有人奔走相告，反复地议论这件事情，还肯定是以后若干天若干月继续热议的话题。但冯万听到的几个版本都不一样。就那个领头裸奔的女人，有人说她长得很美很年轻，有人说她长得又丑又恶心，还有人说她是东北女人广东女人或四川女人，五花八门，而且都说自己是亲眼目击。但冯万更愿意相信那是一个美若天仙的女子，没有丝毫俗念，完全是一个美的信使和化身。不管怎么说，裸奔这件事所有人的口径是一致的，肯定是发生过的。

月秀津津有味地描述着这件事，也许还做了一番添枝加叶的渲染和加工。她轻巧地嗑着瓜子，一粒瓜子送进嘴，腮帮子一嘟哝就把壳送出了那片花瓣似的小口，并不时从嗓子眼发出母鸡那样咯咯咯的笑声，身体也配合地抖颤着。她眉飞色舞地说："这女人的观念就是超前，敢在大街上光着身子让人看，又露屁股又露胸，我咋就没有想到呢。"何大鼓大幅度地摆着手说："行了行了，就你，也不看看你那身段。"月秀的脸腾地红了："我这身段咋了？你说我这身段咋了！"她不依不饶地拿沙发靠垫在大鼓身上抡着。砸了几下，她放下靠垫对冯万说："这是好事，我是没赶上，如果我赶上也不会放过这个展示自身的机会，或许我还要抢在那个女人的前头呢。"她看上去有些失落又有些幸灾乐祸。

月秀把冯万送出家门，站在几级台阶之上的门口，他想问她点啥，但已经走到台阶下的一个弯道了。

夜深了，草丛里的虫子吱吱鸣叫，把浓重的夜色聒噪得不能平静。

家门口的楼道里黑着，冯万跺了跺脚不见灯亮，他摸黑把钥匙往缝眼里插，怎么也插不进锁孔。他试了几试以为不是那把钥匙时，钥匙却稳顺地到位了，咬合的程度让人惊讶，如一团浑浊的记忆霎时清晰了，让人醒悟到这世上还有许多的偶然性、巧合性。

李沫不知什么时候从床上起来，眼圈有些红肿，目润息微，静静地坐在餐桌旁边。桌子上摆着她炒好的几样菜，都是冯万平时爱吃的，散发着冷却后渐渐淡去的香味。他走过去，坐在媳妇对面，也安静着没有出声，没动筷子。他想起下班后李沫生气的样子，现在全没了，有了些让他心存怜惜的东西写在她脸上。这样的阵势，李沫肯定是要告诉他一些什么的。冯万定定地看着她，心里忐忑地等待着。

"你咋不吃？"她问。

冯万说吃过了。

果然接下来，李沫就开始把生气的原因和盘说了出来。

她说下午没课，她和同事小周——就是上次来家玩的那个小媳妇——一起去浴都洗澡。洗完澡后走出内间，刚穿上乳罩裤头，脖子上的项链噌地被一个丫头拽了去。那丫头年龄不大，脸上还没脱尽稚气，几乎还是个孩子。小丫头飞快地冲出浴室，跑向通往街上的大门口。她傻眼了，跟着往出追，一时忘了自己还光着大部分身子。天热，身上的空旷也不觉然，她的注意力全放在前面那个不断跑动的白影上，和在阳光照耀下的手指间清晰发亮的一串碎点。跑到大街的一个拐弯处，她才从迎面而来的众人的眼里，发现自己几乎光着身子。

李沫说到这儿，已经是泪流满面地在哭诉。

冯万急了，站起身说："光着身子你还追个啥！"声音和面目狰狞的吓人。

"那是结婚时你给我买的。"媳妇嗫嚅地说。

夜阑人静。床上，媳妇裸着身子蜷缩在丈夫怀里，紧紧地贴着他，似眠不眠。冯万起身，摸索着拧亮床头柜上的台灯，从抽屉里翻找出一个小东西。他在毛巾被下匆忙地摆弄着，神情已然地急迫和慌促。她的手蛇样地游过去，把那个已经套上去的玩意褪下来，丢到床下……

花湖鲤

　　周五下午，上班时间还没挨过一半，楼道里已听不到平时那样杂沓不断的脚步声了，大楼仿佛在闷热的气流里酣睡。办公室的同事以各种巧妙的方式，不知不觉离开自己的岗位，回家或到街上的某个角落，开始过他们的周末生活去了。一个刚刚应付完差事的女人，啪地关上紧邻一侧的房门，刺耳的高跟鞋声时缓时急，一圈一圈往底层飘去。

　　四周又归于沉静。

　　这是我乏味人生中的一个细碎片段。在润城，八月骄阳似火的一天，把掩藏了一年的气味都给晒出来的日子。

　　此刻，我也许是唯一一个没有离开大楼的人。我趴在办公桌前，却无事可做，其实从早晨或这个礼拜，我都一直这样无所事事。资料管理员这份差事会有许多闲暇，但我没什么爱好，业余生活相当单调，即便是天天溜出去，也还不如待在单位里好受。我起身走到窗前。这个习惯是在桌前趴久后自然而然的另一动作。这两种动作或者说姿势，支配了我的所有工作时间。隔窗俯视楼下，大院的南墙根，那个每天落满自行车的地方，只有我那辆"老永久"还孤零零地泊在那儿。门房李头勾着腰，手里拿一条大蛇皮袋子，正慢悠悠地收捡被风旋进院子里的废纸片，那样子就像从空中鸟瞰一头慢动作奔跑的熊。李头慢慢移到那辆自行车前，看看车子，然后把手横在眉上搭个伞，向我这里瞭望。

我离开窗户，貌似避开窗外的光线，实则是李头的目光传递给我这样一个疑问：这会儿还待在单位干啥？好像这背后有什么不正常的事值得怀疑一下。同事们说我是个敏感的人，但又认为我对该敏感的事情却表现得浑浑噩噩，大概属于"不着调""脑子进水了""跟不上趟"那类人。我知道他们是这样看我的。其实我过去不是这样的，年轻时也曾是一个追求理想、幻想爱情、激动张扬的热血青年。这种变化说不好是从什么时候开始的。

我重新回到桌前，显得手足无措，脖子上的大筋也奇怪地抖跳着，心慌得不行。我随手拿起桌上的报纸来看，耳朵却听着窗外的动静。空间里仿佛还残留着同事的气息，在某个凝滞的角落里呓语。

正在这时，手机响了，欢快的铃声把寂静的四壁喧吵得异常活跃。我吓了一跳，一时竟忘了先打开手机翻盖。

"在哪儿？"对方懒洋洋地问。

我听出是花驴子的声音。花驴子是花向阳的外号。

"在单位。"

"这时间还待在单位干啥？是不是在谋算哪个小媳妇？"

我一时没说出话来。

"六点钟到'蜀南竹海'，几个花湖的老同学聚聚。"

不等我说啥，电话挂了。花湖的老同学，无非就是撒伟、赵肉头和李会两口子，或是他们其中的某一两个人。

花向阳在城里开了一家装修公司，眼皮子活会来事，在这个充斥着物欲的社会里自然要比一般人游刃有余，偶尔还给我帮点我认为难度很大的忙。为了能揽到活，花向阳经常变着法地维系相关单位的头头脑脑，出入润城的高消费场所，拿他的话说"没赚上啥钱"，但派头和架势却像个腰缠万贯的大亨那样牛气哄哄。我经常奇怪能和花向阳保持这么多年关系；我们纯粹属于两种人，是一棵树上两只不同种类不同毛色的鸟。兴许他也是这么认为的。对这唯一的老同学老朋友，他的不离不弃，孔雀不嫌麻雀丑，一直令我心存感激。

我步行来到朔方路那家四川人开的餐馆，打听之后，一个脸上湿乎乎的姑娘把我引上二楼，在栽着一行翠绿塑料竹子的走廊尽头，花向阳正和一个中年女人坐在那里喝茶。花向阳看见我，瞥了我一眼，算打个招呼。那女人顺着花向阳的目光回过头，是李林妙，虽然二十几年没见，我还是很快认出了她。现在的李林妙，白皙的脖子上添了两三圈皱纹，脸上增加了许多人工描摹的痕迹，但眉眼间还透着过去那种特有的、稀罕的清傲，和一点点心不在焉。她的脖子上有项链，手指上也戴着两枚精巧的戒指，应该是白金，在室内暗淡的光线下闪着不容忽视的碎亮。

许多年前，李林妙的妈和我母亲同在花湖小学教书，学校后排紧邻的两间小屋就是我们各自的家，直到后来她妈调到省城，两家断了音讯，我们再没见过面。有一次，我在母亲家翻到一张有些发黄的黑白照片，是我儿时的单人照，红领巾白衬衣，身后是花湖小学校园里那块稠密的玉米地。有一团闯入画面的模糊的白色身影引起我的注意，母亲很肯定地说，是万姨家的妙妙。那时候，母亲白天给学生上课，晚上还要去农户家扫盲或没完没了地开会，几乎天天如此，看不到一点空闲。那时的花湖公社晚上经常停电，我和李林妙相守着屋子的黑暗，看着蜡烛一点点熔化，盼望着母亲们早点回家。很远的地方，有像老唱片机播放的歌曲，声音高亢，只是被风吹得时断时续。一个个等待的夜晚，是我对儿时的基本记忆，它就像一阵微风、一个镜头的定格，带着朴实、感伤、静谧的气息，时常萦绕在我的心头。

聚会的人到齐了，都是从花湖出来的老同学，除在我后面来的李会两口子，还有现在是市政府办主任的撒伟和工商局局长的赵肉头（我一时想不起他的名字）结伴姗姗来迟。花向阳赶忙招呼服务员上菜。他们进来的时候，窗外已经暗下来，一抹日落前的鱼腹白横在天边。

撒伟很随和，一反平时下来检查工作时的严肃面孔，显得谈笑风生妙语连珠，并逐个和老同学握手。握到李会两口子时，他特意问他们住哪个小区，孩子是男是女，上哪所学校，好像之前他对他们的情况不大清楚，需要核实一下似的。也难怪，撒伟是大忙人，再说，李会两口子参加同学聚会真还是头一次。大家把对着门的两个位子很自然地留给后来的两个人，这种自然不是冲着他俩是领导，更似乎是一种习惯，润城的习惯。他们理所当然地坐下后，屋里就有了一种让人心跳加速的热烈气氛，仿佛灯光也加亮了不少瓦数，立时蓬荜生辉。

撒伟保持着当年当兵时的作风，严谨、沉稳又不失风趣，言谈举止收放有度，让人挑不出毛病，不是印象中那些脑油肠肥迈着鸭鹅步的领导形象。尽管他身材中等偏矮，但动作自信干脆，属于气场感很强的人；甚至把手放在桌上，或夹香烟这样很细微的动作，也能让人感受到他有着左右场面的能力。他言语温和，很体谅人，但这种体谅和温和却让我感到一丝讥讽的色彩。刚才同我握手时，他冲我微笑着，可眼神里却看不到一丝友好。"你们单位可是个清闲地方呀。"他说。他的手出奇得冰凉。撒伟的话让我莫名地紧张起来，我想辩白什么，却只是恍惚着"嗯啊"了两声。我为自己的紧张感到很不自在。听说撒伟是市里的重点培养对象，是走上坡路靠前的人物，令人敬畏也是很自然的。

落座后，撒伟看着对面的我，又像是对在座的每一位，讲起目前机构改革竞聘上岗的事来，让气氛一下子凛冽起来。大家心照不宣，机构改革改的就是那些闲单位里的闲人，这样的人在这个场合，恐怕就该是我了。赵肉头锐利地盯了我一眼，扭动了一下脖子。

撒伟话锋一转，用筷子指着桌子中间的一盘大菜，问身边的花向阳："这是花湖鲤吧？"

"是。"

"这么大个可不多见，野生的吗？"

"让人从花湖搞来的，当然是野生的。"

野生的花湖鲤鱼很出名。听说很早以前花湖与黄河相连，湖道日照好，成了黄河鲤鱼繁殖的天然良场，后来围湖造田把花湖从黄河剔出去，河鲤就这样保留下来。黄河鲤鱼自古有"岂其食鱼，必河之鲤""洛鲤伊鲂，贵如牛羊"之说，为鱼之上品，以其肉质细嫩鲜美，金鳞赤尾、体形梭长的形态驰名中外。后来，不同支干水域的杂交鲤鱼混入黄河，使河道内纯种的鲤鱼出现混杂现象，加之人工繁殖愈烈，黄河鲤鱼的品质明显下降，此鱼已非彼鱼。独立的花湖因水面浩大，目前还没有人愿意舍资本去开发，河鲤得以保持纯粹的原生品质。只是随意捕捞，数量明显减少，眼下比老鳖还难见到，自然成了餐桌上的稀罕物，今天人们更愿意称它为"花湖鲤"。撒伟借鱼发挥，讲了一堆有关花湖鲤的过去和现在。

大家对这尾罕见的大鱼赞不绝口。

"人来齐了吗？"撒伟说，"来齐了就开始吧。"

"还有辛科。"花向阳说，"算了，不等了，先开吧。"

"辛科？花湖的辛科吗？"撒伟把刚端起来的酒杯又放在桌上。

"是他。上午在街上碰见他，说是进城开个什么作家会。"

"噢，市里要写市歌，找几个写歌词的议议这事。"撒伟又重新端起酒杯，站起身对大家说，"同学们！"

周围的人马上立起身。

"为今天的聚会干杯！"

"为撒主任的步步高升干杯!"花向阳笑眯眯地说。

撒伟马上纠正他。花驴子咧嘴打着哈哈说:"对,对,为各位同学的健康干杯!"便带头干下第一杯酒,并把空酒杯倒过来在空中抖了抖。

接着,坐在撒伟左边的赵肉头提议大伙给撒伟敬酒,并第一个端起酒杯。撒伟抱着双臂没理他,说:"肉头,你小子就会瞎起哄。"赵肉头尴尬地放下酒杯,有些不甘心地翻着白眼。

赵肉头从小就是撒伟的影子,现在大家已不敢直呼他的绰号,都称他"赵局",只有撒伟还左一声"肉头"右一声"肉头"地叫。别人要叫他一声"赵肉头",兴许他早翻脸了。听花向阳私下讲,赵肉头的局长就是撒伟从中斡旋,帮忙跑来的。在撒伟面前,赵肉头那五官挤在一起的胖脸上永远带着一副受虐相,但这种面目一离开撒伟的视线,立马换上一副狐假虎威仗虎欺生的嘴脸。

"你看人家小孩和老年人的同学会,人家玩得多随意多开心,不像我们。中年人的同学会带有太多的功利目的。放开耍,热闹起来,要不多没意思。"撒伟说。

撒伟一席话出,大伙果然卸了负担似的蜂来蝶往推杯换盏,生怕自己不够随意、不够纯粹。花向阳还带头打起了通关。

这时,看完手机的赵肉头讲了一个刚收到的黄段子,同时还引入他在苏州出差时遇到的一件事。接着,李林妙讲了一个含蓄却意味深长的"猫别"的段子。这个"猫别"段子,分明盖过了赵肉头的,惹得撒伟哈哈大笑,大伙儿也跟着哄笑起来。这样一来,下面的时间就听着酒桌上满桌的段子乱飞,酒桌变成一个比赛无耻的饭局。

李会的老婆于莲莲坐在我旁边,这时突然问我:"辛科怎么还没来?"我这才想起今天的聚会还缺一位。

于莲莲低声对我说:"这人太差劲了。过去他一进城就来找李会,打着谈诗谈文学的幌子，我好吃好喝招待他，找些不穿的衣服带给他乡下的老婆孩子，手头紧的时候我老公还给过他钱。要知道当老师就那点死工资，李会他老爹还要我们养，我们手头也不宽裕。去年他来我家，说他妈高血压住院没钱交费，借五千块钱，说两个月还，可到现在人不见人钱不见钱，李会到他家找过几次也没见到人。后来我一打听，他妈前几年就死了。不信你问李会。"她碰了一下身边的老公。

李会问："咋?"

"说辛科呢。"

"说他干吗。"李会晓得他老婆跟我讲了辛科借钱的事，反感地皱着眉头，又好像是转移话题似的朝别处笑笑。可还是有人听到了。

"辛科呢? 怎么还没来?"撒伟问花向阳。

大家停住嬉笑。

花向阳说："他说要来的，时间地点他也知道。这小子也没个手机。"

赵肉头啃着手里的鸡大腿，嘴里吧唧吧唧地说："爱来不来! 这孙子，年前说要在街上开个茶楼，说他周围的文化人多，交流起来方便又能挣钱，让我帮忙办证，还说请我撮一顿呢。后来没请我吃饭不说，你猜怎么着? 那家茶楼根本和他一点关系都没有，人家老板是个外地人。说心里话，不看他是老同学我才没心搭理他呢。一个农民不好好种地，把自己搞得人五人六的，整天写那些酸诗骚词，能他妈当饭吃啊! 想进城做买卖也行，干点人事咱哥们帮忙，可也不能打着旗号骗人呀。"

"同学骗同学，骗得最在行!"有人附和道。

撒伟正了正身体说："这个辛科，我下乡也听底下人说过一些他的事，听说他和老婆前年就离了，两个孩子判给女方。农民写诗没啥不好，有理想有追求，我就很尊重文化人，尤其是诗人。"

场面一下凝重起来，所有人都静静地看着撒伟。

撒伟继续说道:"听花湖乡文化站的老李讲,他老婆人很贤惠,一个人操持家务照顾俩孩子,连农活都不让他插手,对他写作还很支持。后来没见他写出啥东西,三教九流的烂杆人倒交了不少,经常还带到家里吃吃喝喝,喝醉了满庄子耍酒疯,乱喊乱唱,搞得村上人意见很大。他老婆跟他闹过几次,看他不改,只好离了。听说他还把小姐带到家里去过。农村人对这种事很反感的。"

大家又开始议论起来,说辛科真不是东西,外面怎么整也不能把家给毁了。还有两个孩子,摊上这样的爹也算倒霉。

"再怎么说也是老同学。"撒伟又说,"有机会见面大家还是要说说他,治病救人嘛,该帮忙的时候还是要帮的。我经常安顿乡上的人,有什么抄抄写写的事关照一下辛科,别白使唤人。乡上也照办,让他写了不少带薪的材料呢。市文联的刘主席我也打过招呼,辛科是人才,农民写作不容易,要他们多关注关注。听说文联到他家去过,还给他送了台电脑,作协那边也给他挂了个副主席。"

"你尽关心那家伙,怎么也不关心关心兄弟我呢?"赵肉头接过撒伟的话尾巴说。

"我关心你还关心得不够吗?你家里有事用车,我把秦市长的奔驰派给你,那可是市委大院最好的车呀!你妈过大寿,难道不是我跑前跑后地吆喝?还有,你小子每次晚上不回家,你老婆跟你淘气,不都是我出面调停,化解矛盾的……"

"你听听。"赵肉头脸上混杂着感激和被揭短的神情,肉脑袋直往桌子底下躲。

撒伟是独子,老家就在花湖小学附近的村子,从小和寡妇妈相依为命。上小学时他就是同学的中心,有人缘,号召能力强,老师对他的评价也很高。有一次我找他玩。那是一个无所事事且阳光明媚的下午。我第一次去他家，目睹了他家四壁的破败和寒酸，和平时看到的那个衣食无忧、无忧无虑的少年反差很大。土屋里光线昏暗，醋糟和腐殖土的气味与烟熏火燎后黑乎乎的墙面混合起来。母子俩挤在一盘土炕上，炕席上有一块显眼的被火烤焦的大窟窿，四周几乎没有一件称得上家具的东西。撒伟遮遮掩掩，找个理由把我打发出门，在送我出去时，他用仓皇的眼神叮咛着什么，大概意思是不让我把看到的说出去。那年头乡下家家状况大致如此，没必要遮掩，更没必要叮嘱，就觉得这人藏得太深，屁大点人太爱面子了。从那以后他有意避着我，很少和我来往，关系越走越远。撒伟刚才强调自己在玫瑰花园买了一百三十平方米的大房子，把他乡下的寡母接来同住，想必是有意说给我听的。

李林妙不知什么时候和花向阳换了座位，坐在撒伟旁边，不时和撒伟凑一处耳语几句。李林妙的眼神流露出藏匿不住的神秘的笑。

其他人打关的时候，我闲坐着不出声，也接不上别人的话头。换过座位的花向阳，在我耳边嘀咕："都是老同学，放开点。看不惯你这装腔作势的样子。"没办法，为了掩饰窘态，我开始自斟自饮，然后端上酒杯挨个和大伙儿碰了一圈。出乎意料，没人觉得我哪里反常，只有礼节性地一碰。没人在乎，我身上反倒轻松许多，胆子也大了起来，又接着碰了一圈。

和李林妙碰杯时，她抬起头笑着说："这样喝会醉的。"赵肉头揣着红红的大脸打趣："这小子盘算啥呢，是不是在打李女士的主意呀？"撒伟警觉地盯了我一眼。我赶快坐回位子不再出声了。

正在这时，大家的目光被门口发生的动静吸引：一个胡子拉碴的黑脸高个子男人走进来，两个服务员紧随其后。那男人亮着牙齿，讪笑着冲酒桌上的人连连点头，然后对跟进来的姑娘说："我没说错吧，这都是我的老同学。那位是政府办的领导，那位是工商局局长。"他指着正对门口的两个人对姑娘说。

花向阳走过去问："你咋才来？"

撒伟冲门口招手："辛科，快过来，就等你了。"

辛科走近桌前，把一个红色的手提袋挂在臂弯处，拱着双手给大伙赔不是："对不起各位老同学，文联的刘主席找我谈点事，不好意思，来迟了。"

花向阳叫服务员在我和他之间给辛科加个座位。

辛科坐下后，又畏缩着站起身，尴尬地举起面前的酒杯说："我来迟了，自罚三杯，自罚三杯。"辛科喝下三杯酒。

撒伟说："来了就好，大家都等你呢。"

大伙附和道："来了就好，来了就好。"

辛科变化太大，如果不是刚才撒伟叫他的名字，我根本没认出他来，会把他当成一个突然闯进来向谁讨要工钱的民工。他看上去比实际年龄大了至少十岁，穿一件棕褐色褂子，面色黑红，身上有一股急匆匆的怪味，和当年那个少年才子完全判若两人，就是搁现在，也无法想象他和诗歌哪怕有一丝一毫的联系。中学时的辛科可是个俊才，不仅诗歌随手拈来，而且人长得高挑帅气，是众多女生的心仪之人。尤其站在学校文艺演出的台子上，朗诵他写的诗歌，抑扬顿挫，神采飞扬，引来无数叹服和嫉妒。现在的辛科大大出乎我的意料，如果要在老同学当中评变化最大奖，那肯定是他。

有人嚷嚷："该谁了？继续，继续。"又开始打关摇色子，哗啦哗啦的色子声让气氛又热烈起来，只是比辛科进来之前缺点什么。

"你是王波，哎呀这么多年都没见了。"辛科一脸憨笑，拿起茶杯来跟我碰，发现拿错了，又换上酒杯，憨笑变成讪笑。

"你现在在哪上班呢？"辛科问。

"随便瞎混。"

看我不喜言语，辛科尴尬地坐正身体，亮着牙齿，看着摇色子的人。

辛科进来后，于莲莲像看见一个捣蛋的学生，一言不发，脸色始终严肃着。这时李会和于莲莲起身对撒伟说："孩子一个人在家，我们先走了。"花向阳把他们送出包间。

李林妙出去接一个电话。赵肉头叼着烟也出去了。打通关暂时停下来。花向阳坐过去，和撒伟低声说着什么。场面一下冷了。我想去趟洗手间，站起来后发现自己喝高了，头晕目眩。辛科上前扶我，我摆了摆手。

走廊上，李林妙和赵肉头站在一起，背对着我，没看见我走过去。赵肉头说："换个地方，把老大叫上。和这些人喝酒没劲。"我慌忙避开他们，进了洗手间。

撒完尿我没急着出去，站在洗手间开着的窗户前抽了根烟。

回来时，我没在走廊里看见李林妙和赵肉头，一个女服务员端着空盘子从我身边走过。推开雅座间，不光没有李林妙和赵肉头的影子，连撒伟和花驴子也不见了，只有辛科孤零零一个人坐在那里大口大口地吃着桌上的剩菜，一副很久没吃东西的样子。人前谦恭斯文，人后狼吞虎咽，难怪大伙都不喜欢他，不待见他。看我进来，辛科急忙放下筷子过来扶我。从对方的表情看，我认定自己醉得快不行了。"那几个人呢？"我问。辛科扶我坐好后说："他们有要紧的事先走了，让我给你说一声。"

我表现得很气愤，趁着酒劲胡乱骂了几句，好像还砸了个杯子。我生气的原因不是他们丢下我，而是他们把辛科这个包袱甩给我。半夜三更让他住哪？毕竟是名义上的老同学，总不能撂下他不管吧？如果那样，让那几个家伙知道，肯定得了便宜还会数落我呢。家里是不能带他回去的。

我省了一会说："不管他们，咱们喝！"

他疑惑地看看我，开始倒剩下的那半瓶酒。我们碰了两杯，辛科便护着酒瓶不让我喝，说我真多了，固执的样子让人讨厌。我骂骂咧咧让他把瓶子拿来，感觉自己身上增添了许多豪气。推拉中无意碰破了他的耳根，一个看不见的小伤口，抹一把，竟染红半边脸。我这才住手，摇晃着坐回座位。空气中弥漫着酒菜的气味，浓烈地飘荡在屋里的每个角落。我恍惚看到：一群鱼游进室内，在屋子的上空集结成群，然后，在我和辛科之间的空隙处迂回行进。我感到耳边一会儿就有一股清新的气流掠过——那是鱼尾摆动时旋起的。辛科说话的时候，鱼们惊得纷纷游走。桌上那条花湖鲤被吃地已现出骨架，只剩下一颗硕大的鱼头，上面有流露出哀怨的眼珠。

半瓶酒被辛科借故自罚，一杯一杯在我面前喝个瓶底朝天，每喝一杯还发出一个干净的响声。酒很快把他那张黑脸染得愈加黑红，耳根的伤口被一片小纸贴上，仿佛黑陶罐上仓促补了个疤子。他从手提袋里翻出几本杂志，说上面有他发表的诗歌，开始喋喋不休地说着啥，反正都是显摆之词。在我看来，也许走到哪儿，他都会带着这包东西显到哪儿，且完全不晓得别人的反感。我没注意听，也没心听。

走出"蜀南竹海"的时候，夜晚的街道灯火熏染人影零落，已是午夜光景。我和辛科沿朔方路摇摇晃晃地往西走，好一阵都不知要去哪里。看样子他也没想好去哪儿，只顾牵着我的胳膊，跟我满大街摇摇晃晃地转悠。前面不远是润城夜市的大门洞子。辛科跟我走了进去。

夜市四面环楼，此时灯明通亮，各种小吃摊摆满院子，但吃客稀少，都像是喝了酒垫巴肚皮来的。我们在一个卖羊头的摊子坐下后，我开始夸张着自己的醉态，喊老板来个羊头，再提一捆啤酒。辛科劝我别

喝了，让老板给我来碗酸汤面醒醒酒。我用命令的口气让老板把我要的
东西拿来。我的大声叫嚷惹得几个吃客都往这儿看。好久没用这种口气
跟人发号施令，感觉原来这么痛快。老板没犹豫，很快端来一盘煮熟的
羊头，腾腾地冒着热气，十瓶啤酒也同时摆在桌上。

　　辛科让我先吃点东西再喝酒，我照办了，反正啤酒摆在桌子上又跑
不掉。看我安静下来啃着羊头，辛科对我说，这次征集市歌他准备好好
写一写，把润城这几年的重大变化都糅进歌词里。他还准备把花湖一种
快匿迹的乡间木刻年画，申报全国非物质文化遗产项目，前些日子请省
里的专家实地议了议，都说有搞头，到时文字上的事还要请我把把关。
我说你是作家还用我给你把关，他亮着白牙讪笑道，诗歌和材料的写法
不一样。

　　吃了点东西，酒醒了许多，端起啤酒竟觉得无法下咽。我去找厕
所，辛科要随我去，我摆摆手说没关系，好多了。

　　回来后，辛科不在摊子上，连影子都不见了。我问老板："刚才坐
在这儿的人呢？"

　　老板边收拾桌子边说："走了。"

　　我气愤地嘟哝："啥，走了？"转而又轻松地对老板说："结账！"

　　老板说账让刚才那个人结了，他递给我一张纸条，说是那人留给我
的。我借着光线展开，纸条上用铅笔写了一行字：

　　老同学多保重，我回家了。有时间来花湖玩。

断　桥

1

　　齐先生走进店里时，穗芳正用塑料掸子掸货架上的物品。尽管每天都要掸上数遍，已找不到一点灰尘的踪迹，穗芳还是反复做着这件事。小卖部生意清淡，眼下虽是旺季，顾客却星星零零的。

　　齐先生早就来了，只是没像平时那样先进店里；他和街对过停车场看大门的老曹站在门口，在早春的阳光下说着什么，眼睛时不时偷偷往穗芬店里瞥。约莫一个小时光景，他才横穿马路往这儿走来。今天的齐先生，穿着那件黑蓝色的羊绒短大衣，赴哪个体面的场合似的，本来拘谨的步子更显拘谨。这一切穗芬早看在眼里，也是装作没看见的。

　　齐先生是城关小学的老师，听说身体一向不大好，办了病退在家休养，已经很久没上课了，听街坊的孩子说学校里没见过这个老师。齐先生是街坊对他的尊称，也是可以随俗叫他齐老师或老齐的。不知谁首先给了他这样一个称呼，大家便都这样叫了，叫久了，才咂摸出一点贬义和挖苦来。齐先生叫什么名字，穗芳从没问过，当然她也没叫过他齐先生，非得戴个帽子的话，就叫他"哎"或"老东西"。"哎"是别人偶尔听到的，"老东西"却没人能听得到。

　　齐先生中等个头，偏瘦，看上去有五十多岁，实际年龄穗芳也是不清楚的。听说他早年死了老伴，独生子在省城工作，有一个上小学的孙子。仅此而已。穗芬不是那种爱打听的女人，人家不想说，打听了也没有多大意思，反倒落个没趣。齐先生人很稳重，慎言慎行，不抽烟不喝酒，穿着一向整洁得体。也许是职业原因，或有别于陌巷俗口，齐先生说话总带些文绉绉的诗歌语言，但一口地方普通话，听起来难免有鸡说鸭语的膈硬。长期养病的缘故，脸色也不太好，是那种冷得不分季节的暗黄和青灰，好在为人温和慈善，两相也就抵消了。齐先生不愿意提自己的病情，更不喜欢别人打问他的身体，凡有关生老病死的话题也是忌讳的。但他很热衷与人聊养生，近乎津津乐道；什么气功、推拿、食补、汤补等等，似乎拍拍捏捏、汤汤水水才是治病的法宝，药的作用反而缄口不提，甚至是鄙视的。"是药三分毒。"他常对别人讲。这也许是他长年医病，和药纠缠了大半辈子不见起色，痛定思痛得出的结论吧。

和齐先生相比，穗芳的底细他却了如指掌。当然齐先生也不是那种好打听的人，都是穗芳自己说的。穗芳是那种藏不住心事的女人。她今年三十二岁，老家在甘肃庆阳的一个小山村，二十岁嫁给同村的小伙子刘固国，有一个叫虎子的男娃，一直留在庆阳娘家。生下虎子不久，小两口开始出外打工，去省城兰州，然后辗转到深圳的一家电器厂干过五年，最后又回到西北，在宁夏平原停下脚。在外奔波了八九年，钱没攒下多少，两口子却分了道扬了镳。也许是在外面跑厌了，或是年轻时的梦想遥遥无期，男人开始好酒好赌，找份工作也干不长。从南方到银川后，两人决定分手，没办手续也没告诉家人。刘固国喜欢大城市，穗芳便去了往北六十公里的这个小县城。男人偶尔来找她，只是为了讨点钱，睡一宿发泄一下体力。毕竟是儿子的亲爹，还有夫妻名分，穗芳对男人的要求尽量满足，是摆在第一的位置上的。女人的软弱让男人变得肆无忌惮起来，人来得勤了，钱要得多了，提起裤子像丢一块抹布那样撇开就走，已然没有先前找她时的讨好和拘束。

虎子是穗芳的另一块心病。儿子转眼十岁了，一直没能力带在自己身边，匪得不行，常常在外面惹祸，学习成绩差得一塌糊涂。寡妇老娘拘管不住，去年冬天的一个晚上出去找孩子，不小心崴了一条腿，躺了小半年，至今走路还拄着拐。回一次老家，穗芬对儿子的陌生感就增加一份；个头越长越高，身体越来越壮，脾气像吃了火药，随时都能爆发，不定啥时会闯出天大的祸来。怎么安置儿子和老娘，就成了穗芳很迫切很头疼的事情。回一趟老家要花掉不少钱，穗芳就在电话里告诫儿子，长途话费贵不说，儿子也听不进去，解决不了什么问题。

齐先生是见过虎子的。半个月前，穗芳打电话告诉他儿子从老家来了，待四五天，趁这个机会她想带儿子到沙湖玩玩，顺便开导开导他。齐先生清楚穗芳是在暗示自己，意思是这几天不方便他来店里，也是顾忌他的脸面。从认识那天起，齐先生始终不想让别人知道他俩的关系，这一点穗芳心里也是有数的。

那天齐先生却一反常态，主动邀请她和儿子一起吃饭，说是给虎子接风，电话里还额外腻味了一阵。当天下午，穗芳特意打扮了打扮，领着儿子早早去了齐先生说好的那家饭馆。半小时后他才出现，还奇怪地戴了一副墨镜。雅座间，齐先生摘下墨镜，很放得开的样子，有说有笑，点了几样价格很贵的肉菜，尽管听他忌口吃肉。虎子超出齐先生的想象，身体粗粗壮壮，不像一般的小学三年级学生，放在六年级也是大块头。虎子不答话，也不拘束，对着桌上的手抓羊肉和爆炒羊羔肉狼吞虎咽，偶尔看人的眼神有一种桀骜不驯的粗野。穗芳提醒儿子坐好，虎子不理，只顾埋头吃东西。穗芳无奈地看看齐先生。齐先生先夸赞虎子几句，说男孩子就得这样，并试着拣些好听的话题切入，给虎子讲了许多学习方法和鼓励的话，还不停地给他们母子夹菜。他对虎子的耐心细致让穗芬心存感激。看得出穗芬好久没有这样开心了。如果不是齐先生老到当爷爷的年岁，眼前还是一幅非常和睦非常幸福的家庭聚会的场景。当然，如果吃完饭齐先生能和他们娘俩一起在街上转转，或送他们回到店里，穗芬就更满足了。但齐先生没有这样，分开和他们出了饭馆大门。

2

齐先生和穗芬是三年前认识的，那时穗芬刚到小城，在一家小饭馆打工。那年初夏的一个傍晚，齐先生和往常一样，吃完晚饭一个人在城东的唐徕渠畔散步。早晚两次沿唐徕渠散步是必需的，只要不刮风不下雨或身体不适，这个习惯他从没间断，已经坚持了许多年。只是他更喜欢一个人走走。

在出城的水泥桥头，他看见一个年轻女人正从桥的那头向他走来。那时候天色刚暗，齐先生的身后照射来一片橘红色的余晖，让迎面而来的女人浑身光艳，竟有几分由天而降似幻似真的情景，触动了他的感慨。女人走得很慢，慢到徘徊，这和齐先生的步速吻合了，也许心境都有些相近呢。女人在桥的中间停下，侧身伏在桥栏上，看着河里汤汤的河水，夕阳匍匐在脸上身上栏杆上。快到女人跟前时，齐先生放慢步子，希望走过时能看清她的模样。近前细看，不过一寻常女子。女人扎着马尾，面容略显憔悴，有心事的样子看着远处一个地方，又没有完全看进去。一件灰西服搭牛仔裤，一看就是穿久了的地摊货。

齐先生慢慢走过女人，避免着脚下的动静。

走到桥的那头，他又踅过身，改变了以往的路线，反复在桥上走了两个来回。这时桥的附近没有一个人影，河堤两边传来青蛙和虫子此起彼伏的鸣叫声，喧闹着四周初降的夜色。就在齐先生最后一次经过她身边，决定回家的时候，女人开口了，不标准的普通话从暗影里传来：大叔，这条河叫啥河？齐先生以为听错了，不过很快就明白过来。这句话好像是自己等了许久而来的，仿佛一个引线，点燃了他滔滔的话题。

交谈中，齐先生肯定了她不是传说中为财勾引有钱老头的女人。外表缺钱，但话头不是往钱上靠的，没编个独身女人离家出走举目无亲身无分文的故事骗他。说实话，齐先生中年丧妻，身体常年有病，但男人那方面的要求还是有的。有人给他介绍过老伴，多数是人家嫌他身体有病性格怪僻，长相太老家庭负担重的女人他又相不上，拖到现在。一上年纪，人老心不老的齐先生便打消了续弦的念头，多数时间只能靠幻想过日子，在想象中领略异性的美。

认识穗芬后，齐先生不再想象了。

他把儿子淘汰的旧手机换了新卡送给穗芬，便于随时联系。后来看穗芬在饭馆干得实在辛苦，又掏出六千块钱，加上穗芬的一点小积蓄，在现在的地方开了爿小店。小卖部离齐先生住的小区较远，属城东城西，考虑去那儿不容易被熟人看到，怕人说三道四坏了名声。县城不大，流言蜚语如疾风追草，尤其是他这样的男人。什么老头骗小媳妇了，病秧子还贪那事了，老知识分子不正经了，等等。其实齐先生不是那种人，如果不是穗芬过意不去，在一个合适的心境合适的时间明示，恐怕他们很难到一起。穗芬也由开始称他"大叔"，变成后来的"哎"和"老东西"。

齐先生整个人都变了，枯木逢春般年轻了好多岁。走路轻快了许多，出门也爱照个镜子，时不时还摇头晃脑地吟诵几句古诗词。每周二他会到穗芬店里去一次，都是在穗芬晚上十点关门的时候。齐先生站在不远的街角，看着女人关上店门，拉下卷帘门的哗啦声令他兴奋不已。接着，穗芬的身影穿过街灯的亮处和暗处，向他走来。她的身影有时欢快，有时凄惶，但每次都是会来的。他们一前一后，来到漆黑的郊外，然后才像一对年轻恋人，手拉着手肩靠着肩，不时还来点黏糊动作。黑夜里的男女没有年龄，可以往年轻里想象，心境也会随之年轻。齐先生骨子里有浪漫，残有激情，就是在寒冷的季节心里也是热乎乎的。夜晚就是他们的白天。齐先生借着漆黑的夜色给穗芬朗诵一首诗词，或讲段人生格言，蛮能烘托眼前的气氛，女人的倾听就是很好的证明。穗芬是个随和的女人，稍有心不在焉，齐先生的朗诵就有些干巴巴的、少了底气的样子。她不愿坏了他的好兴致。

然后再回到店里做另一件事。

这个过程让齐先生很是受用。

刚开始穗芬总爱提起老家的娘和儿子，齐先生用贴心话宽慰她，说有机会一起去庆阳看他们，却始终没建议她把孩子接来，穗芬便不提了。穗芬能干，是个勤快女人，屋上屋下收拾得井井有条一尘不染。楼上睡觉的屋门口整齐地摆放着两双拖鞋，一双女拖鞋，一双男拖鞋。床和沙发是从旧家具市场买的，被套和床单洗得干干净净，铺叠得整整齐齐。刘固国来，不问蛛丝马迹，只管好吃好喝把屋里的干净糟蹋一顿，要了钱走人。每回穗芬都要把刘固国用过的拖鞋、睡过的被罩床单仔细洗一遍，尽管刚刚洗过不久，就连空气中刘固国的气味，也要打开窗户，赶蚊子似的撵出去。后院有一块巴掌大的空地，穗芬从市场买来葫芦籽，顺墙根种下一排，绿藤叶爬上墙头的时候，开出黄色的花朵，金子般亮在墙上。穗芬精打细算地经营着小店，她用一个小本子详细记录着每天的营业额和花销，心情随数额的入出变化而变化，但从不在齐先生面前流露丝毫。穗芬不是那种贪心的女人，除了齐先生给的第一笔钱，再有难处也没向他张过口，没把自己放在被包养的位置。她讨厌这个词。

除去刘固国，齐先生怀疑过穗芬还有别的男人，是旁边开旅社的老板娘和穗芬的一次争吵引起的。老板娘是穗芬的家下表妹，穗芬当初就是奔这个亲戚来的，除了刚来给她介绍饭馆打工的活，其他也没帮过啥忙。齐先生没有面对面见过老板娘本人，听说她也是离过婚的，现在让一个倒文物的贩子包着，关系时好时坏。有一次姐妹俩大吵了一顿，说得确切点是表妹跑上门来把穗芬骂了，还砸了东西，穗芬没回嘴，只是在齐先生面前气咻咻地笼统说过一回。听对面停车场的老曹讲，老板娘怀疑穗芬勾引她的那个文物贩子，骂穗芬穷极了瞄上她的相好有钱，想占她的窝享福。齐先生不信，但也难让他完全不信。

3

齐先生走进小店时，穗芬背着身，继续摆弄货架上的商品，不像以往那样，看他进来就停下手里的活，脸上带着多多少少的光彩。他在柜台外的一个木凳上坐下，双手无措地在膝盖上摩挲着，眼睛打量着女人的背影，扫一下街上稀稀拉拉过往的行人。

穗芬今天的冷淡是有原因的。齐先生心里清楚。那晚请穗芬娘俩吃完饭后，齐先生并没有去别处，他在小巷里三拐两拐，绕进了穗芬的店里。当时穗芬在楼上给虎子打开电视，正坐在柜台里的椅子上织毛裤，这时齐先生悄声走进来，她一点没想到。

齐先生先走上楼去和虎子看了一会电视，然后下来坐在穗芬身边的凳子上，看着她，眼神里有大胆的温柔。"你咋来了，你不怕别人看见吗?"穗芬笑着说。齐先生没言语，一只手慢慢伸进她的后背，寻找着女人身上光滑的部分。"别让虎子看见了。"她让开一点后背，悄声说。他只是笑眯着眼，那只手并没停下。

过了一会儿，他凑到她耳根低声说："我现在很想那个。"

也许是感激齐先生晚饭时的表现，或许是他少有的这份大胆率真，老头意外的举动没引起穗芬的反感。她被这份激情点燃，仿佛火柴在磷片上划过，笑从女人皮肤的深层渐渐绽放出来。穗芬不算漂亮，连中等也勉强，皮肤黑且粗糙，有一口不那么突出的龅牙，肠胃也很糟糕，但她对他的真情，齐先生是感觉到的。

穗芬娇嗔了一句"老东西"，收了毛线走上楼去，背影在齐先生眼前亮了起来，洇开成毛茸茸的一团。虎子抱着课本下楼来，噘着嘴，也没搭理他，坐在穗芬离开的椅子上。女人在楼梯上的拐弯对他滑来一个眼神，意思已经相当明确了。他想和虎子说点什么，安定一下孩子，却不知该说啥好。走上楼梯的时候，他侧过头来看了一眼，虎子趴在柜台上，在昏暗的灯光下一动不动。

齐先生今晚有些反常，动作的幅度大过以往，还有了些新花样，累得气喘吁吁。云雨过后，两人靠在床头上，像蒸笼里两只挤在一起的烫白薯，不分彼此。她说："老了吧。"齐先生喘着粗气嗯哼。她摸着他的胸脯，感受着上面的一道皱褶，像有话要说。果然，她说："我想照顾你，长久的。"

齐先生听出一点味儿，静了。

"我们，虎子和我们一块过好吗?"她继续说。

他更静了，能听到咚咚的心跳。屋里有一种绷紧了的寂静。楼上楼下都很静。黑暗的屋子被窗帘外橘黄的路灯照出微弱的光亮，凭轮廓可以看见静静躺着的两具身体。墙壁传来女人的呻吟和男人的喘息，仿佛他们刚才的声音录入墙里，播放出来似的。货车的大灯伴着隆隆的轰鸣从窗帘上一闪而过。

女人的手从他的胸脯上慢慢退去。

齐先生摸黑穿好衣服，在黑暗中摸索着裤兜，弄出纸的哗啦声。

"这个给你。"他说。他把一个什么留在床头柜上，带上门出去。

楼门口，齐先生意外地看见虎子站在下楼的拐角处，也许刚才在门口偷听过，借着楼下昏暗的光线，脸上带着不可饶恕的怨怒。齐先生吓了一跳，仿佛赤裸裸的身体以及肮脏，被一个不懂事的小孩看透了。他仓皇地逃下楼去。

4

此时的齐先生坐在凳子上，不知说什么好。他讪着脸问穗芬："虎子回去了？"

穗芬没有回头地"嗯"了一声。

"哪天走的？"

"前天。"她依然没有回头。

一个男人走进店来，站在柜台前，脱去油污的线手套，缓慢地掏出钱。齐先生把脸转向墙壁，缩着身子，看着墙上的啤酒广告。穗芬问男人要啥，声音低得像蚊子叫。男人没出声。齐先生回过头，那男人正用观察的眼神看他，手里拿着一盒烟，从里面抽出一支点上，吐出一口烟雾，这才走出店去。

"那天我走后，虎子没说啥吧？"男人走后，齐先生问。说这话的时候，他脑子里闪过男孩蓄着仇恨的目光。穗芬放下手里的掸子，坐在那把椅子上。"小孩子能说啥。都怨我，以后还是注意点好，对孩子不好，对你也不好。"穗芬说得很慢，数着字儿似的。她把一张百元票子放在柜台上，往他跟前推了推，说："你把它拿走。"然后开始打那条毛裤，眉眼心思全转移到手上。那是齐先生那天晚上留下的钱。票面的皱褶都没变。

"原先那六千块钱过几天给你。"女人没抬头。

六千块钱是穗芬半个月后当面交给齐先生的。在他每天晚饭后散步必经的那座桥旁。出城的路一年前改了道，在不远处架了一座新桥，笔直地通向远处的高速公路。废弃的旧桥没了，只留下岸边的桥墩，成了一处浏览河湾的观景台。

齐先生没有一点准备，对面前的穗芬没说出一句话，呆呆地看着她随钱递来一个鼓囊囊的塑料袋，望着她走远。塑料袋里有那条打好的烟灰色毛裤，还有一张纸条。纸条上用铅笔写着一行字：

钱凑齐了，你数一数。身体不好多保重，毛库（裤）你留下冬天穿。

整个上午，齐先生在屋里转来转去，沙发也如针毡难坐。早晨的散步取消了，没出门买早点，没打开电视机看新闻，也没去市场上买菜，钟表嘀嘀答答跳过十二点。中午随便吃了点剩东西，躺在床上，却没有一点睡意。下午他给穗芬打过电话，手机关着，真打通了又不知说什么。蹉跎到太阳西斜，听见放学的小孩叽叽喳喳在院子里吵闹，齐先生这才走出门去。

他没有像往常那样绕个大弯子去穗芬店里，选择了一条直通西环的大马路，急匆匆像赶着一件重要事情似的，无心顾及街上的一切。

齐先生远远看见了那爿熟悉的小店。

今天的小卖部不同以往，不时有人走出走进，门口还意外地停了两辆小汽车和几辆自行车，让他觉得有些不适应。他向周围的巷道转去，曲曲弯弯，从小店另一头的路口出来，店门口依然还是那样热闹。

齐先生踅到对面的停车场，从小窗户看进去，老曹正坐在屋里看电视，电视的音量放得很响。见他进来，老曹拍了一下身边沙发的空位，算是打个招呼。人造革沙发绽开了几处，露出里面的海绵瓤儿，齐先生坐上去，仿佛一屁股落进坑里，需要几秒钟适应。从他这个角度，可以完整地看到对面穗芬的小卖部。

电视机里的枪炮声轰鸣着，子弹嗖嗖，炮弹在齐先生的脑袋里爆开，翻卷着摧枯拉朽的巨响。窗外，人们在三月渐暖的夕阳里，悠闲地从街上走过。两个牵狗的女人在小店门口相遇，摆出懒散的姿势说着什么，两条小狗互相嗅来嗅去，然后堆在一起。一个男孩从店里出来，嘴里嘞着一颗棒棒糖，把书包向空中抛了又抛。一个胖男人发动了停在对面的白色小车，整个身子瘫在车上，打着长长的哈欠开走了车子。

"狗日的可把利比亚打惨了！"老曹感叹着，红脸赤脖，不知是愤愤不平还是幸灾乐祸。"声音关小点。"齐先生说。后面还预备了一句，他没说出来。老曹像是没听见，爆炸声依然如雷贯耳。往常见面头件事，老曹必先汇报似的提起对面的穗芬，包括他知道的任何细节。看样子今天的老曹，兴趣全放在电视上。

日落前的昏暗一层一层加重加厚。街上的灯亮了。小店的灯光尤其明亮。齐先生站起身准备出门，老曹并没回头，眼睛死盯着电视机。

齐先生走进小卖部，这是他在外面溜达了好几个来回，看见店里人稀屋空，这才进来的。柜台后面站着一个陌生女人，年龄和穗芬相仿，甚至胖瘦高矮都一样。齐先生蒙了，以为自己进错了门。

"你要点啥？"女人看着他问。看他没反应，又说："楼上还有麻将室。"

齐先生看着货架上的物品，好半天才说来包烟。烟是齐先生最讨厌的东西，这个选择让他颇感意外。

临出门时，他还是转过身问那个女人："原来的店主呢？"

"你是说穗芬吧，她把店盘给我了。"女人说，眼神疑惑地目送着他。齐先生想问穗芬去哪里了，可这时他已经走到了街上。

走过一个街口，迎面又出现一个街口。口袋里有音乐，齐先生掏出手机时音乐断了。液晶屏上显出一个手机号，一个完全陌生的号码。

子弹壳

哑锁一个人在路边的坡上捡石子，白色的，越白越好，夜里能擦出闪亮的火花。除了捡石子，哑锁的真正目的是在这里等姐姐，吃过午饭就在这儿等了。从县城开来的中巴车两小时一趟，下午已经过了两辆，这会儿日头西斜，还剩最后一趟，姐姐肯定就在这趟车上。

姐姐一大早进城，答应给他买一把玩具手枪。同学刘印壮就有一把玩具手枪，颜色乌黑乌黑的，闪着镍光，跟真的一样，扣动扳机，能从枪口射出仿铜的塑料子弹，啪的一声打出去好远。哑锁也喜欢枪，做梦都拿着和刘印壮相同的手枪，只是打出去的子弹总是软塌塌地落下，离目标很远。刘印壮太小气，摸都不让摸他那把手枪。哑锁一直想有那样一把枪，昨天晚上姐姐总算答应给他买了。

柏油路画着弧线伸向坡下那片土灰色的矿工家属区。从高处看，家属区和荒野没有多少区别，土灰色笼统地抹过一遍，成为地形凹凸起伏的一部分。偶有云的影子从屋顶上缓缓移过，仿佛一团团浮动的煤尘。家属区的后面，是通往北山矿区的土路、混凝土桥梁和满是尘土的鹅卵石河床，还有运煤车扬起的烟尘在半空中飘浮。现在是夏秋时节，除了坡上斑斑点点的戈壁植被，整个簸箕沟竟找不到一处绿色。河里的小股溪流只够没到脚踝，风顺着行将干涸的河床前行，从河堤中间吹上来。

哑锁捡了一口袋白石子。他站在坡上，望着簸箕沟上空，感觉自己变成一只大鸟飞了起来，飞过家属区，飞过河床，飞过山谷和戈壁，身影掠过近处远处那一大片荒凉。

哑锁的手无意间触到裤兜里一个硬邦邦的东西。那是一枚步枪弹壳，是他在山坳里的靶场捡到的。这枚子弹壳他一直随身带着，没事的时候随时拿出来吹个响听。他把弹壳空的一头放在嘴唇上，吹出一声长音，雁鸣似的声音滑过眼前的景物，婉转而悠长。他又连续吹出几声短音，有山麻雀的欢快，野斑鸠的悦耳，羊角鸡的低沉，哑锁反复变换着各种鸟叫的声音，空旷的簸箕沟上空一时间百鸟争鸣。

几辆运煤车向坡上隆隆而来，扬起一路煤尘。哑锁躲进路边一块青石后面。大卡车吐着黑烟雾，老牛爬坡似的喘着粗气，卷起的煤屑和沙砾，噼噼啪啪打在石头上，落了哑锁一身。煤车过去后，哑锁从石头后面出来，冲向县城方向开去的煤车吐了一口唾沫。这时他看见，有四个人正从坡下向上慢慢走来，准确地说是向他走来。

为首的就是刘印壮，身后跟着方宝、史立凯、巨文波，他们号称"四大金刚"。"四大金刚"总找机会欺负哑锁。尤其是巨文波，长得粗黑高大熊一般的身子，刘印壮一递眼色，他就像一头狗熊那样拍着胸脯向哑锁扑来。每次挨完打，哑锁轻则满身尘土，重则鼻青脸肿衣衫破烂，回到家还要挨爹妈的骂。哑锁还得经常提防刘印壮的黑枪，塑料子弹嗖地从某个地方飞来，打在脸上生疼生疼的。他只能挨着，翻翻眼又会招致一顿毒打。单靠刘印壮一个人哑锁才不怕呢，但他们合起伙来，他一个人要对付一头熊三条狼，哑锁就怯了。

刘印壮穿着那身熟悉的名牌运动套装，手里拎着一根细木棍，边走边拍打着身边的芨芨丛，扬起阵阵暖黄色的灰尘。身后跟着瘦猴史立凯，脸上的眼镜片迎着阳光刺目地一闪一闪。刘印壮左侧是方宝，右边是巨文波，巨文波肉囊囊的身影，走几步还要停下来喘口气。从高处看去，那四个人与其是走，还不如说是贴着坡面爬行，就像四头围猎的食肉动物，分左右前后夹击之势，顺着芨芨、红柳之间的羊肠小道往上迂回行进，身后拖着长长的影子。

夕阳喷射着橙色的光芒，大地上的一切只呈现明暗两面，显得嶙峋分明。哑锁一动不动站在坡上，不知该不该躲开。他像头待捕的山羊，目光哀悯，愣怔地看着慢慢逼近的恐惧。

"四大金刚"在哑锁身边围成一个圈。刘印壮眯着一只眼逼近哑锁，喘息的气流浓重地扑在他脸上，一股大蒜味。缓了一会儿，刘印壮避开光线，慢慢睁开那只闭着的眼睛，瞳孔往虹膜里收缩，脸上流露着冷漠阴险的气息。他用棍子拍打着腿子，身子晃来晃去，说：

"听说你到处宣传，你姐姐的工作是凭本事考上的。"

"当然。"哑锁昂着头说。

"当然个屁。不是你妈提着东西跑到我家哭哭啼啼地诉苦认亲戚，我爹才懒得管你姐的事呢！"刘印壮用棍子点着哑锁的鼻子说。

哑锁站在那儿无言以对。

刘印壮的爹是矿上劳资科的头头，他家的很多东西不用花钱，吃的喝的用的都有人送，包括那把玩具手枪。去年，哑锁妈为了给职高毕业的姐姐找工作，也给他家送过礼。后来姐姐的事办成了，在矿办当打字员，可哑锁一点也不感激刘印壮他爹。哑锁的爹和刘印壮的爹是一个村子出来的老乡，哑锁的妈和刘印壮的妈又是同村表姊妹，既沾亲又带故，该是你来我往时常走动的两家。可刘印壮一点也不喜欢哑锁，一如刘印壮的爹不喜欢哑锁他爹，刘印壮的妈不喜欢哑锁他妈一样，两家极少往来。刘印壮嫌哑锁家穷，和自己家不是一个档次，不属于同一个阶层，看不起他，歧视他，不和他玩，还经常找他的麻烦。哑锁常想，也许大人之间的不和也是这个原因。

刘印壮用棍子在手掌上不停拍着，围着哑锁踱着慢步转了一圈，鼻音凝重地问:"你在这儿干啥?"

哑锁吸了一下鼻涕，没言语。他看着刘印壮手里不停晃动的木棍。

史立凯双手插在裤兜里，在旁边流里流气地嗫着尖嘴嘿嘿:"在这儿等哪个小丫头呢?"史立凯的话引得方宝、巨文波嘎嘎大笑。

哑锁争辩道:"我在这儿等我姐姐。我姐去县城了，给我买手枪呢。一会我就有手枪了。"他把手枪两个字咬得很重，变音的声调有自恃强硬的意味。

刘印壮冷笑一声:"吹牛不上税。告诉你吧，你姐不回来了，她跟城里的侉子跑了!"

"你胡说!"哑锁怒视着刘印壮。

"胡说? 你问方宝，他姐是不是跟人跑了?"

方宝在哑锁身后说:"真的。我大姐早上说的，你姐准备跟侉子私奔，就今天。"方宝大姐和哑锁的姐姐是无话不说的好姐妹。

"侉子"是矿上人对簸箕沟以外的人的专用名词，男的叫男侉子，女的叫女侉子，小的叫小侉子，老的叫老侉子，也说不上为啥这么叫。

刘印壮获胜般地嘻着脸皮对哑锁说:"听见了吧，你姐姐跟野男人跑了。"

"放屁!"哑锁嘶哑着声音冲刘印壮喊道，声音宛如用力拍击的亮镲振耳发聩。

哑锁浑身顿时被怒火燃烧，身上不知从哪蹿出一股力量，脸红脖赤，两眼喷射着火星，无畏地向刘印壮扑去。刘印壮猝不及防，棍子被撞飞，跌了个仰面朝天，很容易就被哑锁按倒在地。有人很快从后面把哑锁的身子翻过来。刘印壮骑在哑锁身上，拳头耳光噼噼啪啪雨点般落下。哑锁用脚奋力蹬着地面，企图躲避来自上面的殴打，兔子打洞一样扬起阵阵沙尘。眼看就要翻过身时，另外三个人停止观望，一哄而上，一个一个像麻袋摞在他身上。尤其是巨文波，一个能顶两个的重量，把哑锁深深埋在最底下，动弹不得，连气都难喘上来。混乱中，他们在他身上拳打脚踢他都不觉疼，不知谁踢中了他的卵蛋，才让他疼得快要昏死过去。

那几个站起身，拍了拍身上的土，看着哑锁蜷起身子在地上滚来滚去，翻滚到那块石头旁。刘印壮蹲下身开始解旅游鞋上的鞋带。停止翻滚的哑锁无助地看着他，恐慌地猜测这个举动后面的动作。

刘印壮拎着一条白色的长鞋带，递给巨文波一个狡黠的眼色，说："把这兔崽子捆起来。"

巨文波有点犹豫，不过还是照做了。

哑锁的双手被反扭在身后，巨文波用那根鞋带把他的两个手腕捆在一起。刘印壮吩咐绑结实点。然后他们站在一起狞笑地看着他。刘印壮抱着双臂，观赏这出由他一手导演的恶作剧，然后当着众人，掏出他没毛的鸡鸡冲石头撒尿，伴着骚味的尿点子溅在哑锁脸上、身上……

哑锁缓过神后，刘印壮一伙已经不见了。他发现鼻子和嘴角有黏糊糊的液体缓缓流动，肿起来的眼眶眼泪模糊了视线。他知道自己的鼻子和嘴在刚才的打斗中挂彩，眼角被打肿了。他把下巴朝上抬起，看着天上染红了一边的云彩，鼻血顺着鼻腔流进嘴里。他不住地往旁边吐着带血的唾沫。一会儿鼻血不流了，他靠着石头把身子挪起一些，舔了舔嘴角，又重重吐出一口红唾沫。哑锁的双手被那根鞋带牢牢绑在身后，细绳勒得肉疼。他回想起刚才被打的情景，感到无比委屈，呜呜地在坡上哭起来。

起风了，风里有细沙粒和冷冷的血腥味。挂在沙棘、骆驼刺上的几片废塑料袋，伴着坡上少年的哭声在风中摇曳，一会儿风声盖住哭声，一会儿哭声盖住了风声。哑锁的恸哭不光有疼痛、委屈、屈辱，还包含着仇恨。他恨刘印壮，恨"四大金刚"，甚至恨姐姐。

姐姐长得不算漂亮，但皮肤白身材好性格又文静，尤其到夏天，穿上一身浅色裙子，长长的头发梳成马尾，走在矿区的水泥路上，惹得矿上的小伙子个个像馋嘴猫，眼睛锃亮，有事没事老爱在哑锁家门口转悠。有几家还托人上门提亲，妈说丫头还小，过两年再说吧，都给回绝了。姐姐的身材那是没得说。一次哑锁无意中看见姐姐换衣服，只穿着胸罩的身子把他看蒙了，说姐是美人鱼出水仙女下凡也不为过。姐姐是妈的骄傲，也是爹和哑锁的骄傲。妈在爹面前嘟囔，丫头有这么好的工作，又秀气又懂事，以后一定要找个好人家，别像我，遇着你这么个窝囊废，一条道走到黑。

姐姐开始烫了头发，满头卷卷，浑身香喷喷的。她越来越爱进城了，说是会同学，几乎每个礼拜天都要去趟县城，后来变成周六去周日回。一个女娃夜不归宿，成什么样子？妈吊着脸训斥从县城走进家门的姐姐。姐低声说没赶上班车，就在同学家住下了。爹埋头坐在院子里的小木凳上，边咳嗽边抽烟，烟雾模糊了他的脸。爹偏心，从来没骂过姐姐。

矿上有传言，哑锁他姐在县城里有男人了。在矿办上班的老乡来家串门，以不得不说的样子告诉爹，和哑锁他姐好的侉子有老婆。爹和老乡去饭馆喝了不少酒，晚上扶着墙回来，还不住地咳嗽。妈数落爹有肺气肿还喝酒，不要命了。爹恼了，当着哑锁和姐的面把妈按在床上，揪着妈的头发一顿拳打。哑锁扑上去抱住爹的胳膊，让爹别打妈了，姐姐也哭着说，是我的错你打妈干啥。爹从妈身上下来，并没对姐姐咋样，而是拎起一把小木凳要砸哑锁。妈从床上爬起来抱住爹的腿，喊他快跑。哑锁跑出院子的时候，听见妈在屋里发出凄惨的叫声。

那晚，哑锁在水泥涵洞里藏了一夜。

夕阳衔山，簸箕沟笼罩着一层灰蒙蒙的懒散。哑锁用石头的棱角磨开绳子。这时，最后一趟班车从县城的方向开过，停在坡下的家属区。哑锁睁大眼睛，从高处数着一个个走下车来的旅客，数到最后一个人还是没看见姐姐的身影。哑锁不甘心，目送着那辆空车往家属区开去。这趟班车不回县城，车和车主在矿上站一夜，明早头班车进城。哑锁失望了，呆呆地站在暮霭里。难道刘印壮他们说的是真的？姐姐真的和城里的侉子跑了，再也不回来了？哑锁脑子里闪过几个问号。

哑锁从兜里掏出那枚子弹壳，用实的一头在青石上划刻着。子弹壳在石头上划出火星，划出断断续续的白线，他边划嘴里边咬着牙低声念叨："刘印壮不是人！'四大金刚'不是人！"他要让这些字清楚些，要让看到这些字的人都知道刘印壮一伙都是坏东西。但事与愿违，那些他认为的字迹根本看不清楚。

哑锁有点饿了，肚子里有一只猫正喵叫个不停。他看了看坡下的家属区，但一点都不想回家。各家各户的烟囱在山的暗影里冒着淡淡轻烟，巷道中的人影缓慢移动，蚂蚁一样有方向又没有方向。几个小孩在一堵院墙边玩耍叫喊，腾起几声尖叫，飘向空中。

一辆黑色的小轿车向县城的方向飞速而过。

最后一抹阳光在西天隐去，很快，山影的分界也模糊起来，继而消失。黑夜如期而至。黑暗把四野涂成一色，分不清高低起伏的沟沟壑壑，寒冷的山风在暗夜里潜行，舔着地皮爬上山坡，刀片似的在男孩脸上划着，并伴随着狗啃骨头般狠毒的呜咽。哑锁任由寒风肆虐，嘴角的血凝固了，变硬成壳，一如心里凝结如冰的委屈和愤怒。

这时，从坡下慢慢移动上来几个更黑的人影，边喘息边说着什么。又是该死的"四大金刚"。哑锁急忙躲进离石头不远处的一丛骆驼刺后面，屏声等着他们走近。

"我们不该这样对哑锁，那小子挺可怜的。"是巨文波的声音，粗重的喘气声像一头正在爬坡的老牛。

"你还好意思说呢，就你出手最重，打完了还把人绑起来。"史立凯尖细的声音带着责怪。

"他妈都哭成那样，我们还打了他。"方宝说，"听我姐吃饭时讲，那个男人不愿和他老婆离婚，耍哑锁他姐呢，他姐吞了安眠药……"方宝好像摔了一跤，话没说完。

"侉流氓！我爹已经带人进城找他去了，定轻饶不了那小子。等见了哑锁，我把这支枪给他玩，他还不知道家里发生的事呢。以后我们一起耍，再不欺负他了。"刘印壮说。

"对对对！"其他人附和着，声音越来越近。

他们的声音被风吹得时断时续，但都被躲在坡上的哑锁听个清楚，不知不觉眼泪流了一脸，热乎乎的。四个黑影爬上土坡，在石头旁边停下来。他们发现了那根磨断的鞋带。"哑锁！哑锁！"几个人往周围喊着。他们又往坡的另一面走去，边走边呼喊着他的名字，喊声渐行渐远。

哑锁从草丛后出来，弯下腰在石头周围寻找着。不知啥时候，那枚子弹壳被他弄丢了。

小钱包

小钱包矮胖的身影偶尔出现在我们西镇的大街上。他昂视前方，甩着臂膀，身体大幅度地左右摆晃着，不知道的人会以为他是急急赶赴哪个重要场合。天气热的时候，他总穿件不合身的浅色大褂子，长长的下摆遮住屁股和大腿的一部分，让飞快行走的身体看上去犹如一个向前滚动的圆球。如果你不在第一时间叫住他，他的身影会即刻消失在人群里。专门找他会相当费事，他没有手机，家里的木头门上永远挂着一把生锈的大锁子。

小钱包当然是他的绰号，至于大名已无人关心。这也没什么，名字本来就是人的代号，再说他也喜欢别人叫他小钱包。"小钱包！"你听，叫着亲切，听起来也有些衣食无忧的意思，仿佛一卷卷票子温柔地向他撒来。有小就有大，他哥哥叫大钱包。大钱包死于一场痨病，前年，名字和人一起蒸发了。大钱包死后，人家照样叫他小钱包。为此他还纳闷：为啥哥哥殁了，就不能扶正叫他大钱包呢？如果那样的话，朝他撒票子的感觉肯定会更响亮，更大气。

在我们西镇，很少能见到像小钱包这样匆忙走路的人，正是他别具一格的行走和叫着喜色的名字，才给人留下颇为深刻的印象。尽管如此，真正熟悉他的人还是很少。

我就是在一个偶然的时节里认识他的。

那年初秋的一天下午，我正敞着门在办公室里练字，单位的大院子很静，可以听到从街上传来隐隐约约的音乐声。这时，有人轻步走了进来，我以为是个熟人，没有回头去看。等我意识到一种陌生的气息慢慢逼近，这才回过头去，看见一个陌生的矮个子男人已经走到跟前，正眯着一双小眼睛询问似的看着我，又看看我写的字。他比通常看到的矮个子男人还要矮一些，介乎侏儒和常人之间，像是娃娃的身子安了张大人脸。他的年龄也说不好，可以在十四五岁至三十来岁之间猜想。后来他曾摇晃着脑袋打趣说，他爹造他哥哥时精力充足，给了他哥一个高大粗壮的体格，轮到他只敷衍了一点清汤寡水，是疲于凑数的应付之作。

站在我面前的小个子男人并不显卑微，也不拘谨，反背着双手观看我写好的那些字，有些行家品味与挑剔的意思。我还是头一回见到有人这样看我的字。先声明，我不是什么书法家，甚至连写毛笔字最基础的东西都没弄明白，只是在文化馆上班，总要找点和业务有关的事情做。这是老馆长教导我的。老馆长说我年纪轻轻，整天瞎晃悠也不是个事，我这才找了本字帖，装模作样地从最简单的笔画练起。看完字后，他开始用一种古怪的发音对我嘟哝开了，说了些啥，我听得不太确切，好像是夸赞之词。我这才看见他肥厚的上嘴唇有一道浅浅的豁痕。如果说他的嘟哝是在夸赞，我是定然不信的。这点糟水平连傻子都能看出来。果然，由夸赞变成了指点，有些话还真在理上，什么横平竖直、上紧下松、钉头鼠尾等等。帖子里也是这么讲的。

这个生面孔到底找我干啥，是让我给他写几个字？还是冒充行家的江湖骗子？好像都不是，当然更不是收旧报纸或民工什么的，他有着和他们不同的着眼点。最后，他才告诉我，他也很喜欢字画，家里曾经有过一幅齐白石的真迹。我当然不信。如果说他有一幅齐白石的印刷品我倒更愿意相信。他还说自己在黄河边拣到一块奇石，娃娃脑袋大小，上面有酷似毛主席侧面像的图形，头上还绕着一圈光环。

"很逼真。"他强调说。

那天下午，我们东拉西扯谝了很久，他的话我听不大明白，但竟很有耐心地听着。早过了下班时间，大院里全是楼房的黑影，并逐渐加深加厚。最后，他请我到他家喝酒，顺便看看他的宝贝石头，给他鉴定鉴定。不知是出于进一步了解这个奇怪的男人，还是想见识一下他的藏品，或者一顿酒，我答应了。

他用一辆旧自行车驮着我往东，沿着主大街，穿过整个县城。他在我脖子以下的位置卖力地蹬着，车链条嚓嚓作响。坐在自行车后面，感觉是坐在一辆由猴子骑着的车子上，不习惯前面没有任何遮拦。大道前方的街景一览无余，过往的行人都在朝我们看，更多的是在看我。

自行车停在路灯尽头，低矮的房屋后面已经能看见郊外一片黑黑的田野了。我开始犯嘀咕，觉得跑这么远不管为啥事都不划算。我跟在他和车子后面愈走愈慢。我还是停下来，婉转地告诉他想起一件要办的事情，很重要，不能去他家喝酒了。我尽量让自己的语气显得诚恳些。他马上急了，嘟哝说快到了，那片玉米地后面就是他家，酒菜都准备好了，还要看看那块石头呢。看来这一切早有预谋。我心里顿生疑团：他为什么要这么做，难道背后有骗局？我告诉他，其实我不懂什么鉴定，意思是说我没有他想的那样有利用价值。他还是拉着我的胳臂，固执的样子让人心悸。想想这个小男人也不能把我怎样，我又开始随着他往前走。他的身影在我前面轻盈得像个跳蚤。

玉米地后面是一户独家小院。他把车子靠在墙上，掏出钥匙打开院门。院子里的一切都已经黑了，看不清四围的细处。他摸索着打开一扇房门。

灯光下，屋里四壁的墙上贴满了画，清一色的水墨虾，竞游舞须，让人眼花缭乱。一张代替画案的旧桌子抵在墙角，上面堆着半人高的一摞画稿，纸张是那种很次的烧纸。没想到这家伙真能下功夫。我对眼前的情景惊叹不已。我故作懂行的样子一张一张看着墙上的画，说不上喜欢还是不喜欢，不过笔墨还是能看出一些功夫的，和单位老左的水平不差上下，听说老左的花鸟画能卖到四五千块钱呢。在文化单位待了两年，耳闻目染，没养过大耳朵也听过大耳朵的哼哼，还是能看出一些路路道道的。他带着突然亮出本事的得意看着我，观察着我的反应。看完后我没说什么。我真不知该说些啥。他有些失望，不过一闪就过去了。

他从外面端来两盘凉菜，一盘油炸花生米，一盘拌黄瓜，摆在靠床的方桌上。他嘟嘟哝哝地把我让到桌子一侧的床上。坐在床上正对门口，视野开阔，还能随时躺在床上说话，酒醉了也不用担心溜到桌子下面去。他随手撬开一瓶"西北狼"，蹲在对面的小板凳上，敞开褂子，露出两排肋巴，很男人的样子。我发现他撬酒瓶的动作很特别，把有瓶盖的一头插进桌子一侧的耳形拉手里，往下一撇，瓶盖就没了。我自始至终就欣赏他这一点。他把酒公平地倒进两个口杯，不划拳，碰着喝，这一点也和我投脾气。

他边喝酒边嘟哝："你也看见了，我是个画画的，专门攻水墨虾，这些年为了画画把田都租给别人种了。村上的人说我不务正业，我不在乎。"他把手一摆，继续说，"我就看不惯那些人狗眼看人低，以貌取人。"他告诉我，他手头经常没有买纸墨的钱，三十岁出头还是个光棍。他苦笑着，端杯子的手都有些发抖。

"我偏要画，我要让那帮小人看看，我是不是一块当画家的料。等我的画值钱了，我也要过过有钱人的日子，雇他两个大个子当保镖。"他嘿嘿着，脸上的表情从苦涩变成激昂，不断挥舞着那只拿筷子的手，仿佛有个美好的东西就在眼前，抓一把就有了。

他说他特别崇拜齐白石，谙熟齐白石的一切，连他有几个老婆几个儿子几个孙子都清楚。他还翻出两大本有关齐白石的剪贴簿，一多半是从旧报纸上搜集来的。翻看的过程中他又对齐白石的画品头论足。他的声音含糊不清，好多内容都是我拼凑出来的，不太全面。渐渐地，我就有了一些窍门，适应了他古怪的发音，理解起来也不再那么费劲了。

和这种人喝酒很放松，没有一点顾虑，我甚至可以躺在床上，让他把茶水端到我面前来。他讲起工地上一个叫陈瘸子的人。有一次陈瘸子欺负他，他趁其不意，一拳把那个大块头打倒在地，打得陈瘸子鼻孔冒血住进医院。他说他常在河边练功夫，并给我比画左勾拳右勾拳，还把胳臂上的三角肌鼓出来让我看。我觉得眼前这个小男人不光可怜，还很滑稽。我不相信他的鬼话，除非那个叫陈瘸子的人只有一条腿、一条胳臂。但我又不想破坏这场酒，损了他的好兴致。破坏一个可怜虫的好兴致等同犯罪。他还告诉我他家里的一些事。因为我发觉这个空空的院子里始终只有我们两个人。他说他父母死得早，哥哥前年也死了，现在家里只有他一个人。说起他哥哥大钱包，他显得很气愤，他说他这辈子最恨的人就是他哥哥。受别人欺负不算啥，唯有被亲哥哥欺负才是天底下最令人悲痛的，也是最让人感觉恶毒的。他说在别人看来，他那个一奶同胞、虎背熊腰的哥哥可以保护他，起码不至于欺负他。但他不，他把他当成奴隶一样使唤，让他洗衣做饭、点烟递水，动辄罚跪，或用皮带打一条狗那样打他。

"你看人家武大郎和武二郎，同样是一奶兄弟，可差距咋就那么大呢？"他呜咽着，眼圈泛红，眼睛眯成一道缝，仿佛回避灰尘或光线。

哥哥的死对他来说没有什么可悲伤的，甚至连点兔死狐悲的意思都没有，只觉得世上曾有过这么一座山，压在他身上整整三十年，一下崩塌了，他也就轻松解放了。现在他不用看谁的脸色，可以无忧无虑地在家里大喊大叫，可以在街上大摇大摆地走路，可以画他喜欢的画。他说他哥哥不死，他真不知道自己以后会有多惨。他呸呸呸往地上吐口水，说不呸会把那个人的鬼魂招来。

他的脸上升起两片酡红的云，说话更加含糊，听起来也愈加费劲，这还要让我重新想办法去适应。他嘟哝说："我不怕别人欺负，谁的欺负我都可以忍受，包括哥哥的。但我最恨别人歧视我，看不起我。"他说他想和我交个朋友，一生一世的真心朋友。他挤巴着小眼睛站起身，很真诚的样子，把一杯酒在地上洒道弧线，然后抱拳冲我一拜，还要我表个态。我学他的样子做了，嘴里念叨我们一生一世做朋友。可那全是假话。我觉得这人很可笑。我也很可笑。

一时我们又无话可说。

屋外夜阑人静，有数声虫鸣点缀。桌上放着一个大玻璃瓶，里面养着几尾小河虾，在昏黄的灯光下悠悠地上下蹿游。

这时一个女人从外面带着风进来。女人二十七八岁，颜色平平，如果略施脂粉，穿得稍好一点，或许还算个美人。看见屋里有客人，女人忙脱下手上的白线手套，匆匆整理了一下细花白底的旧衬衣，拍打拍打皱巴巴的裤腿，好像刚从外面干活回来。裹在头上的绿头巾下有一双会说话的眼睛，丰满的胸脯微微起伏，容易让酒中的男人想入非非。看见女人，他故作反感地把豁嘴撇了撇。在我看来他并没有反感的理由。如果说面前这个女人是朵花，那他只能算一堆肥料。

他潦草地介绍："她是万紫。"

他还嘟哝了些啥，我没听清楚。我就想，这女人是不是该有个妹妹叫千红呢？

他给叫万紫的女人介绍我是书法家，是他的好友，女人的脸上并没有啥反应，只淡淡看了我一眼。万紫搬来椅子，挨着他坐下。她也加入进来喝那剩下的少半瓶酒，一仰脖一杯，很痛快。几杯酒后，万紫的话开始多起来。都是有关他的话题。她笑嘻嘻地叫他小钱包。我这时才知道他有这样一个称呼，也跟着叫他小钱包。他不反感，甚至高兴地接受了，尽管他比我大七八岁。

小钱包对万紫疑似反感的模样装不住了，脸上的兴奋比哭还难看。他说万紫的新疆舞跳得特别好，并让她跳给我看。万紫大方地站起身，就地舞起来，脑袋果然是能左右平行摆动的。

万紫像个当家主妇，喋喋不休地数落着小钱包不会过日子，把屋子弄得乱糟糟，并简单把屋里的几处归置了一下。她说他除了画画什么都不会干，地也没心种，做过几次小生意都赔了本，还老让别人白使唤。她还说起他几次受骗上当的事来。女人语速很快，如喜鹊满屋子喳喳，但我都能听清楚，这也许是听惯了小钱包含糊不清的话后，对正常语言很好接受的缘故。小钱包抱着膀子趴在桌上，用舌头舔着嘴上的豁痕，对万紫的话表现得很不耐烦，一言不发。

万紫给小钱包递眼色。小钱包为难地告诉我他们有事要出去，什么事他没说。说实话，这会儿我倒不想急着回去了。

他把我送出家门，送到大路上，一路推着自行车和我说了许多话，然后把那辆破车子交给我。我问万紫跟他到底啥关系，甚至腆着脸问他和那女人睡过没有，她的奶子是不是很大。我觉得我在这个小男人面前可以胡问。他不愿往那方面说，但还是告诉我，万紫是大钱包的旧相好，名声不好没人娶，现在又和他黏糊上了。他好像并不满意那个女人。我问他们这么晚还出去干啥。小钱包躲闪了半天才告诉我，他和万紫到镇上的工地干活，是夜班，晚上十二点到明天早上八点，一个人一晚上能挣五十块钱呢。

我突然萌生了想和他们一起去工地干活的念头。我不是为那五十块钱。他怀疑地看着我，说那不是我这种人干的活，筛石子和砂浆，干一夜我根本吃不消。我一定要去，让他把我介绍给工头。他说工地上倒真缺人，去没问题，但还是觉得我是说着玩的。

他高兴地接受了，转身回去喊万紫。

我站在大路上给家里打电话，是老爸接的。我说我今晚不回去了。老爸还没听我说完，就在电话那头骂起来。

三个人没法共骑一辆车子。我说我来骑，他俩一个坐后面、一个坐前面的横梁上。也许是有损形象，还是别的什么，小钱包执意让万紫坐前面。万紫唯唯诺诺，一定要坐后头，被小钱包咧咧了一顿才慢慢挪上来。万紫比想象中胖，在我箍起来的臂弯里，身体传递着温热的女人的气息，几乎和我脸挨脸。我几次故意用下巴在她脖子根蹭蹭，看看她的反应。我也不知道为啥会有这么大的胆子，和一个比自己大好几岁的陌生女人撩骚，肯定是酒壮的胆，但又不全是。

路上万紫不时咯咯发笑，身子随着笑微微抖颤，藏匿不住兴奋。自行车笨重地在昏黄的路灯下抹过，车上的欢快飘向夜空，萦绕在空旷的马路上。

半道，小钱包急急跳下车子到田里拉屎。我让他蹲远点，别让风把臭味吹过来，他在路边的土矮墙后面嘿嘿，笑声像黑暗中的魔鬼。万紫把我的胳膊碰了碰，提示我她想下车，我没动，脸顺势挨在她脸上。她把脸躲开，从我胳膊下的空间钻出去，站在路灯下的光亮里，和我保持着距离。

工地在城南，是一所学校的办公楼。搅拌机在大灯下轰鸣，成群的飞虫围着灯光盘旋，噼噼啪啪碰撞着灯泡。楼房盖到两层那么高，黑暗的脚手架上亮着几盏灯火，工地上零零星星晃动着干活的人影。小钱包把我领到一个胖子跟前，叫他陈哥，说我也是来干活的。

胖子翻着眼对我打量一番后，踢了小钱包一脚："你也不看看他是不是干活的料。"

我说："咋了？我咋就不能干活了。"

小钱包嘿嘿道："就是，就是，别看他长得白净，身体总比我这样的强吧。再说工地上不是缺人嘛。"还低三下四地给胖子点了根烟。

胖子一挥手说赶紧干活，叼着烟背着手走了。后来我才知道那胖子就是陈瘸子，可他一点都不瘸。

我随小钱包把搅拌机里搅拌好的砂浆往出擂，再把拌好的沙子水泥添进搅拌机里，一擂一添没有停过手。我没干过这种体力活，凭着新鲜感和一股子蛮劲不停地挥舞着铁锹，一会儿身体就开始打摆子，疲软得像坨烂泥。小钱包一板一眼均匀地往外擂着砂浆。他告诉我这样蛮干不行。他让我到砖头堆后面缓缓，别让陈瘸子看见，陈瘸子看见了要扣工钱。

我在砖堆后面找个地方坐下，看着天上的星星。搅拌机的隆隆声把夜晚吵得比白天还喧闹。没想到半夜这么冷，还刮了一阵风，我抱着膀子躲在砖与砖的夹缝里，后悔这一时冲动之苦。时间仿佛静止不动，夜晚漫长得无边无际。

我迷迷糊糊地打起盹来，时不时听到搅拌机的声音。

小钱包不知啥时候碰醒我，递给我一瓶矿泉水，坐在我旁边。搅拌机隆隆地空转着。这很好分辨。嚼东西和半夜磨牙是不一样的。他说万紫来过，带来的水。我问万紫呢？他说在那边筛沙石。

小钱包嘿嘿道："这会儿陈瘸子睡了，不干了，躲个滑。"

我问现在有几点，他说大概到后半夜了，再磨蹭磨蹭天就亮了。他还说这时候干活的人都在偷懒，那些忙乎的声音都是假象。这方面他有经验，都是万紫教他的。

我笑着问:"万紫还教过你啥?她教你怎么睡觉吗?"

他翻着眼睛嘿嘿:"别看你年纪小,还挺流氓的。万紫刚才说你在路上还打过她的主意。"

"胡说。她是咋说的?"我急了,追问道。

他说:"没啥没啥,不说那些了,万紫也是个闲不住的女人。"然后起身拍拍屁股走了。

小钱包走后,我就想万紫为啥把我路上的小动作告诉他,是证明对他一心一意,还是炫耀有男人追她。想谁谁就来。万紫从另一个方向走过来,裹着绿头巾,笑嘻嘻地坐在我旁边,说:"累了吧。这哪是你们城里人干的活。"我没理她。万紫有点尴尬,想走的样子站起身。

"你喜欢小钱包吗?"我问。

她受啥侮辱似的,提高嗓门说:"不可能!就他那个样子。"也许她还想说癞蛤蟆想吃天鹅肉什么的。

这时一个人从砖堆后面突然现身,厉声喝道:"他妈的,活撂到那儿不干,躲在这里干啥!"

借着工地上微弱的灯光,我认出来人就是工头陈瘸子,胡子拉碴,喷着酒气。我赶紧站起来,万紫也溜掉了。我低着头往搅拌机跟前走,陈瘸子跟上一步,从背后踹了我一脚骂道:"滑头!"

也不知这厮哪来这么大驴劲,我被踹倒在地,翻了两个跟头,满身满头是灰。我慢慢站起身,用劲拍着身上的灰土,冲陈瘸子脚下狠狠吐了一口唾沫。陈瘸子又向我扑来。

小钱包跑过来护住我说:"陈哥,他是我朋友,看我的面子算了。"

那家伙像老虎扑小鸡一样,手脚并用连捶带揣,把小钱包打得在地上滚跟头。"就你介绍的这种人。你有啥面子?你他妈还算是个人呀!"陈瘸子边骂边打,扬起阵阵灰尘。灯光下,小钱包在地上滚来躲去,鼻子和嘴里流着血，他嘶哑着声调央告："陈哥，陈哥，饶了我吧，饶了我吧。"我呆呆地站在一边不知所措。

陈瘸子又向我扑来。小钱包从地上爬起来，用身体护着我……

天亮了，我和小钱包没拿到一分钱。我俩灰头土脸。小钱包脸上、胸前的褂子上到处都是血迹，已经变黑凝结。我的左眼也肿了，隐隐刺痛，只能看见一道亮光。我们在汉渠边洗了洗脸，脱下褂子抖了抖灰尘，谁也没有言语。风和日丽，我们躺在渠边晒太阳，看着上面低垂摇曳的柳枝和蓝天白云。

"我是武大郎，你是武二郎。"一会儿，小钱包侧过头冲我嘿嘿道。

"好。"我说，"那潘金莲呢?"

"万紫。"

炎阳下

　　脸上潮乎乎的姑娘端给我的茶水有股怪味，难以下咽，可我仍逗留不走，因为约好的客人还没出现。我约的人是个搞装修的老板，姓黄，我们没见过面，电话里约的，是我老婆给的电话号码。新房子买了大半年，因为写东西腾不开手，一直到现在还没装修。这几天老婆天天催我，还抄来黄老板的手机号，说这个老板刚给她同事家装修完，手艺好价格也合适。我让她自己看着弄，弄成啥样都行，老婆脸一拉说，我又不是寡妇！

　　盛夏的天气说变就变，饭馆外干燥的街道眼看着被雨噼噼啪啪打湿，两个男人顶着雨一前一后跑进屋，门口的光亮一下暗了。先进来的是个四十来岁的瘦子，胡子拉碴，穿一件皱巴巴的灰西服，红色的领带打得松松垮垮。他抹了一把脸上的雨水，笑盈盈地冲我这桌走来。饭馆里此刻只有我一个客人。我知道他就是黄老板。刚开始我一直和黄老板寒暄，没在意跟他一起来的另一个男人，等黄老板介绍他，叫他光哥时，我这才发现这个寡言的中年汉子似曾相识，好像以前在哪见过。

　　装修价格谈得很顺利，看黄老板人也实在，质量应该不会差。一时高兴，再者雨也不见停，我让服务员又添了两个菜，从楼下的散座转移到楼上的雅间，三个人放开酒量喝起来。刚喝到兴头，黄老板接了个电话，为难地说有点急事非去不可，他让叫光哥的男人陪我，一定要等他回来。

黄老板出去后，屋子里一下冷清许多，窗外的雨声也变大了，哗哗拍打着树叶。叫光哥的男人面有窘色，背对着窗户安静地抽着烟，目光尽量回避着我。也许他根本不知道怎么和别人交流。这样我就有时间开始观察他。他留着寸头，四方脸，身体结实，深蓝色的 T 恤衫被肌肉撑得满满的，干体力活应该是把好手。如果说似曾相识，应该是那双眼睛，躲闪不定的目光一旦与你接触，会看进你的心里。遇到这种人，我想我得先主动一点，否则过天阴的兴致恐怕难以延续下去了。

我端起酒杯和他碰，他没拒绝，有些慌乱地双手举起杯子，还主动回敬了我。一来二熟碰来碰去，不觉然半瓶白酒下肚，脑袋晕乎乎的，气氛也热络了。他招呼我吃菜，话明显得多起来，有些话可说可不说。我在这个男人身上看到了硬币的另一面。

他憨笑着说，黄老板来时说你是作家，我也喜欢看小说。他说出几个国内著名作家的名字和他们的作品，其中有一个小说家二十几年前很红，这几年也见不着东西了。看得出他的阅读历史应该有些年头。

他又聊到了西镇的过去，我们这个县城的老街道，早就改制的红旗农机厂，以及酒桌上的旧习俗。不是本地老住户是不晓得这些的。也就在这时，我想起了他是谁。

他说他今天有缘认识我，很喜欢和我聊天，如果能成为朋友那最好不过了。我说我们已经是朋友了。他激动得声音都变了调，搓着双手提出能否拜读一下我的大作，我说大作谈不上，下次给他带一本。

我过去干的那些事你知道吧？他身体往后，靠在椅背上，突然问我。

我点点头。

是啊，西镇是个巴掌大的地方。他转而说，我的那些经历够写一部长篇小说的，以后有时间我再慢慢讲给你。今天我想先给你提供一个小素材，你可以写一篇不错的短篇小说。

我不以为然地说，你为什么不自己写出来？

他尴尬地笑笑，身体前倾着说，我哪会写，我可以按小说的样子说出来。

那你说说看。我抱着膀子说，反正等黄老板回来的这段时间总得有个事情消磨。

说心里话，从劳改农场出来时，我根本没考虑过要痛改前非、重新做人什么的。回到家后，还有债主时常上门讨债，除了法院了断的那些债务，到底还欠别人多少，连我自己也说不清。那时我老婆早跑了，把女儿撂给我老妈。我整天足不出户，唯一的消遣就是留意几家大公司的情况，梦想着卷土重来重新过有钱人的日子。他自嘲地说，可外面的世界早已不是原先的样子，我也不是原来的我，甚至连放的屁里都闻不到一点从前的味道，我时常感觉自己和别人活在不同的两个世界。

他苦闷地抽着烟，继续说下去。

有一件事改变了我的人生。我女儿叫朵儿，我出来时她刚七岁，正面临上小学的问题，我想给她联系个好学校补偿一下心里的愧疚。你也知道，那年头像我这样的人给孩子联系个好学校有多难。

我记得那是新生报名的头一天，天气有一种令人懒洋洋的闷热气息，趴在阴影里的狗都吐着猩红的舌头。但炎热也提醒人们，这并不是个偷懒的日子。一群群孩子和家长从三小的校园里涌出来，叽叽喳喳，喧闹声把校门前的半条街燃得热上加热。我拉着女儿的手，呆呆地站在一旁，看着从面前走过去的每个孩子。

爸，这里不给报我就去上育才小学，上哪个学校我都能学好呢。我女儿说。她的声音很细弱，细弱得在熙攘里很容易被忽视。育才小学是一所招收农民工子女的民办学校。我的心像被刀子划了一下，眼泪都快流出来了。我把头转向别处，不停挤着眼睛，仿佛那里有一粒沙子作怪。

女儿的脸上沁着细汗，小鼻子皱动着，豆圆的眼睛一眨不眨地揣测着我的反应。

孩子们走后，喧闹的学校门口很快安静下来，只有几个和我同样心情的人，在几个不同的阴凉里，满脸的阴愁似乎在等待一个意料之外的机会来化解。谁都明白这样的机会是不会有的。三小是西镇最难进的学校。老师模样的女人骑着车子从校园里出来，三三两两，燕子似的滑向街道的东西两个方向。那几个家长和孩子，也开始离开他们待过的角落，不情愿地往街上走去。

身后的电动门徐徐合上，声音是那种文雅的但很强硬的拒绝。

我俯下身，抚摸着女儿的头发，手指像掠过一缕柔顺的溪流。我把朵儿额前的头发缨子往后捋了捋，说，饿了吧，想吃点啥爸爸给你买。女儿往上瞅着我，小舌头快速地在嘴唇上舔了一下。

我们走进马路对过的"哈胖子手抓餐馆"，绿底金字招牌，周围最气派的一家。

这是一家回族人开的饭馆，两间大小，有楼梯通向楼上。白色的桌椅，桌上铺着浅色的塑料桌布，醋壶盐碟辣椒罐，整齐地摆放在中间椭圆形的花子里。所有的信息都告诉客人，这家饭馆刚开张不久。

左边靠里的一张桌子上围了四个人，年龄都不大，二十来岁的样子，正坐在那里高声闲谝。一个正对着我、戴着眼镜的胖脸大个子，脸上没有沾染说笑的气氛，目光从我们坐下后就开始冷冷地瞥着我，不时地带着观察的意思。他们都穿着深浅相杂的旧衣服，像是从哪个劳动的场面上下来，谈笑的姿势和语气又说不上具体从事过哪种劳动。他们正在听一个瘦小个带着细哑的嗓音说着什么。

老板娘五十多岁，白胖面善，走过来打过招呼，给我和女儿分别倒了杯茶水。她把瓷壶放在桌上，摸着我女儿的脑袋说，小丫头长得真心疼。朵儿意识到有人夸她，眼神里有笑，一小片阳光逃匿出来似的，甜甜地保留了好久。我点了一大一小两盘炒揪面，看看女儿，又要了一斤手抓羊肉。要肋条上的，我对还端详朵儿的老板娘强调着。

老板娘叫饭去了，通向后厨左侧一角的墙上悬挂着一台电视机，正在播放音乐节目。屏幕里一个戴眼镜的男歌星正在起劲地唱着歌，声音并不大。就那首，你是我的玫瑰，你是我的花，你是我的爱人是我的牵挂。

你说庞龙唱歌，脸上为啥总憋着一股劲？那个细哑嗓门的瘦小个说。

他不憋着劲就唱不出这个味。戴眼镜的胖脸插了一句。他说话的时候也没把眼睛从我身上挪开，目光穿过厚厚的镜片。

大伙笑了，一起往电视上瞅。这时瘦小个旁边的一个人说，你老拿着那个烂玩意显摆啥。我看不见说话人的脸，我看见瘦小个手里正摆弄着一个小红牌牌。

这是汤县长走的时候给我的。瘦小个说。大家又一起把目光集中在他手上。他摆弄着手里的牌牌，见没人追问，又接着说，汤县长过去是我家老爷子的部下。刚才散场子的时候，他还问我老爹最近身体咋样呢，顺手给了我这个牌牌。

人家汤县长咋又成了你爹的部下了？对面最里头的一个人讥笑道。从瘦小个肩膀看过去，里边说话的小伙子穿着墨绿色的迷彩服，眼睛眯成两道缝。

瘦小个气定神闲地把身体正了正，像揭示一个秘密似的说，以前我家老爷子在水利局当局长时，汤县长给他当通讯员，后来我爹提拔他当了副局长，退休时又把他扶了正。你说，不是我老爹当初的提拔，他能是现在的县长吗？每次见到汤县长，他还像过去那样叫我小三子呢。瘦小个如数家珍地说着有关汤县长的事，言语中透着自豪荣光的调子，就好像那个汤县长是他家一个顶顶重要的亲戚，任何时候任何地点都有理由拿出来炫耀一番。

戴眼镜的胖脸嘴里叼着烟，要过那个牌牌看了看，冲瘦小个翻了翻眼，一口烟雾吐向空中。

我要的东西端上来后，几个年轻人离开桌上的空碗碟，开始往门外走。戴眼镜的胖子走过朵儿时，顺手把手里的牌牌递给她说，小姑娘，这个牌牌给你玩吧。瘦小个有点舍不得，被胖子推了一把。

朵儿安静地吃着盘子里的羊肉，小嘴嚼出黏黏的声响，那个红牌牌就放在她的手边。我没心思吃饭，伸手拿过牌牌来看。

这是一个塑封的很精致的胸牌，上面写着"高新技术产业开发区竣工仪式"一行黑色的小字和"出席贵宾"四个金色的大些的字。朵儿抬头看了看我，看看我手里的牌牌，又把脸埋在碗里。看着女儿的吃相，我心里踏实了许多。好好吃，吃完饭爸爸再给你想办法。说着，我给朵儿的碗里夹了一块好的肋条肉。

老板娘走过来坐在朵儿旁边，慈爱地看着她。我问老板娘，刚才吃饭的那几个小伙子是干啥的？

是文化馆的。给开发区的典礼搭完台子，没回家，一起在这吃的饭。老板娘望着我问，你是给丫头报名来的吧？

你咋知道？我问。

这还用说，你们刚进来时我就看出来了。她又问，你们的户口是这个区的吗？

我说不是。

那就难办了。老板娘认真地告诉我，进这个学校难着哩。那个女校长牛气得很，不好说话，你又不是本区户口，就更不好办了。

哪咋办？

老板娘想了想说，女校长有个弟弟在派出所当所长，姓侯，你不妨找找他。男人和男人好说话，不过也不好说。

派出所在哪儿？

往左，灰色的两层小楼，能看见门口的牌子。老板娘的手随着话音往门外比画着。

我拿着那个胸牌站在饭馆门口，往街的左边寻去，很容易就看见夹在一排店铺中间的两层小楼。小楼没有花花绿绿的招牌和广告，单一的青灰墙面，是我熟悉的那种颜色，在炎热里格外显眼。也就在这时，我脑子里有了一个计划。

等我再进饭馆的时候，朵儿的小嘴上挂着酱色的汁子，满足地冲我嚷，爸爸，你快吃吧，羊肉好吃得很。我的心又被刀子扎了一下，看着女儿，脑子里的计划变得明确了，心也坚硬了。

我对女儿说，你在这乖乖等着，爸爸出去办点事，很快就回来。然后快步走了出去。

我盯着那栋灰色的小楼走去时，阳光达到一天中的沸点，街上稀稀拉拉的行人被逼到两侧的阴影里，街道上连一个人影都看不到。路两边的店门张着困乏的大嘴打着哈欠，有人坐在门口，或懒懒地靠在柱子上，暗黄的面孔毫无表情地看着我。整个街道上好像只有我一个人在走。踩在蒸腾着热气的柏油路面上，我的脚下发出踏实而黏稠的声响，行走的姿态也随之出现了某种变化。那是一种大人物的步伐，带着笃定的力量，像走在长长的回廊里那样沉稳。我身后仿佛渐渐跟上来许多人，都盯着同一个目标，迈出同一种步伐。在这些虚拟的人群前面，我冷冷地盯着那栋楼，把一切都看到最小，小到被腾腾的热气所吞没。路面被烈日烤软了，烤化了，岩浆似的在脚下流动，蒸腾着浓烈呛人的热气。

这段路，我仿佛用了很长时间才走完。

又好像是眨眼间工夫，我站在了那栋小楼前。"城关派出所"蓝底白字的门牌被太阳照出一道亮，肃杀般地刺向我内心深处那个曾被太阳烙过的地方。我犹豫了，重重地犹豫了，觉得刚才带来的勇气只够走到这儿。我竟然希望楼里没有人。是啊，大中午的怎么会有人上班呢？当目光穿过门口的铁栏杆时，我看见，一个房间的门正大开着对着我，带着狡黠的邀请，专门等我进去似的。

太阳徐徐西移，门牌上的那道亮也慢慢退去，我的心又随之坚硬起来。不过这次不仅仅是坚硬，还平添了某种冷静和沉着的成分。以往的经验告诉我，只有具备了坚硬和冷静这两样品质，一切的可能才会在胜算之中。那些虚拟的人群早就不见了，他们的力量这时全拢在我一个人身上。

我并没有急于走进那扇大开的深绿色铁门。其他的门都闭死着，只有这一扇，静静地向我伸出手。我先在一块挂在楼道方柱子上的小牌前停下。这是一块"今日值班"的白色塑料牌，值班领导一栏填着"侯耀武"的名字，那扇大开的门口上也吊着一块小金属牌，上面清楚地镌刻着"所长"两个字。等观察完这些后，我才从容地向那扇门迈去。

我第一时间看见了一个趴在桌上的人。屋子里唯一的一张桌子，唯一的一个人，很显眼地对着门口。

我没有分散自己的注意力，目光牢牢地锁在用一张报纸挡住的人身上，抑或是报纸上黑大的一行字。撑着报纸两边的手一动不动，在我走到跟前时才慢慢将报纸移开，现出一张冷峻的面孔。藏蓝色的制服把突兀的眉骨衬托得更加突兀，两条眉几乎连成一个长长的 V 字，浓黑得有点假，却很有力量。瞳仁的色素发灰发黄，使得眼睛看上去比常人浅了一些，失去了让人最先注意的位置。突出的鼻梁从皮肤里挺出来，牵连出周围一道道深浅不一的皱纹，容易让人把他的实际年龄估计得过高。嘴唇在长满青茬子的颌骨上挤成紧紧的一道缝，似乎从来就没张开过。这是一个很不好对付的人才该有的特征，我想。我感觉自己的脸顷刻间凝成一坨冰，不过仅仅一瞬，冰就化了。在预感到那张钳子似的嘴将要开启时，我果断地走上前去。

耀武啊，大中午的也不休息，是不是知道我今天要来呀？我说。我意识到自己入戏了。

对方把报纸缓缓放下，脸上仍旧僵着，只是多了些疑惑，对我伸出来的手没有反应。

怎么，连我都不认识了？难怪汤县长说你小子是块冷骨头。我装作生气的样子收回伸出去的手，返身离开桌子，重重地落在旁边一排黄皮沙发中间，摇晃着二郎腿，无精打采地看看墙面，看看屋顶。我把手里的胸牌远远丢向面前的茶几，发出啪嗒的一声。

对方仍旧那样盯着我，眼睛里激活着一丝打旋的什么，雷达似的转动着。

上次和汤县长在北泉山庄吃饭，你小子还哥哥长哥哥短地叫我。我笼统地看了一眼对方说，然后用手指掸了掸胸口的衬衫，仿佛那里有一粒讨厌的灰尘。算了，不待见咱就走。我站起身，摆出往外走的架势。

啊，你这是？这是一种佯装喜悦的声音，像是在我身后打开的一朵纸花，迟疑地，在我的一只脚将要迈出门时。

我慢慢转过半个脸，已经预备好的半个气恼的脸。我看见了我想要的情景。桌子后面的人已经立起身，个头并没预料的那样高，甚至可以划到矮个的行列。从几步以外看去，对方脸上绷紧的肌肉软奔了，嘴巴半张着，眼神讨好似的在我身上探询。他完全换成另一个人的模样，这样的模样在人群里可以找上一大堆。人的面孔有时候是最变化不定的，会在顷刻之间让你感到陌生或熟悉。

我把身子完全转过去，但没有向前一步的意思。我始终认为自己是个有脑子的人。

叫侯耀武的男人离开桌子，伸出双手向我迎来。大哥，来来来，坐下。他赔着笑脸边说边把我往沙发上引。干我们这行见的人太多，慢待了，慢待了。我淡淡地瞥了一眼对方的眼睛，乱糟糟的眉毛下面，那丝若有若无的旋转正慢慢地往深处退。

耀武啊，不是哥哥说你，汤县长在今天开发区的仪式上，在那么大的人堆里一眼就能看见我，我这单单的一个人站在你面前，你竟是不认识。难怪老汤说你是块冷骨头，冷得可以呀！按着预设的第二步，我绵里藏针地数落起对方。

是呀是呀，大哥说的是，我这脑子就是没记性。这几天事情特别多，这不，中午刚从开发区回来，还让汤县长当面剋了一顿。侯耀武的声音温和了，接上了我的第三步，只是这一步来得比我预料的要快。

我大大咧咧地坐在沙发上，说，没啥，老汤就那么个人，他在我面前可是老夸你小子哩。说你年轻有为，办事干练，还准备重用你呢。这不，连中午的招待餐我都没去，跑到你这儿来。商人嘛，商人的嗅觉可是很灵敏的哟。

侯耀武的脸继续温着，连哑黄的皮肤都因为温热有了光彩。

哪里哪里，哪有你说的那么好。侯耀武窘着脸说。他手脚有些慌乱地拧开一瓶绿茶，放到我面前的茶几上，显出关心的样子问，大哥最近忙些啥呢？

我看见对方眼睛里的那丝旋转又慢慢转动起来。我定了定身，把一条腿高高地架在另一条腿上，说，还不是公司的那些事，总经理也不清闲，比不得兄弟你呀。不过青山集团这两年走的还算顺，有省里的老领导罩着，稳中求进呀。

青山集团是省里的一家上市公司，我对这家公司的情况比较熟悉。我看见对方眼里的那丝旋转快速地收了回去，收缩成一个小点。我在心里大大地舒了一口气。

大哥还没吃饭吧？走！我们找个地方坐坐，好好聊聊。说着，侯耀武拽住我的胳臂把我往起拉。我摆摆手说，不了，见了兄弟就行了。我今天来找你还有一件小事要办呢。

哦？侯耀武松开手，眼睛瞪大了，身子慢慢地挪着找沙发。

别急，不是什么大事。我拍了拍他的胳膊说，公司的总会计师老张，孙丫头要上你们这儿的三小，户口不在本区，人家不收。上次在北泉山庄不是听你说，你有个姐姐在三小当校长吗？今天来看你，顺便给老张管个闲事。老张在公司辛苦了大半辈子，从没给我提过什么要求，你看，能不能办呀？

侯耀武松了口气，激灵地往起一站，手平摆着用力往下压了压，让我坐稳的意思。他走到桌子后面，坐在皮椅子上抓起电话。

空间里的一切都停止了，静静地听着键盘上拨号的声音。

喂，大姐吗？我有个朋友的小孩要入你们学校。不，没有本区户口。侯耀武看了我一眼，继续对着话筒说，大姐，你一定得想想办法。啥？不好办？怎么不好办了！不是重要的朋友我能找你吗？侯耀武对着电话说着，身体一会前倾一会后扬，脸上显出一连串相互交错的表情。我定定地坐在那儿，想着刚进门时看见的那张冷峻寡和的脸。

侯耀武从桌子后面悻悻地退出来，刚才的精神全没了，连制服上的那些闪光点都黯淡了许多。外区户口不好办呐。他对我说。

没关系！我扬了扬手说，反正老汤也不让走，晚上还要跟我谈事情，就让他去办吧。我离开沙发，在身上摸索着说，你看我这脑子，手机又落到车上了。借你的电话用用？

我接过侯耀武殷勤递过来的手机，拨了一个生号，对着机子厉声道，小三吗？是我！马上把车子开到城关派出所来，我要去趟县政府。说完啪的一声合上手机翻盖，递给对方。

等等，等等，我再想想办法。侯耀武先我一步走出门去。听声音，他是到左边一排房子的远处继续打电话，内容听不清。

我回过身，松弛地坐到沙发上。

好久，侯耀武笑吟吟地走进来。

再次回到饭馆的时候，朵儿还坐在原先的位置，眼巴巴地望着门口。

朵儿笑着说，爸，事情没办成吧？

我一愣，弯下身问，你是不是希望爸爸办不成呀？

朵儿想了想，认真地说，是，听奶奶讲，爸爸过去办的都不是好事情。

我站直身喃喃道，是啊，爸爸过去办了许多坏事。

沉思了一会，我重又微笑着问朵儿，要不咱们到育才小学上去？女儿点点头，咧开小嘴笑了，那是我从没看见到过的发自内心的喜悦。

叫光哥的男人讲完了他的故事。他诡异地问我，你猜我给女儿办的事成了吗？

不用猜，我明白。

可以写成小说吗？

没问题。

他笑了，像个年轻人似的。他告诉我，女儿现在上中学了，各门功课都很优秀。他有的是力气，他要拼命挣钱，让女儿以后考北大、考清华。

我说，你女儿是个好孩子，以后肯定能行的。看着他闪动的泪光，我的眼睛也潮湿了。

黑蚯蚓

十一长假的前一天上午，老左端着水杯子走进理疗室，见我一个人独坐，便关上门对我说："假期旅游没意思也没那个闲钱，我说好了一个亲戚的鱼池，就咱俩去。"说完，他抻直麻秆腰，黝黑的长脸布满喜色，眉头滑稽地往上挑一挑，那意思是瞧好吧。他特别叮嘱我也联系一个鱼池，趁天冷前好好过过钓瘾。我心领神会地点着头。我的心怦怦直跳，好像看见一疙瘩鱼在碧水间翻腾，急得等都等不到明天。

看他胸有成竹的样子，该是找了个不错的池子，让我也联系一个，或许是补补他这个不错的亏欠，找个心理平衡。我想是这样的。老左走后，我开始在亲朋好友，甚至一面两面的熟人身上搜来索去，一番搜肠刮肚之后，也没搜出个所以然。不是没鱼池的，就是有池子没养鱼的，再不就是去过几次实在不好意思去的。找个免费鱼池相当不易，我和老左都是小大夫，多数时候只能骑自行车去小河沟和野塘里过过瘾，这些地方往往又没什么像样的鱼可钓。最后我想起四叔。听四叔说，年前他曾在街上遇到一个好多年没见的老战友，在野鸭湖养了几塘鱼，让他有时间过去玩，四叔还请那个战友吃了饭。也许四叔当时只是随口一说，但现在这条信息却显得弥足珍贵。

铃声一响四叔便接了电话。我拐着弯说医院的头头想十一出去钓鱼玩，看他有没有办法联系个鱼池。"找个不花钱的池子过过瘾就行。"我提醒四叔，"你年前说野鸭湖有个养鱼的老战友，他那儿咋样?"

"好办!"四叔说他来安排，一点为难的意思都没有。这就是当过兵的人，干脆、利索、痛快，每个字都能在地上砸出坑来。

长假头一天，我和老左早早就到他亲戚家的鱼池，守了一天，天快黑也没钓到一片鱼鳞，还白搭上送给他亲戚的两瓶白酒。回家的路上老左一声不吭只顾蹬车子。这样，去野鸭湖就显得尤为重要，尤其得有意味，否则十一长假就算白过了。晚上我又给四叔去电话靠实一下，四叔好像在一个密不透风的地方，低沉的声音带点回音，说让我去野鸭湖找谁谁谁，随即挂了电话。

一大早，我睡在被窝里听见客厅的电话铃响，拖地的媳妇接了电话后喊我，我趿拉着拖鞋问是谁，媳妇说还能有谁，我就明白是老左。可这天也太早了点，大概刚过麻麻亮的时辰。老左在电话里说他已经等在我家小区门口，他小舅子开车送我们去野鸭湖。说好两个人怎么又冒出一个来，多一个人就多一个目标多一份负担。放下电话，我心里老大不乐意，故意慢腾腾地洗脸、收拾渔具。

那天仍旧持续着前一天的好天气，但风大，有六七级的样子，沿途的树头被风刮得低向一边，不时看见废塑料袋挂在树枝上，在风中飘舞。呼呼的风声从车窗外吹过，绿色的出租车顶着风向野鸭湖方向驶去。老左精神十足，坐在前排的副驾驶座上，和他小舅子谝着钓鱼的趣事，不时扭动着有颈椎病的脖子。老左说起一次在蘑菇滩和一条大草鱼遭遇，溜了十几个来回还是给它断线跑了，看水浪那鱼足有二十多斤重。还有一次在花马池，总共钓了八条鱼，巧了，两条草鱼、两条鲤鱼、两条鲫鱼、两条玛丽棒子，很可能还是一公一母。他还说起一次在黄河边钓鱼，眼见一条大鱼像潜艇出水那样顶着浪花向他冲来，吓得他撂下鱼竿就跑。老左近乎张牙舞爪地描述着，声音都变了调，兴奋的情绪在车厢里蔓延。溜逼猴！啥人间传奇都让他碰上了。我心里暗骂老左，瞧不上他这副德行。车过一个减速坎时弹得老左牙咬了舌头，他这才不出声了。

半个小时后，车子斜下柏油路，在一条向北去的土道上颠簸，车尾扬起的灰尘很快被风吹跑，遮盖在沿途树木和田野的绿色上。经过一条发黑的死水沟，西山边，原先一大片野生湖面被分割成若干小块，鱼池一个挨一个，形状和大小几近相同。池水被风吹出层层水浪，泛着白沫汹涌地拍打着池岸。七年前我跟老左骑自行车来过这儿，因为路途遥远，芦苇密实不好下钩，以后再没来过。那时的野鸭湖湖水浩渺，芦草密密匝匝，成群的野鸭在水间嬉戏。不知是芦苇少了许多，还是池埂加高了，十几方鱼池一览无遗。池水的颜色也变了，由清澈见底的淡绿，变成深不可测的浑棕色。

就在下车的时候，我想起一件要命的事：我忘记四叔那个老战友的名字了！老左提着杆袋走下车说："咋？跑这么远连要找谁都不知道，耍人呢！"然后吊个黑脸蹲在一个凹处作避风状，眉毛像两撇鬃毛刷子那般生硬。这张黑脸不知是晒黑的还是天生如此，因为春夏秋冬不管哪个季节它都这样黝黑，也就是这张黑脸，曾让老左的身价在当初谈对象时大打折扣。他那个小舅子也一脸不悦，把车门咔嚓一声关上，噘着胖嘴坐在车里抽起烟来。他小舅子我头回见，和我年岁差不多，肉肉的黑脸上戴了副眼镜，下巴还留了撮毛，一副不尿人的样子。

老左扭着脖子朝我喊："等啥？打电话问你四叔嘛！"话音即刻被风吹走。

我没理他。我迎着呼呼的风声往鱼池西头一块不大的草坡走去，夹克衫在身后吹出一个大包。昨晚打电话时四叔就有些不高兴，这么早再打，他肯定要烦了，说不准还会借机训我一通。看老左和他小舅子那副谁欠他们的样子，我甚至希望四叔不接电话。

果然四叔关机。

一个放羊的老汉从玉米田埂走来。我迎上前问："这些鱼池是一家的还是几家的？"

"几家的。"老汉眯着一只眼说。

"有没有一个过去当过兵的鱼老板？"

老汉朝北侧毗邻玉米地的一方池子指着，它正好就在我身后。老汉说："鱼主人在家盖房子，忙着呢。"说完便朝羊群赶去。主人不在不好轻易下钩，我站在鱼池边犹豫。田里，枯黄的玉米叶子被风吹得像有千头牲口在里面拱着，发出令人心烦的哗哗声。

老左走过来说："钓吧，人来了再说，总不能这么干等着。"他可怜巴巴地咧着嘴，仿佛身处寒冬腊月，急着找个窝暖和暖和。

我想也只好这样了。

鱼竿被风刮成一张弓，鱼钩很难投准地方，好在随便投到哪都有鱼咬钩，甚至不看漂子冒提，十之五六都有。钓上来的鱼虽然个头不大，却都是一斤来重齐刷刷的鲤鱼，偶尔还能碰上两三斤的家伙。鱼频频上钩，拉着鱼线满池子跑，那股争先恐后的劲头，仿佛鱼线是它们摆脱苦难的唯一稻草，上钩好似是一件多么荣幸的事情；又像是殉道，为某种信念而悲壮赴死。我兴奋得双臂发抖。老左绕着鱼池转了一圈，看着鱼群搅起的团团浑水，显得无从下手。他小舅子在离我不远的鱼池拐角，身穿钓鱼服、脚蹬钓鱼靴，全套专业比赛装备，正坐在钓箱上一条接一条地挥竿上鱼呢。

老左终于在对面一个土堆的避风处安顿下来，静成土堆的一部分，眼睛死死盯着鱼漂，不时把上钩的鱼噼噼啪啪拉向自己。刚才老左在一棵杨树前下钩，猛一提竿，把鱼线缠在身后的树上。不甘心失去那枚日本进口的依仕尼鱼钩，他只好撅着屁股，颤悠悠爬上那棵腿肚子粗的杨树上。伸手摘钩的一刻，老左从树上摔下，鱼钩扎进手指，杀猪似嚎叫了半天。这会儿他老实蹲定了，不抱怨该死的风了，也许他晓得机不可失时不再来，有鱼进护才是硬道理。

看见老左被一条拉上岸的鱼溅得满脸是水，他小舅子对他喊："姐夫，爽不爽？"

老左嘿嘿着不知嘟囔个啥。

艳阳下，风卷着沙尘、干草屑呼呼刮过，对面的红柳丛在坡上歪来斜去变换着形状。一团卡车轱辘大小的干骆驼刺，沿着池埂随风滚去，不偏不倚，扎进远处的一方池子里。周围只有呼呼的风声、水浪拍岸声，和枯玉米叶子哗啦啦的声音。

两个小时后，也许是风不见停，上钩的鱼又都是分量大致相同的鲤鱼，三个人不同程度出现了钓鱼疲劳症，大伙撂下鱼竿，伸伸腰扭扭脖子，转来转去相互观赏着渔获。我和老左的鱼护里各有十几条鱼，他小舅子的钓获是我俩的总和，这还不包括嫌小扔回水里的，连一向贪婪的老左都有些不好意思了。

"人咋还不来？"他龇着白亮的牙齿笑着对我说："改天真要好好请请你四叔的战友。"他的脸更黑了，灰头土脑，嘴皮子干得翘成饹馇。

"回吧，风大太阳晒的，正好鱼老板又不在。"我说。我没把话说完，后面的意思他应该明白。的确，钓了这么多鱼，真不知鱼主人来了该咋解决，现在离开正是机会。

"怕啥呢，有你四叔在，再钓一阵子。"老左舔着干嘴唇，舌头在嘴里贪婪地寻着什么。"要不我们把鱼藏到汽车后备厢里，再钓上来的鱼少留两条，忽悠忽悠鱼主人。"老左继而凑到我跟前说。那张嘴真臭，一股死鱼烂虾味。

老左的小舅子在钓位喊他姐夫，我们走过去，看见他手里抓着一条刚上钩的鲫鱼，有七八两重。这么大的鲫鱼片子真不多见！老左和我惊叹不已，先后接过那条鱼在手里掂量着。大鲫鱼比鲤鱼稀罕，市场价高出鲤鱼一倍还要多。三人一致决定改钓大鲫鱼。但钓饵不对，鲫鱼很少光顾酒玉米。蚯蚓！到田里挖蚯蚓去，蚯蚓是鲫鱼的最爱。我们忙着从包里翻找能撬土的利器。老左的小舅子有一把专业的折叠式小铁铲，老左翻出水果刀，我没找到称手的家当，只好捡了根干树枝。按照老左出的主意，我们先把鱼统一装进一条旧蛇皮袋子，藏进汽车后备厢。

我们一起向那块哗哗作响的玉米地走去，心里重新燃起希望的火焰。

当三个人正要钻进玉米秆里找蚯蚓时，一声沉闷的撞击声从南边传来，在狂风劲吹枯玉米叶子那巨大的声海里，也能听到。是停车的方向。那辆绿色出租车的前挡风玻璃上，纷纷扬起若干片灰色羽毛样的东西，随着风向车后飘出一条线。一时谁也反应不过来那里究竟发生了啥。老左的小舅子首先向小车跑去。

我和老左快到车前时，才看清他小舅子手里拎着一只鸭子，鸭脖子被拎得老长。鸭头、鸭脖呈暗绿色，泛着金属般的光泽，体羽棕灰带点浅灰斑纹，爪子是鲜艳的橘红。起先老左把它认成一只雁。他小舅子更正道："这绝对是一只野鸭子，而且还是只公的。""咋是公的？你讲讲看。"老左追问。他小舅子拉开野鸭的尾巴告诉我们，这些白色的尾羽里有四片是黑的，并上卷如钩状，母鸭子没有这样的四片。我和老左只能认同他小舅子的观点。我俩从没这么近距离地看到过一只野鸭子。

观赏之余，我们又开始讨论这只野鸭是怎么从空中掉下，并准确地砸向汽车的。是被人射杀的？没听见枪声也没见鸭子身上有枪眼。是饿晕了掉下来的？这个季节不能够吧。要不就是吃饱了撑得飞不动，或许是失恋了想不开？疑问和结论五花八门，并一一被否定。关于鸭子为啥冲汽车而来，我的看法是纯属偶然。老左有自己的观点，他说野鸭子喜欢绿色，它把鲜艳的汽车当成草丛了。老左的小舅子没发表意见。他也许关心的是这只到手的野味，该炖着吃好，还是炒着吃好。

这是我们在野鸭湖见到的唯一一只野鸭子。

再次回到鱼池边的时候，我们都从玉米地里挖到了不少蚯蚓，只是这些蚯蚓粗壮如蚕，蠕动的样子唯诺慵懒，更要命的是它们通体霉黑。见惯了鲜红的蚯蚓，看着这些厌物，谁心里都不是滋味。不知鲫鱼是咋想的，会不会合它们的口味，只有试过才能知晓。

鱼漂在水里随着波浪晃动，几次我误以为有鱼，其实不是那么回事，每次提竿都是空钩，鱼钩上的半截黑蚯蚓丝毫没被动过。老左和他小舅子也是如此。时光不知不觉流逝，焦躁在风中嘶鸣。一片枯玉米叶从水面滑过。又一片枯玉米叶从水面滑过。池水被风吹出层层白浪，偶有大鱼在风口浪尖里跃起。老左又开始猴尻子坐不住了，满池埂转来转去，风把他的身影吹得歪歪斜斜。风曾带给我们惊喜，现在却刮没了我们的好兴致。

我瞧着颠簸在风波上的鱼漂发呆，那一点红时隐时现，像极了一尾游动的小红鱼。瞧着瞧着我慢慢走了神，感觉魂儿飘出体外，如溢出杯子的啤酒泡沫，恣意地随心所欲。水面上的波纹不时被风刮乱，又很快回归秩序，波浪下的池水岑寂幽暗。我想起昨晚做的梦，一个有关鱼的梦。

梦中的场景是我小时候的乡村小学。那时我和当老师的母亲住在学校后排的一间土房里。月圆之夜，我从外面玩耍回来，妈不在家，我到处去找她。我来到学校西侧的一条小渠边。学校没有围墙，这条小渠沟算是它的一堵墙。河边光秃秃的没有一棵树，夜空中悬挂着一轮又大又圆的月亮，映照在水中。可我记得小时候那条渠岸两边，树木绝对是枝叶繁茂郁郁成荫的。梦里的渠水清澈见底，能看到水底蛇样浮动的藻类。水里有许多胖乎乎的鱼，顺着一个方向来回游行，动作缓慢悠懒。我蹲在渠边，俯下身去盯着它们看。我的脸在水中映现。鱼儿游过我的眼睛、鼻子和嘴巴，游过水面皓洁的月亮。我惊奇地看到，鱼儿们的脸就像人脸一样是有表情的，它们互相对应着转动脑袋，三五个聚在一起嘀咕，仿佛人们见面后热络的寒暄。我把手伸进水里，一条表情可爱的鱼轻易游到我的掌心，伴随着搞怪的嬉笑，绵乎乎的东西渐渐在我手中现出一副完整的鱼骨架，雪白雪白的。再看水里，那一尾尾懒洋洋的游鱼竟相绽放出片片白骨，仍往来翕然。月光照亮的光滑的水面被打破，波动成圈圈涟漪，一圈一圈扩散开来，我的脸在水中被扩张得扭曲变形，成了龇牙咧嘴的怪物。

老左的小舅子钓上了一条鱼。这条鲤鱼是从尾部被钩上来的。在没人提议的情况下，我们不约而同改换了玉米饵，把那些可气的黑蚯蚓丢到看不见的地方去。

随着鱼漂被拉黑，一提杆，鱼线导来一股向下的力量，一条鱼上钩了。鱼池边又现出一场人鱼搏斗的场面。三根鱼竿先后被拉成弓形，鱼线绷紧并发出嗡嗡声，咬钩的鱼儿在水下左冲右突，然后扭动着身子被钓上岸来。像有约定似的，这一回谁也没那么贪心，除了在鱼护里选留两条大点的，其他鱼依次被放回水里，除非它比留下的鱼大且肥。这是应付鱼主人而摆在明面上的一招，不显贪心，也不让人家有剜肉之痛。

时间过得飞快，太阳已经垂直头顶，隔着遮阳帽都能感觉头皮晒得发烫，如果不是风在持续降温，脑袋恐怕早就冒烟了。池岸被太阳晒得惨白耀眼，对比之下，池水愈加发黑发暗，接近墨色。穿过平原的风依旧固执地刮着，刮走地表可以刮走的一切，呼呼的风声和玉米叶子的哗哗声此起彼伏，交响共鸣。

老左的小舅子身边不知啥时多了一个女孩，十四五岁，穿一件红色的旧衣服，散乱着头发。老左的小舅子问了她个啥，女孩又蹲在他身边，下蹲的样子有些困难。一条鱼拉动鱼线，我这才知道又有鱼咬钩了。女孩看我钓上来一条大个的鱼，眼神里没有一丝惊奇，像看一件平淡得不能再平淡的事情。我把这条鱼摘下来入护，重新整理鱼线，把一颗玉米粒装上鱼钩，迎风甩出去。一连串动作显得那么自然。这时，我发觉老左的小舅子举动有些异样：他用另一只闲着的手，伸过去摸了摸那女孩的脸蛋，接着又去摸她的肚子，并在那里停了下来。我把目光移到水面的浮漂上，想着这家伙下一步该摸女孩的哪儿。

　　我突然感到有些恶心，朝对面的老左喊："老左，收杆吧！"我看见老左也在看他的小舅子，被我一喊，他便收拾渔具，扛着鱼竿向这边弯着走过来。

　　老左从我身后走过，径直到他小舅子和那女孩跟前，和他小舅子说着什么。我收拾好渔具走过去，发现他们关注的是另一件事。他们都在观察老左小舅子鱼护里的鱼。我看见，三条鲤鱼周围有十几颗黄豆大小的黑虫子，把鱼当猎物，正在作蜂拥撕咬状。有一只黑虫子甚至从一条鱼的腹下，我认为是肛门的部位，正在往鱼肚子里钻。老左的小舅子猛提起鱼护，虫子们四散而逃，躲入水草。他把鱼护重新放进水里，那群黑虫子又纷纷沓沓聚拢过来。老左的小舅子干脆把鱼护丢到干滩上。我和老左去检查各自的鱼护，发现那些鱼肚子上几乎都有一个溃疡小洞，有的已撕开肉皮，露出残破组织。或许黑虫子已钻进鱼肚子里去了，我想，后备箱里的那些鱼恐怕也难逃此劫。老左稍一挤鱼肚子，从溃疡洞洞里直往出淌绿水，他抹了点那黏糊糊的液体放在鼻子上闻了闻，皱着眉头说臭。

　　这时，一个黑瘦的头戴旧灰布帽子的中年男人忽然出现在我们身边，脸色菜黄，不言语，逐个瞧了瞧我们撂在岸上的鱼护。我这才意识到他就是鱼池主人。

"谁让你们钓鱼呢？"男人问道。

我说我是县武装部谁谁谁的侄子，四叔让我们来找他的老战友钓鱼的。他大概猜出了我的目的，苦着脸说他不认识武装部的谁谁谁。

我说："你过去当过兵吗？"

他不愿意或者懒得回答我的问题，躲闪着嘟囔说当过。

"那你应该是我四叔说的那个战友吧。"

"你四叔的战友叫啥？"

我说忘了。

"你四叔说的可能是李兴国，和我过去不是一个部队的。"男人说。我马上就确定四叔说的那个战友就叫李兴国。这个名字就在嘴边，得有人提醒才能想起来。

他告诉我，李兴国年后把鱼池转租给他，给造纸厂当老板的表哥帮忙去了。他指给我看，北边隐隐约约有工厂的灰厂房和大烟囱，看距离并不远。光着急钓鱼，无暇浏览周围的环境，经鱼池主人这一指点，我才发现野鸭湖往北延伸的那一片，过去曾是连绵起伏的芦草，现在已被盐碱荒滩取代。

"李兴国咋不养鱼了？"我问。

"人家在造纸厂挣大钱呢，哪里有心思养鱼，再说这池子水质也不好。"他欲言又止，似有啥难言之隐，脸上不觉间窜出许多皱纹。"你看我这丫头，不知啥原因，这半年肚子莫名其妙地鼓了，哗啦哗啦一肚子水响。"他又把话题转到女孩身上。

老左开始给那女孩检查起来，看看她的眼珠，看看她的舌头，又摸了摸她的肚子。他让女孩把衣服撩起来。

鱼主人不乐意，面有怒色地说："你是干啥的？丫头的身子咋能随便乱看！"

老左笑道："老哥，我是大夫。"

老左的小舅子也附和着说："我姐夫可是县医院的名大夫，专治内科疑难杂症。"老左凝着脸没搭理他小舅子。如果换个地方，他小舅子的这番夸赞该是让老左很受用的。

听了老左小舅子的话，男人这才默许了，并忙着揭起女孩的衣服，让眼前这个黑脸人给瞅瞅。女孩捏着衣服下摆不让看，老左对她说："丫头听话，我是大夫。"她这才把手为难地松开。

女孩的肚子像一面鼓，肚皮的颜色比脸色还黄还惨白，青蓝色的血管网络密布，清晰可见。老左在女孩鼓起的肚子上敲敲拍拍，像挑西瓜似的检查得很仔细。查完后，他对鱼主人说："带你丫头到县医院去找我，这病能治好呢。"大家都松了口气。男人的脸色也温和了不少。

老左把自己的电话号码和名字写在一个小纸条上，递给鱼主人。男人一脸感激，不知说啥好，手在衣服的前襟上不停地搓着。我掏出一百元钱对他说："这是我们的鱼钱。"老左的小舅子也掏出同样的一张。男人不要，说这几条鱼值不了这么些钱。我把两张钱折起来塞进他上衣口袋。

老左不好意思地说："我今天没带钱，你下次去医院看病的时候给你。"

鱼池主人嘴里不停嘟噜着，意思谁也没听明白。

风在我们离开野鸭湖的一刻停了。周围一下安寂得让人不习惯。因为风的突然停止，热气开始蒸腾，密密麻麻的小飞虫蜂拥而来，像一阵黑色的沙尘暴，撞来荡去，驱赶着我们。一股令人作呕的沤肥或经年淤泥发臭的气味在空气里浮荡，并逐渐浓重。经过呼吸，这种臭味附着在我的鼻腔里。回家的路上，我用纸巾擤了擤鼻子，闻到的还是那股顽固不散的味儿。

回去的半道上，我们把钓到的鱼挖个坑埋了。

一个叫汤光丽的女人

"费老师！"

刚走进单位的大门洞子，身后街的方向传来女人柔亮的叫声，像是在阳光灿烂的墙头朝他喊。费申回过头，见一个一身水蓝色牛仔服的陌生女人正向他走来，面含浅笑。这是一个三十出头的女人，或许还要年轻一些，他说不好。女人脸上开出一朵两朵花的意思，又只绽放到不由他多想的程度。

此时离上班时间还有十来分钟，大门洞子正以安静的姿态迎接即将到来的喧嚷。费申站在那儿待女人走到近前。

"费老师，您还认识我吗？"女人问，带点京腔的普通话宛若风吹柳叶溪水裹石，光听声音就能让糟糕的心情立马平复。女人不算漂亮，但也绝不丑，素颜，皮肤白，尤其有一双满含笑意的眼睛。素颜和普通话会让费申对女性产生好感。尤其是这个年龄段的女人。他开始莫名地紧张起来，感觉脸上有汗。

他在女人脸上搜寻往昔的记忆，懵懂在熟与不熟之间。十几年前，费申曾在西镇中学教过书，能叫他老师的大都是那时教过的学生。说是老师，其实他比那些学生也大不了几岁，纯属孩子王。当然也有个别例外。唐突场合，素昧平生的年轻人也有叫他老师的，他知道，那是他们不好直呼他的名字或老费，显得不太尊重而已。谁叫他半辈子过去还没混出个啥头衔呢。这怨不得别人。但费申不喜欢别人叫他老师。他脸上努力营造出一点遇见故人的悦色，心里却在忐忑，怕眼前这个叫他老师的女人就是例外里的一个，如果那样，猜测的范围可就大了。他想先从她的姓名入手，顺藤摸瓜，把猜测的范围缩减到最小。

"当然认识了，只是想不起你的名字。你是——"他尴尬地打着哈哈，声音奇怪的响亮。

"我是汤光丽。"女人说，"也难怪，您在镇上教书那会儿，一周才给我们上一节美术课，肯定有好多同学的名字您是记不住的。"她并没在意他的记性，脸上的热情仍在继续，不过眼神里有一丝埋怨，好像说，我的名字您是不该忘的呀。

他心里踏实了。

叫汤光丽的女人一身近乎劳动布的牛仔服，身上散发着淡淡的洗衣粉味，就像是她性格的一部分。脚上穿着很普通的白球鞋，头发扎成马尾，脑袋、脖子和耳朵上也没有那些零碎的装饰物，身影在九月的高阳下透着冷冷的洁净。看厌了县城里涂脂搽粉、攀金比银、满口土话的女人，汤光丽的清新大方自然让费申感到舒服，舒服得有些紧张，仿佛等待许久的一个熟悉倏地出现了。

她笑着说："你还记得嘛，你那时老骑个旧自行车在校园里转悠，李晓彬叫你'黄河大侠'，他还说你走路的样子像个没拧紧螺丝的机器，懒散得很。"她把那个悦耳的"您"换成"你"，费申觉得这样更亲近，更受听。他不记得有过一个叫李晓彬的学生，也不记得曾有过"黄河大侠"这样的绰号，不过那时的西镇中学校园空旷，设施分散，他的确连上厕所都是骑自行车的。至于那时到底懒散成啥样子，他也说不上。他装作对她的话有认同感，跟着笑笑，眼睛眯成一道缝，许久才完全睁开。

"还是在镇上好啊，那里的人简单好处。调过来这些年，直到今天，我还没完全适应城里的生活。"他感慨道。说这话时，费申脸上的无奈连自己都能感觉到。

西镇在县城西南二十公里的鸽子山脚下，几家大型厂矿矗立在戈壁荒坡上。那里的冬天漫长阴冷，风沙肆虐，夏日却亮得耀眼，热得发烫。镇上外来人口多，每当下班，从工厂里涌出来的工人，操着南腔北调，仿佛百鸟临巢一般。傍晚时分，人们悠闲地在街上出现，穿的谈的吃的，都显示出与本地人不一样的气息。费申的眼神贪婪地镶在追忆的边沿，对眼前这位来自西镇的女人端详了又端详。

"就是，县城里的人砣大得很，饭吃得话听不得，没有镇上的人实在。"汤光丽的话把他从短暂的回忆中拉出来。

"啥叫砣大得很？"他故意问道。

"这你该晓得的，就是爱吹牛显摆呗。好像天底下没他们办不成的事，再大的领导都是他家亲戚。都那点死工资还特爱面子，买得起车买不起油，架势却牛气哄哄，仿佛家里有座金山似的。"她的话拉近了他们之间的距离，撮一块议论别人的丑陋那样有快感。

这时两个男同事齐肩走进大门，是质检科的老张和小李，从费申他们身边走过，目不旁视地往大楼走去。十几步后，老张还是禁不住回头对他们窥看，和身边人耳语着什么，眉眼里有说不清的东西。费申反感地看向别处。天空的蓝似水流淌，浮云在大楼的玻璃幕墙上映出团团棉絮状，一动不动。楼拐角的电线上落着几只麻雀，同时看着他，样子也是那么安静。

两个同事之后，很快会有小车、自行车和三三两两步行的同事陆续从大门洞子进来。该是和她说再见的时候了。费申看看这儿，又看看那儿，尽量回避着女人的脸和即将开启的话题。如果换个时间，换个场合，费申一定很喜欢和她聊下去，聊多久是多久。他从这个似曾相识的年轻女人身上看到了某种希望，或者叫吸引。

"你在这里上班?"她顺着他落定的目光，审视起眼前的办公楼。看样子他们的谈话还要继续。

他点点头。

"那你现在还画画吗?"

"早不画了。"他说得并不轻松，像是为了减少负重，扔掉了一个原本不该扔掉的东西。

"那多可惜呀!"她故作惊讶的样子盯着他，仿佛他脸上有值得惊讶的线索。

费申接过话茬看着她问："你现在过得怎么样?"问完他就后悔了。他晓得这个话题后面的长度。

"高中毕业后我在青河厂上班，现在下岗了。"她说得很轻松，脸上平静得没有一丝别的。但她把这个话题又明显地拉长了。青河厂是一家国有企业，以前在镇上的厂矿里工资最高福利最好，年轻人都以能进这家工厂上班而荣耀。

她抚弄着鬓发，幸好没滔滔不绝。但接下来的事让费申都觉得讨厌自己。

"你结婚了吧?"他问。

她迟疑了一下，说："结了，又离了。现在又结了。"

他不知该说些什么，或许缄默到分手为好。

"原先的婆婆嫌我生了个女儿。"她顿了一下，补充道："他对我挺好，在县法院上班，家庭情况也不错。"

"这都啥时代了，怎么还有这种事!"费申显得情绪激动，有点义愤填膺的意思，但心里一点都不觉得奇怪。

"我又结婚了。"她显出轻松的样子，说得却很潦草，像是要抹去他的愤慨。

"那不挺好嘛。"他释然地说。她没再说什么，眼睛里的清晰退进一片淡淡的雾里。

又有两女三男五个同事前后走进大院，后面缓缓跟着局长的黑色奥迪。"嘀嘀——"大门洞子里出奇响亮的喇叭声传来，几个同事向两边让开道，小车从费申和汤光丽身边滑过，停在对面的大楼门前。费申看了一下手表，上班时间已过了十分钟。该是他主动说分手的时候了。

就在他准备寒暄两句离开时，汤光丽又说道："他已经四十岁了。"喃喃的声音宛若倾诉，不由得他不继续听下去。

他知道她说的是她现在的丈夫。

"那有什么，男人大点知道怎么疼人。"他笑道，话里有点挑逗。他也是属于这个岁数的男人了。

"我不是说这个。"她眼神怪厌起来，"我是说，我又和县城的男人结了婚。结婚时他对我就像你说的那样，时间一长就开始防我，出门不许我穿好的。"她用手摩挲自己的衣袖，接着说："好衣服我有，只能在家里自己穿着看看。他还不许我和别的男人说话，经常盘问我，盯我的梢，其实，他就是怕我在外面有人。结婚时他说得多好，让我女儿和我们一起过，可现在一提这事他就烦。女儿快上小学了，老放在我妈家咋行，一想这事，我头就疼。真的，我的头经常会奇怪地疼起来。还有他那个女儿，现在高中也毕业了，整天窝在家里上网，稍不顺心就摔摔打打的，还在他跟前告我的状……"

此刻的汤光丽一反常态，不吐不快的样子，一股脑说了许多家庭琐事，不容别人有插话的空儿。可能是不停说话的缘故，她的嘴唇有点缺血，脸上渗出一层冷冷的雾气。女人到底是女人，一有点年纪，想的事，说话的口气都有些相似。费申心里不禁掠过一丝悲凉，如雨后匍匐不起的蛾子。

"有时我真想找个情人，好好潇洒潇洒，忘了这些烦心事。"汤光丽扯到找情人上，仿佛在一个不合时宜的场合递来了一盘美味的烤羊肉，让费申始料不及。女人该是用鲜花比喻的，可烤羊肉是他的最爱，更适合他这个年纪男人的胃口。她抛出一根引线似的，不再继续说下去，含笑的眼睛脉脉有情。可费申天生色胆小，又到了羞于启齿不敢胡来的年纪，何况还是一个叫他老师的女人。很久没听到年轻女人主动跟他谈"情人"这个字眼，而且又是个中意的女人，他有些手足无措，只想找个理由快快躲开。

他果断地对她说："我还要等银川来的朋友，这样吧，给你留个电话号码，找时间我们再聊，好吗？"听费申这样说，她并不显失望，表情又恢复成刚见面时的样子。

当天下午下班前，费申就接到汤光丽打来的电话。

她说她是在街上的电话亭打的，她怕在家里打电话老公知道了会吃醋。她说她想请他出去坐坐。电话里的声音听上去不像汤光丽本人，小姑娘的声音，有点甜甜的清纯。费申毫不犹豫，并乐呵呵地说由他请客，不让他做东就不去，有点撒娇的意味。

下班后他没回家，短信告诉老婆单位里有个会，啥时开完不好说。临出门前，他特意在办公室静静待了一会儿，平复一下自己怦怦的心跳，然后步行半小时到约好的茶楼，主要还是想稳定一下情绪。汤光丽这么快就主动约见，费申感觉约会的后面有一个很大的未知空间，或许有一场艳遇正等着他也说不定，难免心潮澎湃，一路浮想联翩。

位于东方红广场的爱乐茶楼，是他托汤光丽选的地方，门面不太显眼。楼下两间大小，散座布置，正静静等候客人的光临。费申径直走上二楼。在一个开着门的小雅间，他看见汤光丽穿一条看似高档的短袖及膝白裙，正安静地坐在白底淡蓝色条纹格子的沙发里，冲他笑着招手。也许是室内光线的原因，或许是略施粉黛，她显得比几小时前漂亮了许多，也丰满了许多；蓬松的长发，身上散发着好闻的浴液香味，领口处时现时隐的半截乳房白皙圆润。

茶的醇香让一切镀上一层平静，却难平复心里的暧昧。她并不急于喋喋而谈。她冷静地坐在他对面，一只手轻柔地扶在沙发靠背上，保持着一个好看的姿势。偶尔也用另一只手，兰花指端杯，递到嘴边轻轻呷一口茶水，但没忘了再恢复到那个好看的姿势上。此情此景，费申很难把汤光丽和烤羊肉联系起来。她该是一块极精致的蛋糕，吃都觉着可惜。他不住地喝着茶，以掩饰过多分泌的口水。空间里有了一段令人窒息的沉默，能听到他粗重的鼻息和吞咽茶水的声响。他躲避着她投来的灼人目光，尤其是那显眼的胸部，仿佛会流动的液体。他预备做一个忠实的听者，等待眼前的女人倾吐苦水。

不然。一如换了一身裙子，汤光丽沐浴过的脸被幸福所滋润，目光极有神采，她的话题却是从老公如何如何好开始的。

"说来也怪，下午回到家，老公对我突然体贴起来。他答应把我女儿接过来，还准备让他女儿去外地上自费。"她乐呵呵地说，"听说我要出去会朋友，老公让我穿好点，打扮打扮，给朋友留个好印象，他也有面子。这些搁以前都是不可想象的。"她笑着继续说，"你还真是我的贵人，中午刚遇见你，下午老公就对我变温柔了。看样子我们以后可要经常见面哟！"

他故作释然道："那就好，那就好。"心却酸成一颗生杏。

其间，她从小包里拿出一个粉红色的漂亮手机，不时给什么人发短信，并告诉他，那是老公下午带她上街买的，苹果牌。她说她随身的那款米色小包是 CK。苹果牌和 CK 他不懂，但价格肯定不菲。她幸福得近乎高贵，让人羡慕，反衬出费申有什么不幸和自卑来。想起自己矮胖的身材，不愿照镜子的苦瓜脸，捉襟见肘的口袋，费申开始怀疑这女人还能有什么企图。他以某种绝望的悲哀看着她，很难感受她的快乐，他觉得自己手掌里握住的那点希望，已然不复存在了。

他几次试图引导她重温一下过去镇上的事情，很想听听她无助的诉苦，但话题都被她巧妙地避开。所有空间都被她的幸福感填满。

和诉苦相比，听女人炫幸福更加让费申如坐针毡。他几次看看手表，看看墙上的壁纸，又看看她头顶上方那幅风景油画。她问他是不是有事，他说没有没有，只是担心她老公疑心。她说没事的，跟老公说好了，和朋友聊聊，很正常。费申就奇怪，约他时还怕老公吃醋，跑到街上电话亭去打电话，这会儿怎么又没事了。他搞不懂，觉得这女人能装。

两个小时后，他们从茶楼出来时，已是天垂暮色街市人稀的光景。西北季节的泾渭就是这么分明，刚一立秋，夏天的酷暑一天都不多待。身上的短袖衫簌簌发抖，汤光丽也站在不远处抱着双臂，却没有急于分手的意思。他这才发觉一直喝茶还没吃饭。

"找个地方吃点东西吧。"他说，其实他一点不饿。

"不想吃，你饿了你去吃吧。"她侧过头看了他一眼，目光又转到街上。

他提出送她回家，她没明确表示，当然没有反对，开始沿街边的人行道独自慢慢往西走。怕遇见熟人，他有意跟在她身后五六步远，等过了一个街口，便赶上去，走到和她齐肩的位置。她的个头并没有看上去那么高，甚至算矮个。也许是天气原因，裙子难敌凉气，她的身形也显得有些瘦弱，根本不算丰满。也许是自己把她身上的某些部位放大了，他想。夜空深不可测，除了昏黄的路灯和建筑物上闪烁的霓虹灯光，夜幕下的景物模糊难辨。

他们一路无语往西而去。

到水岸花园小区门口的一块暗处，汤光丽停下身说她到家了。水岸花园门口有两个卖水果的摊子，偶尔有人进出小区。他们客气地握了手。她那看上去细绵如玉的手，竟和男人的手一样有骨感。

就在他转身准备打的回家时，她从身后叫住了他。

"不急着回家的话，我们再转转吧。"

他们同时看到小区旁边的一个小公园。

这个小公园费申来过，绿化带围着一个椭圆形人工湖，一条砖道沿湖边草坪逶迤而去，绕湖一圈回来，半人高的树木疏疏点点。当然这是白天的景象。此时夜阑人静，小道旁低矮的艺术灯在黑夜里闪亮，宛若数点星星。草丛里虫子吱吱鸣叫，偶尔听到有鱼跃出湖面。

茶水在这一刻发出强烈反应。他说方便一下，便躲进不远一棵黑影比较大的树后，尿了好半天都不知道尿完没尿完。从树后出来，汤光丽已走出七八百米远的距离，在小道往南弧过去的一朵灯火旁，白色的身影正在砖道上做单腿蹦跳。快到跟前时才看清她在跳方，来来回回，小姑娘模样。看他过来，她又不跳了，一起接着往前漫步。

"跟你在一起真好，挺轻松的!"在下一段黑暗里她说，声音又是甜甜的，并摆出一个单腿斜肩蹦跳的造型。

他们停下来，在灯光旁互相注视着对方。她笑了，眼神像飞出池潭的蝴蝶，却又不愿离开水的视线。这是女人允许对方亲近自己而打开的一道门缝，他想。犹豫着，他的双手还是伸出去，准备先从看似无邪的部位下手，分别握住她的双肩。从肩膀能感到她有点婴儿肥。她的眼睛里荡漾着潮湿的温柔，类似水面上微微晃动的波纹，准备接纳堤岸的宽绰。她抓过他的右手，贴在自己的胸口上。他的手奇怪地僵在那儿。那里并没什么白皙圆润，好像无意间摸到一块发热潮湿的东西，甚至和皮肤都没多少关系。这种感觉让他停止了在女人身上进一步的探索。

"我喜欢男人从身后抱我。"她说着把身体转过去，把他的两只手分别从身后围在她的腰上，让他做出一个抱树的姿势。他的确像搂着一棵树，没有一点怀抱欲望的快感。

"我还喜欢这样。"她说，并把他的手从腰部移放到她的双胯，然后身体往前弯下去，屁股紧紧抵住他软塌塌的命根子，让这个姿势久久保持着。他想起一个淫荡的动作，但感觉不到一点淫荡。

鱼在靠近岸边的地方相互追逐，弄出噼噼啪啪的声响。湖水里一时色情泛滥。

"我还喜欢这样把我抱起来。"她直起身，转过来搂住他的脖子，提示他来个非常投入的拥抱。他照她提示的做了。这时，她奋力跳离地面，双腿在他的腰后盘绕起来，身体的重量一下子全都转移到他身上。这个突然举动让他始料不及，他双腿摆晃，差点没往后倒去。他的脸埋在她的胸里，憋得透不过气来。他发现她身子并不轻，简直像块大瓷石。看她一时半会还没有下来的意思，为了保持平衡，他只好紧紧抱住她只穿着内裤的屁股，想入非非的翘屁股也同样没让他想入非非。很快他就累得直喘粗气。

"你真的老了。"她下来后说，捋了捋裙子。

他麻木地嘿嘿两声，想起自己完成了她喜欢的这几个动作，像个木偶被她摆来弄去，仿佛是做了几套有氧健身操，很机械，没有一点风花雪月的滋味。

她快快地往来时的方向踱去。

费申也不知自己今天怎么了，在心里重重叹了口气。

再次回到水岸花园门口，只有大门上方的灯光在守夜。费申提出要送她到家门口，尽管她一再说不用了。他冒着她老公会在哪个暗处堵他们的危险，大大方方和汤光丽往小区里走去。

在小区里拐来拐去，汤光丽在 15 号楼 3 单元停下，说到了。此时已是午夜光景，整栋楼的窗户都黑了，楼房巨大的黑影包裹着他们。她指着一楼左手唯一还亮着灯光的窗户说："那就是我家。"他目送她过去敲开门，走进屋，防盗门在她身后哐的一声关上。他一直看着屋里的灯熄灭后才转身离开。

几天后的一个上午，费申去政府大楼送报告，遇到在政府办坐班的梁威。梁威也是他在西镇中学时教过的学生。他热情地把他让进办公室，一间有一张办公桌和一组沙发的屋子。梁威把他让到沙发上，给他倒了杯茶水，然后回身坐到桌子后面的皮转椅上，春光满面地看着他。他觉得有点不对劲，问梁威，他这才告诉昔日的老师，前不久他刚被任命为政府办的副主任，是有级别的。他还怪老师对学生的前途一点都不关心。其实费申心里明白，过去给他带过几节副课，谈不上什么老师，只是梁威面上尊敬他而已。他说了一些诸如年轻有为、前途无量之类的话算作祝贺。

他们聊起了以前在西镇的一些事。他问梁威和过去的同学还有来往吗？梁威说有，还搞过两次同学会。梁威提到了马蕾和汤小丹，还有那个叫李晓彬的同学，他说他们经常见面。

"你们同学里有一个叫汤光丽的吗？"费申问。

梁威用怪异的眼神看着他，问："你见过她？"

费申说："没有，只是突然想起这个名字。"梁威那种奇怪的表情并没立刻散去。"怎么了？"他问。

梁威没有马上回答，他从办公桌的抽屉里拿出一包软"中华"，抖出一根让他，他摆摆手。梁威点着烟，深深吐出一口烟雾，脸上的表情开始沉闷起来，思考着一个什么。他告诉费申，汤光丽结过两次婚，两次婚姻都失败了，神经出了点毛病，一见同学就叨叨个没完。

"真可怜，当年汤光丽可是我们学校的校花呐。"他说。

费申觉得这里面有点不对，问："她和第二个老公也离了？"

"一年前离的，听说是半夜从家里被赶出去的。"

"啥原因？"

"不知道。"

从梁威那儿回来，好几天，费申都想着和汤光丽见面时的一些情节。他搞不懂，为什么她要编谎来骗他，是不是如梁威所说神经出了毛病，只是编个故事演一出戏，找人倾诉倾诉？如果真是那样的话，他现在倒很愿意帮她，情愿听她唠叨，排解心里的郁闷。另外，受好奇心驱使，费申也想一探究竟，看看她眼下的生活是不是很糟糕，看哪里能帮得到她。犹豫再三，费申决定到上次分手的地方去找她。

当天下午下班后，他打的来到水岸花园，找到 15 号楼 3 单元。单元楼的砖道上看不到一个人影，四围是睡意蒙眬的样子，呈现出与这个钟点不甚相符的宁静。他定了定神，上去敲了一楼左侧的墨绿色防盗门。

从屋里传来缓慢的脚步声，一个白发老太太打开门，疑惑地看着他，说："你找谁？"

他说找汤光丽。

"找错了，我家没有叫汤光丽的。"老太太的声音很大，也许是怕他听不清。

他说是个女的，三十岁左右，并用手比画着汤光丽的某些特征。这时门完全打开了，一个中年男人出现在老太太背后，样子很憨厚，问他："你找谁？"

他说找汤光丽。

男人说找错了，他家没有叫汤光丽的。

他又把汤光丽的特征比画了一番。

男人还是说没有。"我们家就我老婆、丫头和老妈，我老婆没你说的那么年轻，我丫头还在上中学。"他说。男人一看就是个木讷的老实汉子。

"就是在这儿呀，怎么可能呢?"费申站在那栋楼前喃喃着。

走出水岸花园，他让过明显放慢的出租车，顺着小区门口的街道向北走去，身影一下老态了不少。来到北环大道，隔着马路相望，路那边是大片稻田，各种车辆在金黄的底色上呼啸而过，间断阻隔着他看向远处的视线。走过大道，他站在一片黄的耀眼的稻穗前。夕阳衔山，田亩连片，一片开镰前的寂静，饱满的稻粒竞相弄出欢快的响动，窸窸窣窣，片刻不息。

右 肺

1

阵阵喊声山羊般在耳边咩叫，马文睁开眼，首先看到窗外白亮的一片天。喊声是从楼下传来的，一个男人的声音，喊着他的名字。有点回音的喊声顽强地顺着墙壁爬上来，一声追着一声，好像已经看见他正躺在五楼自家卧室的床上。

那是小万略带沙哑的嗓门。小万和马文是同事，在电影院上班，昼闲夜忙，属于普通人里的另类。楼下很寂静，从高处听去，小万的喊声显得异常清晰，以致能听到落音后的喘息。马文挪动了一下身体，身子疲软如泥，丝毫没有经过漫长的睡眠有所缓解，连沉奢的眼皮，都需要一根火柴棍的支持才能睁开。马文这才反应过来，自己还在病中，不停地咳嗽和昏睡，日子久得已经记不清了。他躺在床上，身体展成一个虚弱的"大"字，想象小万急切的叫声后面，那张熟悉的面孔会扭曲成啥模样，心里沁出一丝苦笑。

小万停止叫喊，失望地叹了口气，拖沓的脚步声顺着墙根悻悻而去。涟漪散尽，水面复归平静，小区沉浸在一片酣睡中。

送走小万的最后一点声音，马文回到自己身上，用意念自测体内发病部位的反应。这是有病的日子每天醒来都要做的头一件事。这个习惯不知是从哪天开始的，是宿命使然，还是对希望的翘盼，他说不上，也许人类很多习惯的养成都来自一个不经意的开头。气管里找不到想咳的诱因，后背右侧也没有那种特别的隐痛。他对着空中干咳了两声，气管里撕裂般的痒痛减轻了。今天的咳嗽也非同以往，不是从腹腔深处发出的，声音往上走了，就在嗓子眼儿。这是一个好的开端，和窗外朗朗的天气一样惬意。身体好转的迹象令马文暗暗欣喜，他回味着从体内传达出的某种踏实，保持平躺静养的状态，生怕稍微一动会惊跑这点好兆头。

除了去诊所，马文每天都窝在家里，躺在床上，在无度的昏睡中做着各种各样的梦。他学会了用梦来占卜凶吉祸福。他还十分留意天气的变化，天阴天晴，有风无风，风力大小，甚至树丛摆动的姿势，都能成为他预测未来顺与不顺的参照。他希望这次感冒能像过去那样，吃吃药打打针，睡上两觉就好了。但这一次并没那么幸运。吃药输液也有一个多月了，顽固的咳嗽依然魔鬼附体般牢牢纠缠着他，要成为他身体的一部分，很难将其剔除出去。

两个月前的一天中午，朋友沙海亮在北环新开发的商业街买了一套商贸房，请他和小万过去聚聚，庆贺新店开业。他们仁是从小耍大的哥们，有事没事常撮在一起，有点"铁三角"的意思。也就在那天中午吃饭时，马文开始了第一声咳嗽。很平常的一个小反应，仿佛微虫在嗓子眼俏皮地挠了一下，他完全没有在意。晚上值班，咳嗽声逐渐多了起来。

马文静静躺在床上，听着自己粗重疲惫的鼻息，任由时间慢慢流淌。小乔和女儿星星不在家，空间里仿佛还残留着她们的气息，在某个凝滞的角落呓语。这个时间她们都在幼儿园，星星就在小乔的班上，应该正沐浴着阳光快乐地玩耍呢。窗外的天空湛蓝透明，舒爽得让人不敢相信，从对面楼顶向西一侧的投影来看，现在还是上午，至于几点就不去管它。今天是星期几？经理准的假是不是到期了？如果一直是现在这个状态，也许用不了多久他就会出现在同事面前，出现在那架熟悉的电影放映机前。马文已经好久没有听到经理那毫无节制的训斥声，现在想想也不觉得那么厌烦。就在他想着这些事时，电话铃响了，铃声提醒他该是去诊所的时候了。

他没去理会电话，任由它急促地鸣叫。走下楼去的一刻，马文发现，原先那些不好的感觉又缠上身来，楼道外好端端的天气刮起一阵风。

2

为了治好咳嗽，马文每天都要从家里出来，沿宁朔大街向南，穿过三个街口八条巷子和数片店铺，到南市场桥头的赵大夫诊所输液。一路上他尽量避开熟人，因为他们总会问这问那，最后问到他的病情。重复同样的回答，时间一长马文就烦了，除了赢得一张张讶异怜悯的面孔，问话者并不真正关心他的身体。他随着簌簌落下的第一拨秋叶，被风裹挟着一起在街道上往前飘，心情凄凉极了。

2002 年是个不寻常的年份。那一年发生了许多事情，最大的事就是他久治不愈的咳嗽。

赵大夫诊所是一个只有两间小铁皮房子的门店，孤零零盘恒在水泥桥的南头，静观往来的行人。打针的护士时在时不在，据说赵大夫给的工资太抠，且有拖欠。铁皮墙在太阳下反射出刺眼的光亮，街道两旁拥聚着一溜卖葱的地摊，大葱堆成一座座小山包，青绿的色带一直延伸到市场，又像是从市场里溢出来的。大葱是本地特产，每年这个时候，市场完全就是葱的海洋，满目葱绿，昭示着一地的旺盛与窒塞。生辣的气味弥漫在空中，刺得人睁不开眼睛。经过那些葱堆，马文禁不住流出泪来。大葱的刺激，让他有理由潸然泪出。

掀起印有红十字的白门帘，赵大夫正对着门口端坐在小桌前。意识到有人临近，他才抬起头，目光透过眼镜片和他接触一下，算打了招呼。赵大夫是个四十岁出头的白胖子，听说前几年从妇幼保健所停薪留职开了这家诊所，什么病都能看，找他的闲人总比病人多。马文咳嗽初发路过这里，看见门口的小广告，便走了进去。

赵大夫先用听诊器在马文胸口听了听，看看他伸长的舌苔，然后一脸温和地说："没关系的，继续输液，很快就会没事的。"大夫持续着每天固定的过程和相似的口吻，状态总是那么温缓。

输完液，马文的一天又过去了。

走出诊所，街上的人明显增多，从两三个熟人骑车的方向看，是朝着上班的路上去的。他站在桥头给小乔打电话，想问她和星星中午在哪儿吃的饭。媳妇在电话那头告诉他，她和女儿在她妈家吃过了，让他自己在街上解决。也许是急着上班，小乔没问他今天的病情。马文有点伤感，觉得自己是活在世界之外的人，他想骂个谁，一时又找不到该骂的对象。在他愤愤摁下结束通话键时，一阵剧烈的咳嗽突袭而来，让他猝不及防。他扶住水泥栏杆，茫昧间看见一簇簇金亮的星星撒向空中，带着金属般咝咝啦啦的碎响，散落在沟里清莹水底的浮藻上。

"这不是感冒吧，这能是一般的感冒吗?"马文嘴里念叨着。他扶着桥栏缓了缓，等那阵咳嗽过去后，又踅回诊所。

当他告诉赵大夫想去县医院检查一下时，他从大夫的眼神里捕捉到平时没有的躲闪和无奈，仿佛在说，想去你就去，我已经尽力了。眼前这个昔日一口一个没问题，把他的咳嗽看作苍蝇挠了一小爪的胖子，竟是这副德行。马文心里涌出一股莫名的恨，手心攥出两把汗，看着正揣

115

度寻找好词进行辩解的胖子，脑海里顿时窜出"杀"这个粗粝的黑字。

走在去县医院的路上，行人像开河的鲫鱼往来穿梭，同龄人身形矫健，充满活力，让他羡慕不已。马文佝腰抱腹走在人群中，身子越来越软，越来越飘。周围的人影开始混淆，恍若高高矮矮深深浅浅的幽灵。街道中央有一个浴室，是铝合金镶玻璃的那种，从满是蜘蛛网的玻璃里面向外窥视的是他以前认识的一个女人。她站在那里忸怩作态，目光幽怨迷离，红嘴唇一翘一翘，吹出一个个粉色气泡。女人裸露的身体被雾气笼罩，散发出浓烈的白色悲哀……

县医院门口有个书摊，五六个翻阅者围着一个脸上长满天花、有着硕大酒糟鼻子的老头。老头悠闲地坐在小铁凳上，手里搓捻着两个钢球，发出嚯啷嚯啷的声响，跷起的一条腿在半空中晃悠，配合着钢球的嚯啷声。翻阅者两边空间很大，马文却选择由人缝间挤进去，举动毫不迟疑甚至有些霸道，连自己都觉得过分，却不受控制。被冲撞的人停止翻阅，同时用匪夷所思的眼神看着他。

摊子上摆放着各种花花绿绿的杂志和书，有一本《马年的命造与运势》引起他的注意。他伸手抓过那本小册子翻看起来。翻开九月的一页，上面是"其月大顺，正道大发，求财求名步步高，得意之人莫忘形。济人济物，天道施恩，顺哉，福哉"。马文出声地念着。

"咳嗽不止咋叫顺，看病花了那么些钱还说是福，放屁呢!"他歪着滚烫的脑袋，嘴里咻咻着，把小册子愤愤地扔回去，用病态的眼神看着杂志封面上那些美女。老头被激怒了，脸红脖赤，停止手中的搓动，对马文破口大骂，声音宛如亮镲振耳发聩。

"老家伙，想干啥!"不知谁在骂那老头。马文环视四周，发现骂声是从自己嘴里出去的。星星在老头脸上的坑坑里滚来滚去，一颗一颗跌落到脚背上，蹦进脚边的水泥路面。

3

找到门诊部内科，门上挂着"专家门诊"的蓝牌子，大夫叫盛川药。盛大夫是个四十来岁、戴着黑边眼镜的白胖男人，听诊器冷冷地挂在脖颈上，一双白皙的肉手交叉摆放在胸前，手背上有几个好看的肉酒窝。马文疑惑地瞪着大夫，因为在他看来，这位大夫和那位赵大夫，无论面貌还是体形几乎雷同，接近双胞胎的程度。马文呆立在门口的地方，在走与不走之间两难。

盛大夫抬头看了他一下，目光又落到面前正在看病的女人脸上，眼珠慢慢转动着，配合着大脑的思考。两个乡下模样的女人正在接受大夫诊问，其中一个女人描述着自己的病情，重三叠四，说得有点远了。对面靠墙的白色条椅上坐着两个人，一男一女，中间有空。马文想了想，还是走过去坐进那个空档，一坐下，条椅完全被容纳了。

马文坐在那儿，眼睛盯着大夫手背上的肉酒窝看，带着欣赏的意味。这时，他眼前逐渐浮出一片云雾，屋里的人和桌椅开始交叠错位，在雾中飘忽移动。盛大夫踱着方步在屋子里走来走去，嘴里叼着烟，烟卷被吸得咝咝作响。他眯着眼睛抵挡烟雾的侵入，表情辛辣痛苦。他在窗台盆花的土里把烟屁股揉灭，又去屋角的面盆那儿洗了洗手，在白大褂上把手揩干，然后戴上一副奶白色的橡胶手套，燃起一支酒精灯，把那双橡胶大手放在火上烤。很快，胶皮和手粘连在一起，发出一股呛人的怪味。大夫的胳膊开始痛苦地抽搐起来，咧着嘴嗷嗷叫唤，脸扭曲得相当夸张。看着他就要移开手的当儿，马文冲上去，固定住那双烧烤的肉手，直到起烟……

盛大夫拍了拍他的肩膀，马文这才发现屋里只剩下他一个病人。大夫问他哪里不舒服，他往上怔怔地看着大夫，说："感冒了，咳嗽得厉害。"并捋着脖子和胸部告诉大夫发病的状况。

大夫把他叫到桌前，问了一些和病情无关的问题，什么年龄、工作单位、学历、是否抽烟喝酒等等。马文耐着性子一一作答。完后，大夫撕了张单子让他去拍片子，然后伏在桌上继续写东西。这个叫盛川药的大夫既不看他的舌苔，也不看看他的眼睛就让他去拍片子，甚至让听诊器闲挂在脖子上，这让马文心里着实不快。马文不情愿地拿着单子向门口走去。

X光片出来后，盛大夫借着窗外的阳光，指着片子上一块鸡蛋大小的絮状物对马文说："是肺部感染，有空洞。"

肺部感染知道，空洞是咋回事？马文紧张起来，怯生生地问大夫："严重吗？"

"严重谈不上，得住院治疗。"大夫说。

他接过X光片，第一次看到自己的肺子，之前他连肺子长在哪儿都说不清。肺叶像一枚掰开的蚕豆，又如两片对称的花瓣。一个模糊的侧面婴儿的小脑袋紧贴在右肺上，睁着圆圆的惊恐的小眼睛，机械的模样并没有婴儿那般可爱。马文看着这个和左边相比多出来的雾团，脸上倏间挂满汗珠，一抹一大把。他闭上眼睛，眼帘的黑幕上只有那个婴儿的脑袋。

马文的脑子出现了短暂的空白，又称空格或断片。他走出门去，不受支配的身体梦游似的跟着一种无形的东西走，脑子空泛得没了来往的人，没了楼道的折转，甚至没了气息。他不知不觉来到医院大门外的那个书摊前。他捕捉住麻脸老头那双惊疑躲闪的眼睛。老头的身子旗子似的缓慢升起。马文的视线聚集在坑坑中央那个硕大的粉红色的酒糟鼻子上。

街上出现了新一轮的车流高峰，放学的孩子叽叽喳喳从身边穿过。站在人行道上，马文感觉自己是一条被抛上岸的鱼，将要在烈日下忍受灼晒，暴炙成干鱼片。他把手伸进裤兜，触到了楚楚可怜的几张票子，那是拍完片子后剩下的十几块钱，他用指甲在它们身上刮了一下。他沿着来时的方向漫无目的地走去。走过一棵树，又走过一棵树。在一个缺树的空坑前，马文想起小乔。他停下身掏出手机，慌乱的手指竟抓不住手心乱窜的机子。几滴鸟叫后，话通了。手机里的小乔静待着他。马文定了定神，开始婉转地告诉媳妇，又像是自我安慰。他说刚在县医院做了检查，情况不太好也不太坏，医生让住院观察几天。

"到底什么病？"小乔问。

"是肺上的毛病。"

小乔再不问了，也没提住院费的事。挂了电话，他又分别打给沙海亮和小万，尽量把话说得婉转些。沙海亮听完他的话，先是在电话里和谁吵起来，然后低沉着声音说，刚在开发区买了房，一部分钱还是管别人借的。小万还没等他说话，满嘴脏话埋怨他这些天都跑哪去了。他厌烦地掐断电话。马文心里清楚，小万吃喝玩乐惯了，是挣一个花三个的主，问他借钱也是白问。失望之余，他想起父亲。这个时间，老爹一定还守在城东秦渠桥头的修车摊子上，从这里走个来回要一个多钟头，这段路现在对马文来说显得那么遥远。他想了想，还是把电话打到老爹家。电话是老妈接的，她的声音弱似微风，他奇怪母亲怎么会有这种声音。

父亲骑着自行车来到县医院的时候，马文正蹲在医院大门口的墙角，刚从迷迷糊糊的昏睡中睁开眼睛。大门柱子的投影已经从他脚前，不觉然爬到了马路牙子上。父亲熟悉的驼背身影从人流中笨拙地分离出来，灰白的头发在逆光中根根如刺。他急急立起那辆旧自行车，焦急地四处寻看，最后目光落定在角落里的马文身上，粗粝油污的大手和着急促的呼吸还在颤抖。马文泪眼婆娑，他的眼里，父亲的身影漫漶成一团，渐渐融入背景里去。

马文记得那天正好是国庆节，大街上红旗招展，天空晴朗无云，到处洋溢着节日的气氛。也就在那一天，他把自己的手机设定成静音。

4

住院部是医院最南面的一栋"工"字形两层旧楼，拐着楼与楼之间迷宫一样逼仄的路线才找到。内科(2)在"工"字第一笔的收笔处，后排二楼东侧，与内科(1)相对应，由中间的楼道口一分为二，如果不是两边的双扇木门相隔，可以贯穿成一条长长的走廊。

内科(2)的每个房间里都住满病人，看不到一个空床。马文和父亲进来时正是晚饭时间，有病人在走廊里转来转去，活动肢体，或三五一伙地聊天，脸上皆有久病的霉色。探视的人进进出出，料理病人吃饭，洗涮碗筷，走廊显得不太够用。水磨石地面拖洗得莹莹发亮，但还是觉不出干净，空气里散发着饭菜、来苏水和病人身上的气味。马文被安置在走廊尽头一张临时增加的床上。看着这张唯一的加床和乱哄哄的人影，如果不是有病非治不可，马文一分钟都不愿在这儿多待。护士很快给他打上吊针，据说是一种价格不菲的针剂，药名如一种花的名字。他发现，这里的护士都是一溜的矮短身材，仿佛几只小白鼠在病房和走廊间来回穿行。

一滴滴凉涩的液体从针头输进血管，马文的意念也随着液体进入体内。液体和着血液行散到身体里的每条血管，渗透到每一寸地方。强力抗生素很快找到位于右肺上叶的标靶，并在那个病灶周围筑起一条战线，就像电视上的药品广告，在轮番的轰击之后，一群群病菌龇牙咧嘴地毙命了。打得好，打得好呀！一部老电影里紧握爆破筒的英雄站在高处大喊。意念告诉马文，瘢面在一点点缩小，肺泡慢慢地恢复出原来的鲜活。

　　醒来后已是夜深人静，老爹不知啥时走了，也不知还有没有其他人来过，床头柜上有马文的洗漱用具、搪瓷饭盆和那个有瘪痕的不锈钢杯子。杯子的瘪痕是一次发烧时，不小心掉到地上留下的。他打开印有梅花图案的白瓷饭盆，里面的肉面片还温着，但他没有胃口。饭盆是老爹家的，他上小学的时候就有了。

　　外面月朗星稀，俨如白昼，月光透过走廊尽头的窗户投射到室内。他起身走到窗前。身后的黑影匍匐在月光下的地面上。窗外的远处传来几声狗吠，拖着长长的余音，在空旷的夜空中盘旋。从西锅炉房的大烟囱里吐出的白色烟雾，一团棉絮般安静地定在空中。月光下，散落在下面平房屋顶上的两只破皮鞋、几个空酒瓶、一块发亮的玻璃，清晰可辨。白天看去平淡无奇的一切，在月光下变得光怪陆离，神秘莫测。马文找到了靠近医院后墙外自己家的那栋楼，那是一排低矮的平房后面浅色的楼房。看上去医院离他家的距离近在咫尺。最西单元顶层的一扇窗户，那是星星的小房间，他好像看见了搁在窗台上的那只小熊，女儿叫它"快乐皮皮"。

　　这时，一阵嘈杂匆乱的脚步声由远及近，然后猛然推开弹簧门，涌进一群人，打破走廊里的宁静。一个病人被几个乡下汉子用木板抬进来，簇拥在值班室门口，有个女人在那里大呼小叫地喊着大夫。很快护士在马文的旁边又加了一张床。值班医生来了，一个年轻的男大夫，刚从梦境里爬出来似的，带着一脸的倦意。他看见病人呼吸急促，这才意识到问题严重，立即用听诊器和手在病人的胸脯上检查起来，接着让护士给病人插上氧气打上吊针。马文从脑袋与脑袋之间看进去，病人是个乡下老头，喉咙被什么东西卡住了，发出困兽般的吼咳。长而凌乱的头发和胡子胡乱缠一团，不分彼此地挂在布满核桃纹的脸上，胡须被大口咳出的气体吹得飘忽不定。

马文怕给大夫和护士添乱，回到自己床上，静静地坐在那儿，继续关注着眼前发生的事情。在护士几次催促之后，那几个乡下男人抬着空木板走了，留下三个女人。大夫和护士离开后，那三个女人趴在老头周围，静静地注视着病人，控制着身上的响动。走廊安静了下来，空间里只有老头粗重的呼吸声。三个年岁不同的女人有着相似的面容，如同一个女人一生的三个阶段。

旁边倏地增加了几个似静还动的人，马文再也睡不着了，尽管此刻还是深夜。无奈间他又开始自测体征。他发现好久以来的嗜睡感没有了，精神好得就像夜间出没在野地里的田鼠。也许右肺上的小家伙在药物的作用下，此刻正在接受催眠，被逐渐分解稀释，不久就会从肺子上消散。猜测让马文欣喜若狂，他真想找个没人的地方大声喊上几嗓子。县医院的液体真厉害！他后悔在小诊所误掉的那些时间，如果刚开始咳嗽就来这里，病也许早好了。马文仿佛被一块烫红的炭火煨燃得辗转难眠。

5

"走1号！"护士拖长音调，推着摆有药品的不锈钢小车款款而来。马文意识到是在叫他，急忙答应了一声。护士拿着单子对了一下床卡，给他挂上吊瓶。

护士叫了两遍"走2号"都没人回应，趴在床边的老太太这时刚睁开惺忪的睡眼，呆滞地看着叫号的护士。不知什么时候，另外两个女人已经不在那儿了。老头的鼻子上插着氧气管，松弛的皱纹在熟睡里像一条条暗黄的皮绳，灰白的头发和胡子也没有夜里看见时那样凌乱了。

输液的时间是走廊最安静的时候，病人都躺在病房里，没有人走动，也很少有从外面进来的人。两个护士在值班室里低语，一直是一个姑娘的声音。阳光从东窗户照进来，聚集在马文身上，温暖的热量透过被子，舒服得浑身发痒。

一阵沉闷的轰隆声从门外传来，逐渐打破楼道里的沉静。很快，门口的亮光里出现两个慢慢放大的人影。这是两个滚运氧气瓶的医工，年纪大的男人滚在前面，紧随其后的是一个留着瓜壳头的小伙子。他们把一只钢瓶斜摆在胸前，一只手攥住瓶轴，用腾出的另一只手搓滚着钢瓶前进。他们摇摆着企鹅步，绕过面前还在发呆的老太太，轻松地滚动着在旁人看来很困难的大家伙。病房里有人探出头或走出来，带着欣赏的意味，静静观看这对滚运钢瓶的人，赞叹着他们杂技师般熟练的动作。

午饭时间，走廊里的人最多，送饭的、打饭的、涮洗的、探视病人的人，川流不息，简直置身于一个集贸市场。饭后，一些病人和陪床的人还拿出小凳子，一堆一堆撮在各个病房门口聊天，有人来回踱步，还有人在远处的弹簧门外偷偷吸烟。等瞌睡上来，他们又回到病房，走廊里才会有暂短的安静。

马文发现，在这种地方也可以看到微妙的等级差别。住在病房里的病人，会用另一种眼神看待在走廊里加床的他们，像看两堆累赘或厌弃物似的，避免向他们靠近。他们和他们，属于两个不同的世界，类似饭馆里雅座间的食客和散座上的人，即便吃着同样的食物，意思也还是有些区别的。

马文没有丝毫睡意，他溜出病房，去外面的院子和小路上透透气，顺便到医院大门口买两份报纸，准备消磨漫长的无聊。院子里有一个花坛，其实是用红砖砌成半人高的大圆圈，里面没有一朵花，几棵枝杈乱长的杏树纠缠在一起，乱糟糟的杂草落叶中散发出腐殖的怪味。周围没有人影出现，几条用砖铺就的小道曲里拐弯，走在上面也没那种"曲径通幽"的意境。马文沿着楼西的水泥道路走去，暖暖的正午的秋阳下，路边的小树昏昏欲睡。

医院大门口，有酒糟鼻子的麻脸老头孤零零守在他的书摊前。马文看看周围只有这一家卖书报的摊点，犹豫了一下，还是走过去。他没去看老头的脸，在摊子上挑了两份小报，看了看后面的定价，默默付了钱转身离开。

回来后，远远看见"走2号"家的三个女人都聚在那儿，正围坐在老头床前。那个姑娘正兴奋地说着啥，看见马文走来，立刻哑了声。马文走过他们，刚坐在自己床上，老太太便过来，把足捧的大枣哗啦摊在他买来的报纸上，说："小伙子，尝尝鲜，都是自家园子产的。"她的举动一点不像先前那样怯懦，甚至有了到她家做客的感觉。老太太没有马上离开，她主动告诉马文，那两个女人是她的儿媳妇和孙丫头，昨晚在医院门口的小旅馆住了一宿。面对老太太的絮叨，马文微笑地点着头，并咬开一个红枣。

老人的孙女长在豆蔻年纪，收不住天真，嬉笑着把带来的橘子剥去橙亮的外皮，一瓣一瓣喂进爷爷嘴里。老头满是皱纹的脸上很快出现两个滚圆的鸡蛋。看见马文在看他，老头面有窘色，露出些许羞赧的神情。他挡住孙女继续伸过来的有橘瓣的手。等完全消化掉腮部的余食，老头轻挑了下眉头，喉咙里窜出一个响亮的嗝。他吧唧着嘴，舌头像蛰伏数日的蛇在嘴里迟钝地转圈，有了要开口说话的愿望。终于，声音从他的腹腔深处沉闷地爬出来，瓮洞洞的，缺少了一路上的修饰环节，仿佛是从大缸里传出的咿唔。

小乔来了，没说什么，表情像是在她的课堂上。她冷眼看看楼道，又看了看"走2号"一家，然后透过北窗，看着对面的小楼。对面是高干病房，以前马文去看过住院的经理，这里的条件和那儿完全没法比。老太太走过来，手里又拿了些红枣，招呼小乔尝尝。小乔没回应老太太的热情，甚至连头都没点一下。老太太尴尬地把枣儿放在报纸上，回到老头身边，几个人坐在那儿再没发出一点动静。小乔不合时宜的无礼令马文不快，直到她离开他都没再言语一声。

"走2号"的老头坚持让老伴扶着下地，他试探着摆开走两步的架势。走过两个病房的距离，他就甩开女人的手，独自向前移动着耄耋的步子，如初学踩跷的人。他的个子原来很高大，能看出年轻时的挺拔和俊朗。老太太在后面奚落道："老家伙，球势样，活像个探地雷的鬼子。"老头的儿媳妇和孙女笑了，马文也笑了，笑得很开心。

6

挨着"走2号"又添加了一张床，病人是一个五十岁左右的矮个子男人，不穿病号服，不见吃药打针，床时常空着，只在晚些时候才见他回来，一大早又提着小黑包匆匆离开。除了脸色差点，看不出他与健康人有什么区别。马文走过时瞅了一眼床卡，姓名：余合作，一个介乎深刻与乏味之间的名字。

叫余合作的男人很晚才回来，浅探的脚步声难掩兴奋的余度。寂静的走廊里，只有标示灯发出微弱的亮光，能听到从关闭的病房门后面传来酣睡的呼噜声。余合作的床铺发出轻微的压迫声响，然后又听他起身去了护士室，在那里和护士聊着什么，过了好一会儿回来，重新躺在床上。

早晨刚睁眼，余合作恭着笑脸走到马文床前，"走3号"的床铺已经叠码整齐，跟没睡过人似的。余合作神情谦卑随和，粗重的眉毛弯成凌乱的两撇，有点像一部外国老电影中的阿里巴巴。他主动介绍自己是羊皮梁小学的老师，没到退休年龄已办了病退。"你呢，年纪轻轻的，啥病呀?"他问。说话间,他从灰西服口袋里摸出一把小塑料梳子,把本来就整齐的背头向后又抿了抿。余合作操一口本地普通话,有一张近乎面具的脸,带着让人不舒服的过分热情,拐着弯的想探入别人心里。看马文没搭理他,余合作尴尬地抖了抖腿,回到"走2号"跟前,和老头闲聊起来。

查房时间到了,盛川药主任在几个大夫和护士的簇拥下,一个病房一个病人地巡诊。他们走在过道上,迈着沉稳的步伐,透着一股权威感。余合作迎上去和大夫打着招呼,盛主任叫他余老师,看得出他们很相熟。他们站在那里聊起来,没有一句和病情有关,余合作一身西服,站在白大褂中间略显突出。主治大夫打断余合作的话,说给他写医嘱一直见不到人影。余合作学着伟人的腔调挥挥手说:"我的遗嘱就是请组织把我的遗体火化,骨灰撒到祖国的江河里去。"滑稽的样子引得众人哈哈大笑。

"走2号"老头躺在床上,怔怔地看着盛主任向自己走来。大夫用听诊器在他胸口听了听,问他感觉如何。老头含糊的表述里有"断章取义"这个词,是不是表示他胸口依然不畅呢?医生没再问。马文的目光一直跟随着主任,或者是他脸上的眼镜。就在盛主任瞥了他一眼准备转身往回走时,马文叫住了他:"大夫,我还没看呢。"这一声引来所有人的目光。白大褂里的主任并没向他走近,甚至没把身子完全转过来。

"你的病继续输液就行了。"主任站在原地对他说,眼神里有一丝不耐烦。

眼看盛川药又要转回身去,马文从床上跳了下来。他趿着鞋凑到大夫跟前说:"我感觉好多了,真的,能不能拍个片子看看。"他还想说会不会是把小病看成大病了,但还是没说出口。

主任冷着脸说:"恐怕没那么简单吧。"他又像是想起了什么,一改温和的态度对马文说："你的病就是输液消炎，一时的好转只能说明药已对症，得输够疗程才行。"然后回过头去问身边的护士："他进来多长时间了？"

护士说一周了。

他又对马文说："这样吧，五天以后拍个片子再看。"

"拍了片子就差不多了吧？"马文搓着手背问。

主任拍着他的肩膀浅笑道："躺不住就找些书看看，放心，问题不大，呵。"

印象中这是盛主任跟他说的最多的一次话。马文还想问些啥，一时又觉得多余。看得出这个叫盛川药的主任有两把刷子，这几天的治疗就是证明，别因为问话不妥把他惹烦了。有水平的人都这样，人家有能力治病，不用你一个外行多嘴多舌瞎打听。马文给自己宽了宽心，也就从那时起，他把自己的病完全交给了眼前这个人。

能走动的时候，"走2号"就不那么老实地待在床上，他悄不声地在走廊各处转悠。老太太从外面回来，着急地到各个病房去找，她佝缩的身影从这个病房出来，又蹑手蹑脚地推开另一扇门，最后终于在洗手间里找到了老伴。一会儿工夫，老头又像一条癞狗一样瘫在床上，不停地咳嗽。听声音嗓子里有积痰，他只侧过头去就地一吐，浓沫子的痰液花在水磨石地面上，那种痕迹干了以后是很难去掉的。还有他那个咯叽痉挛的毛病，会整夜不停地咳嗽、打嗝，弄得就近病房里的人都无法安睡。

一天傍晚，马文想回家看看，顺便在附近的街道上溜达溜达散散心。他看见有些病人只来输个液体，例行检查一下就走了，夜里的空床都被陪护病人的人占着。他抱着试试看的态度去找护士请假，竟然被准许了。住院的这段时间仿佛有了半年的长度，他和外面的世界几乎隔绝，身体一见好转，外面的新鲜事又开始吸引着他。

走出医院大门，马文轻轻掀动着鼻翼，贪婪地吸了几口深秋清冷的空气。空气里已经闻不到植物的气味，只有从天边曛然而下的余晖中，贺兰山谷壑里吹来的晚风领略一下过往的记忆。西北气候分明，太阳刚刚衔山，寒气就咄咄逼来，街上的人减去不少，且都换上了厚衣服。

拐进他家的那条胡同口，新开了一家"喜洋洋"餐厅，门口的亮处和暗处泊着十几辆自行车，划拳的喊声笑声和着浓浓的气雾，顺着换气扇往外吞吐。在一个黑暗的角落，一根能借到光线的电杆下，马文看见一个更黑的影子，走近一些，才看清是一个露宿的人。那个人影蜷缩在电杆和墙面之间的夹缝里，圈缩成一个黑黑的球体。他放慢步子，黑影轻动了一下，然后更紧地蜷成一团。

走过那个人影，马文的心情又轻松了。

7

一场大雪悄悄下了一夜，在东方破晓时分停了，给大地留下一片银白。积雪把树枝压得累累低垂，树下的小草在绒绒的雪下呢喃，万物都沉浸在白色的恬静中。大雪把一切的沉闷都宣泄掉了。病人围向窗前，惊奇地看着这深秋里下的一场罕见的早雪。一些人开始走向室外。马文也跟了出去。

院子里，他站在一块大而平坦的雪上。

赏雪的人散落在树下的小径和花坛周围，缓慢地踱步。马文绕着花坛走出一圈倒辙印，觉得自己从没这样天真、率性过。他细细感受着脚踩在雪上发出的声音。细腻的研磨声仿佛小鸟的翅翼徐徐扇动，从下而上，掠过脸颊，透过大脑，向头顶的空中袅袅飘去。他静静过滤着这能净化心灵的飞翔。

阳光穿过乌云，光线直泻而下，雪地立时白得耀眼，晶晶闪亮。雪很快从内部融化，以不易察觉的速度悄然潜行。小径和向阳的地方渐渐现出砖块和地皮的本色，松动的雪下发出涓涓细流，汇成条条细线，蛇一样地向凹处蜿蜒爬去。

雪很快融化得无影无踪，周围又复出原来的景象。花坛里被雪覆盖的枝杈和枯草，此刻原形毕现，陋不忍睹。

刚一回来，对面内科（2）传来一个男人牛哞似的哭声，长凄短叹，揪扯着人的心肝肺。从弹簧门的玻璃望去，第二个病房的门口围着几个人，撮成结实的一团，哭声就是从那里传来，准确地说是从病房里传出的。马文随着进入的人挤进内科（2），原来的几个人很快聚集成群，但只是自觉地围在门口。大家纷纷打听着屋里发生了什么。马文踮起脚尖梗着脖子，从人头之间的缝隙处往里看。屋里左侧最里面的病床前，一个乡下男人正边哭边给床上躺着的人盖上白布单，一直盖住那个人的脸。男人身边站着一个三四岁的小女孩，眼巴巴看着床上的人，对眼前发生的事懵懂无知。周围有人窃窃私语："那个男人的老婆刚死，得了肺癌，还不到三十岁。""小丫头好可怜，小小年纪妈就没了。""生命太脆弱了，昨天还是走着来的，今天就躺倒了。""有啥别有病呀！""就是。"

赏雪带来的惬意被突然死去的女人冲跑了。马文从人们的议论和神态里感受到一种异样，也许在他们为一个早逝的生命惋惜的同时，也有为这厄运没有降临到自己身上而感到庆幸。轰隆隆的声音来了，所有的议论戛然而止，病人们又把注意力集中到那两个滚运钢瓶的人身上。

傍晚，马文又去找护士请假，他看见那个小田护士比平时漂亮了些，脸上开出两朵花，她的身边多出一个穿深蓝夹克的小伙子。小田护士冲马文莞尔一笑，眉眼甜极了。

雪后的街上，路灯昏黄，物影朦胧，空气已显出凛冽，容不得他大口呼吸。天色比平时这个钟点明显暗了许多，原本是人们饭后闲逛的时间，现在只有几个行色匆匆的人，能看见一团一团的气雾在移动。那个开张不久的餐厅人影稀疏，灯光也有些暗淡，门口有五六辆自行车静静地立在一块光亮里，有一辆车子醉鬼似的躺在地上。角落里那个露宿的黑影，用破布把自己更紧地包裹起来，一动不动，只有上面的换气扇嗡嗡转响。

楼道里黑得三指不见两指，马文跺了跺脚也不见灯亮。这时，一丝奇怪的声音从楼道北窗口的方向传来，很细微，仿佛麦田里一粒成熟种子的挣脱，但还是逃不过他的耳朵。他屏住气息静待声音再次出现，想一探究竟。眼睛适应了楼道里的黑暗，窗外的夜色比楼道里还暗，黑黢黢堵在窗口。就在他将要失去耐心准备走开时，黑暗里隐约传来咕咕咕的叫声。他循声走近窗口，侧过头往外窥看。借着微弱的光亮，他看见窗外台边的拐角，有一团朦朦胧胧的白色。原来是只鸽子。鸽子把身体缩成一团，露出脑袋正在观察他，身上的羽毛随风瑟瑟颤动。

鸽子没有要飞离危险的意思，也许它已无处躲藏，只能听天由命静待他的反应。窗户上缺了一块玻璃，那团羽毛正好处在豁口的位置，甚至能嗅到鸽子身上温热的气息，手伸出去就可以轻松地抓住它。搁以前这只鸽子肯定成了他的盘中菜，但这次他放弃了，甚至都没朝那方面想。

小乔正在做饭，唰啦啦的炒菜声从厨房传来。桌上已经摆着炒好的两样菜，都是他平时爱吃的，散发着诱人的香味。马文好久没感受到家的味道了。他站在门口的地方，一时没缓过神来。星星在阳台那里，他走过去，看见女儿正在小黑板上涂鸦。看见他，星星的眼睛眨了眨，又把小脸转过去继续描画着。他没脱外衣坐在沙发上，静静地看着眼前没有打开的电视屏幕，脑子里还想着楼道窗台上的那只鸽子。

"星星，把电视机打开让你爸看。"小乔在厨房喊。女儿只顾着画画。

饭间，小乔问他医院的伙食咋样，马文说还可以。

"要不我明天起给你送饭吧。"小乔说。

"不用了，麻烦的。"马文说，然后都安静着吃起饭来。过去小乔在这个钟点总要讲些幼儿园里的事，自从马文有病，她的话明显少了，脸上总挂着散不去的愁闷和不耐烦。幼儿园老师不好干，小孩吵吵闹闹一天，还要忙着赶回家做饭照顾女儿，也真够难为她的。小乔前一段给他留下的不快，现在全没了，有了些让他心存怜惜的情愫。

8

刚进病房，护士通知马文去拍片子。此时正是输液高峰，走廊里很清静，另外两张加床都空着。

放射科走廊的长椅上落满病人，还有三四个没座位的人站在椅子旁边。马文把拍片单递给门口的护士，小桌上齐整地排了几张单子，看上去并没有实际人数那么多。他想到大厅或医院外面的书报摊前溜达一圈，打发这段等待的时间。就在马文转身准备往外走时，一个浓重的男人的声音在招呼谁，他循声看去，是"走2号"老头坐在椅子上。老头把身子挪大了些，半个屁股占住刚走掉的一个人的空位，正在冲马文招手。

坐下后，老头并没说啥，只是冲他谦善地把眼睛眯成一道缝。马文低声问："老姨妈呢?"

"回家了，早起走的。"老头慢腾腾地说。

马文曾听老太太讲过，他家在滩头余家庄子，余家庄子在距县城以西四十多里的西山边，到那里有一段山路很不好走。马文正想问这些天怎么没见他儿子来过，话到嘴边，护士叫上了老头的号。老头站起来怯欠了一下身子说："我先进去了。"便颤巍巍地向小桌子走去。

听说片子能在十一点以后出来，输液的时候，马文一直在揣摩那个肺子上的影子。它应该小了，小到什么程度不好说，最好是小到没有，无论如何不可能还是那个婴儿的形状吧。他比任何时候都怕再看见那个婴儿的影子。他想象自己康复后，哼着小曲骑着自行车上班，一家人逛逛商场遛遛公园，多陪孩子常回老爹家看看，心里顿觉敞亮无比。往昔平淡如水的日子，现在却显得那么珍贵。想来想去反倒弄得心里越加忐忑起来，拔了针头，他就急着到放射科拿片子，找大夫去看结果。

放射科里没人。马文在大夫办公室找到唯一一个白大褂。他上前打问自己的片子。大夫没回头地问他叫啥，他说叫马文。"马文?"大夫念叨着他的名字转过头，粗略地扫了他一眼，然后在旁边的片袋堆里翻找起来。找了一遍，他停住手说："没有，可能让你的主治大夫拿走了，你到门诊部去找他吧。"然后又把头贴在灯箱的片子上。大夫是一个生生的熟人，好像是马文的初中同学，叫什么呢，他想不起来了。

内科门诊室里，盛川药大夫被七八个病人围在中间，手搭在一个病人的胳臂上号脉，神情依旧那样不紧不慢。只不过这一次，他一眼就看见了走进门来的马文。盛主任放下手里的病人向他招手，示意他过去，那个坐在大夫旁边正在接受诊问的中年妇女，脸上明显地挂着不悦。大夫站起来迎着窗户的光线，把片子高高举起，用另一只手指给他看片子上那个肺痕的部位。婴儿的影子不见了，取而代之的是只有原来五分之一、类似一抹丝带状的白雾。

"看，效果不错吧。"大夫的语言还是那么简约，只是字句清亮，眼神极有光彩，像是说给所有人听的。"继续治疗，很快就会好的。"

午休睡得很踏实，一直到下午四点才醒。马文睁开眼，看见"走2号"老头坐在窗前，嘴里轻轻哼着小调，眼神呆痴地看着窗外那堆杂乱的景物。那是上了年纪的老人常有的神态。院子里坟茔似的大而难看的花坛里，长满枝杈歪扭的灌木，痉挛地弯曲着。午后的阳光在老人脸上、身上和手上，照出几条狭窄弯曲的亮线，给逆光中的人物镶上金边，大面积的暗影与亮线形成明显反差。马文躺在床上静静观察着，直到那些亮线完全消失。

一抹晚霞快要隐去的时候，老太太风尘仆仆地赶回来。她怀里拥着一个瓦罐，罐子占据了胸前大部分位置，让她的身子显得更加矮小。瓦罐里盛着给老头炖的鸡。她说是家里的那只老来亨鸡，知道今天要宰它，下刀前一直心神不宁地叫唤，抓住它还费了好大劲呢。马文被那老俩热情地让了过去。老太太没动筷子，她说她在家里吃过了，可马文看见的是一只完整无损的鸡。看着她疲惫的样子，老头反复追问，她这才闪烁其词地低声嘟囔，自己是怕花车票钱，来回的路途都是徒步走着的。老头没动筷子，马文也没吃上。

早晨输液时没听到"走2号"的叫号声，老头呆呆地看着窗外。老太太正和赶早来的儿媳妇收拾东西，慢腾腾地仔细归置着，快到晌午才拾掇停当。医生过来劝他，告诉他不能这时出院，如果病情出现反复可就难治了。

老头躲闪着目光说："我好了，我真的好了，我的身体我知道呢。"说话的当儿，气管里还有明显的哮喘声。

轰隆隆的声音过来，熟练的身影和着沉闷的滚钢瓶的声音从每个人身上碾过。那个"探地雷的鬼子"在儿媳妇的搀扶下艰难地向阳光走去，身后跟着披紧包袱的老太太。马文一直目送他们在视线里消失。听护士讲，"走2号"老头是因为花光了家里的钱，还问人借了不少，已经无法在医院里继续住下去了。

晚上，马文一个人走在街上。胡同口的餐厅看不见一个食客，暗淡的灯光下，两个服务员懒懒地坐在吧台前，其中一个在他走过时打了一个长长的哈欠。拐过胡同口，马文远远绕过那个角落，他克制自己不去看那个电线杆。下一个拐弯处，他还是忍不住回过头去。角落里的黑影没了，只有那根电杆孤零零立在那儿，上面贴的几张不牢靠的小广告，在寒风中苍白地舞动。

9

立冬半个多月后，天气超常地热起来，树木仿佛都要竞相萌生出新芽，返回绿意盎然的季节。人们脱掉穿上不久的棉衣换上夏装，街上的行人不再蜷缩着身子匆忙赶路，晚饭后又有了出门散步的人，只是没有酷暑天那么多。马文知道，短暂的升温也只是暖季的回光返照，接着，真正意义上的寒冬就要来了。

"走2号"的床位被一个胖乎乎的半大老头占了，他很少下地走动，整日偎在床上不停地吃东西。他有一个身体壮实的少年儿子，一副愣头青模样，保镖似的站在床边，尽心伺候着老头吃喝。这是一对贪吃与伺候贪吃的组合。马文看着心烦，除了输液，他一刻都不愿待在走廊里。

马文的身体有了实质性的好转，除了输液和卧床带来的体虚出汗，其他和没病的时候相差无几，连上次咳嗽是啥时候他也记不清了。他已经不满足医院门口和回家一路上这点有限的活动空间，有两次，他还沿着中央大街向东一路信步闲逛，来到秦渠桥头父亲修车的摊子前。他想和老爹在和煦的阳光下说说话。他多想能和老爹好好说说话呀，哪怕是被他训诫几句也行。可父亲的话还是那么少，冷着脸，待不了一会儿就催马文快回医院里躺着。第二次再去，看他不走，父亲有些恼火，差点没发作出来。老爹从早就改制的一家公办小厂退休，说是手里没活闲不住，在街上摆个修车摊位，方便别人还能挣点外快。

看看离午饭时间还早，他顺路拐进家门口的小公园。这里是老年人常来的地方，"老年之家"就设在北边的一座两层小楼里。据说建这座楼的初衷是为某位高干考虑的，后来风声太大，就改成了老年活动中心，堵了众人的嘴。园子里有一个小型人工湖，湖上有曲桥，一曲两折就靠上对岸的亭子，挖湖起出的土顺势在旁边堆起一个大丘，当作山的概念。

小湖的周围散落着几张木条长椅，这个时间清静，空出好些位子。小楼的前面是一块篮球场大小的水泥空地，一群身着艳服的大妈在上面欢快地扭着秧歌，尽力地表现自己是最快乐的人。马文选了靠近舞者的一条长椅坐下，闲适地观看起来，但更多的是享受晒进园子里接近正午的阳光。

余合作不知从哪里冒出来，嬉笑地打着招呼坐在他旁边。

"怎么？对老太太跳舞感兴趣？"余合作眯笑着眼睛说。见马文没理会，他又收敛了些，显出一副关心的样子低声问道："你的病看得咋样了？要抓紧治呢，不行就到省城去，可别闹出大麻烦。你没听人讲嘛，小病在县城，大病走省城，半死不活去北京。"不等马文吱声，他又接着说："急症好治，不像我落下的老病根，是一辈子的苦处。"他说他还有骨质疏松、高血压和风湿病，浑身上下没有一个好零件，都是那些年干工作累出来的。余合作喋喋不休地叙述着他的那些病和为治病跑过的许多地方。说话间，他的脸上牵扯出几块多余的肉，看着它们的变化，马文就研究起他的这些肉来。

听得出余合作很迷信偏方，也许这就是人们常说的"死马当活马医"，久治未果后的选择。他说他从西山的一个道人那里学了一种气功，效果特别好，治好了他十几年的老风湿，已经连续两年多都没犯病了。马文知道风湿是一种很难治的顽疾，老妈就有这个毛病，一直没有医好。

他往余合作跟前倾了倾身子问："气功是怎么治这病的？"

余合作显出一丝诡秘，咬紧嘴巴。马文继续追问，他只说以后再告诉他，便往开挪了挪距离，目光落到那群跳舞的大妈身上。

马文盯着这张顷刻间陌生起来的脸，问："既然医院治不了你的病，你干吗还要住院呢？"他想等余合作回答完这个问题后就离开。

余合作一脸坦然地说："住院只是在乡下待得腻烦，进城来换换环境，反正有公费医疗和大把的时间。"他脸上泛着久病不散的菜霉色，精神却出奇得好。

跳舞的大妈三三两两往园子门口走，街上的声音开始嘈杂起来。就在马文准备起身回家时，余合作又提起了"走2号"的老头。马文重新稳了稳身体。

"怎么始终没见他儿子来过？"马文问。

余合作又往他跟前边挪屁股边低声说："你不知道？老廉的儿子是开大车跑运输的，前年冬天去兰州送货的夜路上，在黄泉路段一个进山的隧洞口出了车祸，人死了。老太太为这事还疯过一阵子呢。"

马文奇怪，整天不着病房的余合作，知道的事情比自己还多。一想起"走2号"老头离开医院时的情景，马文心里就不是滋味，如果有一点办法，他会毫不犹豫地出手相助。马文虽然有公费医疗，可自负的那部分已经让他捉襟见肘顾头难顾尾了。他坐在那里猜揣老头的这个廉字，是他的姓还是他的名呢？好似是有些怪的。还有那个叫黄泉的地方，地球上竟有这么不吉利的地名。

10

下一张X光片出来了，结果大大超出所有人的预料。那抹丝带依旧顽固地飘扬在肺子上，面积没有丝毫缩小，甚至气质、气息都与之前几近相同，完全就是上一张片子的翻版。以摧枯拉朽之势收复大片失地，眼看将一统山河，却久攻不下这最后一个小土包，硬生生地胶着了。马文呆呆看着片子，有了一会儿缥缈般的梦幻光景。他不相信自己的眼睛，定了定神再看，情形依然如此。

他拿着片子找了好几趟大夫，都没接上话茬，在病房或门诊部，盛川药主任始终都很忙。一场寒流让医院里增加了许多病人，人头幢幢，攘往熙来梭梭不断，人们穿着棉衣捂着口罩，还是掩不住阵阵咳嗽。一次，他又去门诊部，并决定在那里一直等下去。他不知道这样的等待能有什么结果，也许只是想从大夫口中听到哪怕一点自圆其说的安慰，慰藉一下他这颗忐忑不安的心。

盛主任被病人层层围在中间，马文踮起脚尖，方能看见他肉粉色的秃顶，上面渗出细密的汗珠。终于等到大夫看完一个病人放下手中笔，把身体靠在椅背上，稍事停顿的间歇，这时已临近下班时间。盛主任侧目看了看拿着片袋站在身边的马文，像偶然发现另一个存在似的，斟酌少许后说：“你的病还得继续治。”就把目光快速移向最后一位病人。

马文忙追问：“会不会是有人把我的片子倒错了？”他想说放射科可能出现张冠李戴的情况。话一出口，他才意识到这个问题本身没有什么意义，甚至会因冒失惹恼大夫，只是他找不出其他理由来听听大夫怎么说。盛主任好像没听见他的话，目光依旧盯在最后那个病人的舌头上。马文只好怏怏地走出门去。盛川药是县医院的内科权威，他的主治大夫，前阶段的治疗效果也曾令他佩服，是眼下唯一能救他于水火的人，他不敢因出言不逊而得罪这位大神。

终于出现了一个机会。一天早晨，盛主任在众人的簇拥下来到病房，一如每天来查房时那样，不过这一次他主动在马文床前停下，让他把第二次拍的那张片子拿出来。马文翻片子的动作显得异常笨拙。大夫和护士都耐心地等着。

翻找片子的时间过于长了。主任不耐烦地说："你就把它们全拿出来吧。"其实马文很想找的是最近拍的那张片子，也就是第三张，而且已经想起它们都放在同一个片袋里。

主任迎着窗外的光线，指给身旁的几个年轻大夫看第一张和第二张片子，他反复在光线里比较它们，和周围的大夫们低声讨论着。第三张片子就在他手中的纸袋里，已经露出少半边脸。

"这个治疗效果很显著呀！"盛大夫看片子的姿态优渥极了，一只手惬意地埋在腋下，用另一只手把片子在面前推远拉近，细细地审视着，像一位画家在欣赏自己的杰作。

一番意犹未尽的讨论过后，主任把那两张片子放进片袋，同时看见了露出少半截的第三张片子。他把那张片子慢慢抽出多半，像是想起什么，又退了回去，最终没把它彻底拿出来。这让等待中的马文既着急又懊恼。他想提醒主任，但见他已把片袋丢到他床上，匆匆消失进人群里。

马文变得形影孤吊自怜自艾，脑子里充斥着许多大大小小的问号。一张悲悯的网始终缠绕着他，日夜笼罩在他心头。马文在一种无助的情绪中度过一天又一天，没有惊喜，没有期盼，有的只是时间的钟表慢慢融化成黏稠的液体，一滴一滴在寂静与喧闹中跌落。外表看，他还和过去一样，没受什么影响，每天仍旧平静地在病房里走进走出，在医院和家这段路上来来回回。其实他的内心灰冷到极点，开始厌恶医生，厌恶病人，厌恶在医院度过的时日。有时他感到烦躁难耐，便静静躺在床上发呆，两眼死死盯着上面的天花板。

父亲面前，他又会表现得很轻松，盘腿坐在床上，绘声绘色地给老爹描述着最近那张片子。那是一幅几乎完全康复的图像。"大夫说了，要想出院也行，只是现在还需要巩固一下。"

"急啥！听大夫的，再巩固巩固，等彻底好了再出院。"老爹的笑从眼神里逃匿出来，渐渐放大，渗进脸上的沟沟壑壑里。看着父亲眉目舒展，脸上洋溢着许久不见的喜色，马文的心里很不是滋味。

小乔来得也勤了，每天下午下班都会带着星星来病房打一头，问他晚饭想吃点啥。他也照例把编造好的病情复述一遍，只是比给父亲讲得轻描淡写了些。星星躲在病房门口往里面瞅，好奇地摸摸这儿翻翻那儿。马文催促媳妇快带女儿回去，说医院里细菌多，有传染源。

躺着不如转着，转着不如躺着，除了输液，他不知该如何处置大把的时间。他反复告诫自己不要再去想片子的事，可一不留神，脑瓜子又溜到那条丝带上去了。如果可能，他真想持一把锋利的柳叶刀，游刃入体内，把肺子上那条讨厌的东西，彻底完全地刮净。

他分析各种可能引起这个结果的原因：会不会和自己在床上不安心静养有关，医院的饭菜是不是卫生，天气寒冷迟滞病情的康复，等等，一些鸡毛蒜皮的问题。这样，他又开始像个孕妇静在床上，不走动，不回家，重新安顿小乔往医院里送饭。小乔也乐意送饭，只是觉得他突然怪怪的，没去多问，毕竟他还是病人。

他还怀疑护士配药的时候贪了他的针剂，可能是药力不足造成病情的停滞。有一次听余合作无意中流露，大夫和护士家里的人有个头疼脑热，就在家里打点滴，他们不缺药。他们的针剂是从哪里来的？这个情况相当可疑。当初余合作的顺口之言，现在也成了重要疑点，被马文剖开了分析，竟分析出许多奇奇怪怪的蹄爪。他把心里的疑惑讲给那个贪吃的新"走2号"老头，想得到某种证实。胖老头只抬起灰白浮肿的脸瞅了他一眼，又把注意力集中在吃食上。他开始跟踪每天进入病房后的针剂，侦查药品流通的各个环节，看看那些针剂是否最终足量地输进自己的血管。从中他还学会了观察护士的神色。护士是不晓得这些的，照例每天配药时，毫不客气地支出鬼祟在身后的马文。

11

探视马文的人一下多起来，都集中在这两天。往日冷落的走廊尽头不时有人光顾。先是单位的马经理带着班子成员，拎着牛奶、水果来了。医院的暖气热，大家都把棉衣敞开或脱下来夹在腋下，围在马文床前问这问那。经理不失时机地批评他，言辞里有惋惜。他尖锐地指出马文的病和喝酒逞能有关。他吩咐站在旁边的小乔，以后要管住他，单位里领导管，在家里媳妇就是领导。小乔得意地对马文说："听见了吧。"态度果然有了点领导的意思。大家呵呵笑着，说经理的话有道理、有水平。马文像做了错事的孩子坐在床上，红着脸显得手足无措，突然降临的中心感让他一时难以适应，幸好经理和同事们逗留的时间不太长。

场地组的小陈留下来，拧着眉头，似有话要说。小陈宽慰了马文几句，最后告诉他，文化局刚开过职工大会，电影院马上要改制成企业，属自负盈亏单位。眼下电影市场不景气，以后恐怕连发工资都成问题，同事们私底下都在想后路。小陈说真到了那天，他准备跟他姐夫跑车搞运输去。走时，小陈意味深长地拍着他的肩膀，希望他的病赶快好起来。马文没言语，心里想着自己未卜的身体，眼下铁饭碗又要变成泥饭碗，顿觉未来雪上加霜。他把小陈送到住院部门口，隔着大门玻璃，看着他弓腰缩脖远去的背影。

又有同事三三两两来看他，也许是怕他担心，大伙缄口不提单位改制的事情。马文的岳母让小乔三姨妈的孙丫头提来一箱牛奶，盒子上贴着写有他名字的字条。

　　小万和沙海亮都来过，不是同时来的。小万下午刚上班一个人溜达过来，醉眼惺忪，双手抄在袖筒里。小万说昨晚打麻将遇上一个狠手，输了个精光。他喝了一瓶床头柜上的牛奶，吃了俩橘子就走了，没谈及单位改制的事。搁以前这种关乎前途命运的事情，小万必然会叨叨至口干舌燥满嘴白沫，今天只字没提，也许输钱的事对他触动更大，大到忘了其他。小万走后不久，沙海亮和他媳妇花子拎着一袋苹果来了。花子硬塞给马文100块钱，说表示个心意。沙海亮情绪低沉，勾着头坐在床边一声没吭。也许当初住院时没借给马文钱，心有愧歉，还是因为别的，当着花子的面他又不好问。其实这事在马文心里已经过去了，沙海亮的困难是摆在明面上的，不是关系铁不铁的事。

　　新"走2号"的胖老头躺在床上统计这两天送给马文的礼物，嘴里啧啧有声："小伙子人缘好呵，光牛奶就有十一箱呢。"马文送给他一箱。

　　病房里有两个病人出院，空出两张床，按顺序护士让马文和余合作先搬。余合作不在，护士把他的东西拿进去，其实就是一个装洗漱用具的小塑料包。马文不想挪窝。新"走2号"老头欢喜地住进病房。这样，楼道里只剩下他这一张床，马文喜欢楼道里只有他这一张床的感觉。

　　掐指算来，马文在医院里已经待了四十七天了，住这么长时间的院，对他来说绝对是平生头一遭煎熬，仿佛在火上烤油锅里炸。每天输着同一种牌子的液体，身体里填满了花朵，该是从七窍生长竞放出来，开成一个花男，装点这灰暗寒冷的世界。那些输进他身体里的液体能装满整整一卡车了吧，马文想。当初很敏感的药物，现在就像输着蒸馏水，没有一点感觉。马文觉得这里面也有问题。他问护士咋不换个药，护士说这种抗生素是县医院最好的，改用其他牌子，疗效不敢保证。那么这种叫什么花的液体就能有保证了吗？他心里烦躁不安。

　　跟医生搭不上话。医生已经被他絮叨烦了，见到他躲都躲不及。马文准备向书本讨说法。他去了趟新华书店，在医药专柜查找有关肺病的书籍，买了两本，回来躺在病床上研究，心里才算有了点底。书上说，有关他这种病的治疗结果，病灶周围形成清晰的边缘线就算治愈了。意思是说，通过治疗，肺子上的阴影不一定完全消失。他忙翻出第三张片子在光线里看了又看，经过一番研究，还是没研究出所以然。

另一个麻烦事也跟着来了。好扎的血管越来越不够用，手上胳膊上能下针的地方已经不好找了，这让水平最高的护士长都感到头疼，每次她们都像对付婴儿一样在马文手上下一番功夫。她们开始在他的脚上寻找新的着眼点。

医院门口的那个书摊成了他每天必然的去处。马文在那里能找到一丝安慰，仅有的一点安慰，一转身就没了。在每天的往来中，那个有酒糟鼻子的麻脸老头与他已经有了某种默契，见他走来，就把早早准备好的两份小报折合在一起，远远递向他，并接过钱。老头始终不发一言，但眼神却是温和的。出院的那天马文却忽视了他，走得头也不回。后来想起那个卖报老头，没去和他道个别，哪怕只是默默地和他对视一下，心里也是一种安慰。

报纸是他一整天的消遣。他仔细从头看到尾，甚至连边缝的广告也不放过，有些文章还要浏览上两遍。小报是马文和外界联系的纽带。也就在那时，马文第一次从报纸上知道，有一种叫"SARS"的肺病正在南方流行。他把看过的报纸展开来铺在身上，直到盖住脸和脑袋，在一大堆铅字里静静地想事情，却又什么都想不起来。

这个冬天特别冷，凄冷得没有其他内容。

出院那天天气很糟糕，一直刮着大黄风，街道两边的树枝在风中呼啸，横空的电线甩大绳一样发出"呼呜呜"的怪叫。尽管如此也没把马文的心情彻底搞糟，毕竟终于在这一天他出院了。马文走得过于匆忙，什么也没拿，他把一切的晦气都留给了医院。

这样的天气和他想象中出院的情景完全是两回事。马文想象的天气是一个阳光明媚的上午。他释然地走出医院，绕着县城走上大半圈，他要好好看看从小耍大的地方，然后再到父亲家里去。

最后一张片子是在中午出来的，痕面依然如故，如果说变化，只是更清晰些，云雾散后显现出庐山的本来面目。这个结果并没令马文有所惊讶。惊讶、惊慌、惊异这类情绪已被他挥洒殆尽，身体里已没有这些因子。盛川药主任对此也有答复："这就是最后的结果，已经很好了。"再问下去他就有点烦，"你不能因为病好了就否认曾经有过病，伤好了还要留个疤呢。"马文得到了一个听上去似乎合情合理的解释。

12

除了那场早雪，整个冬季的天空一直灰蒙蒙的，说不上晴与不晴，寒冷的空气裹挟着干燥的沙土味，使原本缺水的西北小城，更加渴望一场雪的降临。春节临近，电影院已不似往年那般热闹，借着投射到幕布的光线看去，下面黑暗的座位上只有几颗稀稀拉拉的脑袋，门票的收入往往不及成本费用。冬季的街道人影零落，多数晚上，电影院如一座被人遗忘的漆黑所在，孤寂地矗立在霓虹闪烁的街市之中。只有白天，电影院门前的小广场上，从那些在出售春联、风筝、烟花鞭炮的地摊间攒动的人群中，还能领略一点年关将至的意味。

年底单位没啥事，有事经理也不叫他，一切都比往年这个时候显得清闲许多。每天下班后，马文便匆匆往家赶，无心于别处，晚上也大多是不用去单位的。回到家里也是一些平淡的内容，吃完晚饭，看看电视，早早就躺下了。电话一直都掌控在小乔手里，手机也被收走，尽量切断他同外界的联系。其实她根本不需要这样，马文已经适应了悠闲无味的生活，这种习惯早在医院就培养起来了。

有时他也拐个弯去父亲家坐坐。母亲腰腿不好，不常出门，两年前又受了乡下李家姨妈的感染，开始吃斋念佛还上了素。李家姨妈是一个爱好五迷三道的乡下游走女人。母亲整天催父亲去集市上卖掉他养的那只八哥，说李家姨妈发过话，那只黑鸟不吉利，因为它会叫马文的小名，声音听起来就像巫婆声嘶力竭的叫唤。八哥能叫出马文的小名，还是老爹好不容易调教出来的，他劝母亲不要因为这卖掉父亲的心尖宝贝。

一天下午，马文又早早回到家，像往常一样和好一坨面，让它先醒着，在面盆里等着小乔回来，然后打开电视看赵本山溜段子。看了一会觉得没意思，又关上电视机。他无事可做，躺在沙发里，静静听着外面，从阳台的方向传来的声音。那是地表的各种声音汇聚在天空，在大气层变换合成的声音体，仿佛浑身带满毛刺的硕大无朋的交响核，层层波及，悠悠入耳。听了一会儿，马文觉得无聊，又开始想单位的一些事，同样让他百无聊赖。他拿起过去用过的一个打火机，在手里把玩起来。烟戒了好久，火机还在。

这时电话铃响了。是小万打来的。小万先在电话的那头数落了马文一通，然后说哥几个要给他压惊，祝贺他病愈出院，让他现在就到沙海亮家去。"一定要来呀，不要再伤哥们的心了。"油嘴滑舌一番，电话挂了。马文在屋子中间踱着步子犹豫了一会儿，还是穿上那件厚防寒服。他想给小乔留个字条，可这已是走下楼去的事了。

向晚时分，铅灰色的天空逐渐暗淡，地平线上有一抹淡淡的橘色，预示着明天还是和今天相同的天气。沙海亮家在北环一片新开发的大型商埠地段，是卖了原来那套位于市中心的住宅楼，还借了不少外债，才置下这里一套楼上楼下的单元街面房。走在空寂的大道上，像置身在一个庞大的童话模型里，只有清冷的空气会让人觉得实在。有钱人在这里置了房产，曾经兴奋地憧憬过美好的前景，现在看来并没那么乐观，甚至是失算了。

去沙海亮家的路上，马文遇见从另一个方向踽踽走来的余合作。他奇怪能在这里遇上他，兴许余合作也是这样想的，正瞪着惊异的眼睛看着他。余合作热情地向他伸出双手，问他最近身体咋样。马文说："好着呢，就是不敢乱动。"

"你这是去哪儿呀？"马文问道，他觉得余合作不该出现在这片区域。

余合作闪烁其词地说："随便走走。"然后低声告诉他："你知道吗，老廉前几天死了。"

"怎么死的？"

"老毛病又犯了呗。"余合作说，"那天半夜，他老婆和儿媳妇用小胶车又把他从山里送到县医院，还没挂上液体人就完了。"

"你还在住院吗？"马文问。

余合作说他出院了，前不久又住了进去。他又说了些啥，马文没听明白。聊了两句，余合作说还有事要办，给了他一个阿里巴巴式的笑容，然后挥挥手向老城区的方向走去。

沙海亮的媳妇坐在店里嗑瓜子，见马文进来打了声招呼，告诉他沙海亮在楼上，让他先上去。楼上，沙海亮躺在一把不倒翁式的竹摇椅上晃悠。菜已摆上桌子，专门恭候他似的。见马文裹着厚大的防寒服进来，沙海亮并没表现出多少热情，甚至没有从椅子上起身的意思。马文想，也许是出院后一直没跟他联系，多心了吧。马文在沙发上找了个地方坐下，花子这时也从楼下走上来。花子和他们仨从小耍大，又是同学，长得不算漂亮，体形已经有点发福了。她还和以前一样热情，用一次性纸杯给马文倒上茶水，端给他，问起马文肺子的近况来。

"片子看得准吗？"她问，"会不会是肺结核呵？"

马文看着茶几上那个白色的纸杯，心里有些不快。以前来她家从不这样讲究的，这个小小的改变触动了马文的神经。花子问他时沙海亮也安静地听着，思想着什么。马文清了下嗓子说："片子准着呢，就是肺炎，只不过比一般的肺炎稍重一点。"他想说这病不传染。

花子又转向她老公："你听说了吗海亮？最近报纸上说南方出了一种新肺病，传染速度相当快，已经死了十几个人呐。"

沙海亮从摇椅上起来，挥了一下手说："管它啥病呢，来来来，喝酒，马文刚出院就少喝点。"

马文觉得心里有点暖意，刚来时还担心沙海亮会逼他多喝，现在看来是自己多虑了。酒喝得确实比过去少多了，三个人只喝了半瓶白酒，可能还有另一个原因，那就是小万始终没来。沙海亮在电话里催了他几次，小万都说快了快了。最后一次沙海亮对着话筒喊起来："就你事多，天天催着给马文压惊，人家来了，你又不见影儿。"

马文喝了三杯还是五杯，他记不清了，只觉得嗓子眼发热，热的地方有东西堵着。卫生间里，他借着灯光，看见自己吐的痰里有一点针尖大小的血丝。后来他专门去问过大夫，大夫说可能是毛细血管有点破裂，没关系。

回家的路上，黑暗里刮来一阵风，一个随风飘起的塑料袋跟在马文身后，滑过两条巷口。在下一个转弯处，塑料袋被从侧面刮来的另一股风吹到一个角落里，和几张废纸一起在原地旋转着。

走进家门，一股暖气迎了上来，马文没有开灯，摸索着在沙发上坐下。小乔从卧室出来摁亮卫生间的灯，惺忪地嘟囔着："都几点了。"

夜里马文做了一个梦，他在汤汤的洪水中挣扎，被一股漩涡吸着，身体打着旋儿地往下沉，向无底的深渊坠落。经过一番拼命挣脱，他才大汗淋漓地从梦中回到现实。

<h2 style="text-align:center">13</h2>

　　春节的几天，马文一家是在父母那里过的，父亲第一次给了星星两张大票的压岁钱，乐得她像只麻雀在大人中间叽喳。小乔告诉二老，马文最近又咳嗽了。老爹睁大眼睛问："咋回事?"马文掩饰说："没关系，正常人都咳嗽呢，何况天又这么冷。"

　　正月十五那天傍晚，县城从东到西的主街道两旁，布满大大小小各式各样的彩灯，像一条长长的五色巨龙。周边村子里的老乡，男男女女老老少少，从东南西北几个方向的道路涌进城，形成几条滚动的洪流。瞬时，一条鲜活丰富的街市像地图一样展开了。

　　马文咳得越来越厉害，身子又和过去一样虚弱，走路都能睡过去，咳出的痰里血量一天比一天增多，这几天几乎全是红的。他没把这件事告诉别人。吃着药马文想，兴许挨过这阵子就能好起来。他强打精神，天一黑就和小乔带着女儿出门去看花灯。

　　他们被人群劫持着，顺着滚动的人流缓慢地向前移动。趴在马文背上的女儿，小脸被一盏盏闪烁的花灯映衬得灿烂无比，圆圆的眼睛在每一盏灯上搜寻。经过一盏马灯时，她兴奋地喊叫起来："这是琪琪的妈妈做的，因为琪琪属马。"

　　走到一半路程，一阵眩晕渐渐袭来。这是个可怕的信号，马文心里倏然间被某种东西证实了。在拦桥街口，他看见人群里有沙海亮一家，还有小万和他新交的第六个女朋友，他们都冲着马文招手。在闪耀的灯光里，他们的笑脸就像哭脸，甚至比哭还难看，和周围喜气洋洋的环境极不相称。一片云雾慢慢充满马文的脑袋。广场前，有钟的大楼变成一头大熊，它抖掉身上红色的尘土站起来，赤尘滚滚，烟雾似的弥漫在城市上空。人群里，一大堆的胳臂一大堆的腿，一大堆狰狞的面孔互相嬉笑着。透明的软体大虫笨重地蠕动在街道上，白色的血管在橙色透明的皮肤里隐约可见，巨大的身体将街上的人群碾压一过，就像下公交车时检下的车票……

伴着突如其来的阵咳，一股腥味的液体从马文嘴里喷出，溅在前面一个穿浅色滑雪服的女人背上，洇洇一片。女人没有感觉，继续自己的游行。周围有人说："喝醉了，醉鬼吐了。"在彩色的海洋里，谁也分辨不出马文吐的会是血。他看见夜空下的人群里到处闪烁着金灿灿的星星。

第二天一早，父亲和马文搭乘熟人的货车来到省城，直奔省城最大的那家医院。附属医院高楼入天，幢幢相叠，看得清上半截看不清下半截。这里的医生护士穿着几种不同颜色的衣服，还有身披紫绒斗篷的，匆匆如披挂上阵一般，后来听说是按不同颜色来区分不同科室的，这超乎了马文单一的"白大褂"印象。找到门诊部大楼，看病的人在挂号处排起长长的队伍，尾巴快甩出大门外了，个个愁容满面，不时有人哀叹。这么长的队伍，没个半天时间是排不到窗口那儿的，老爹还没排队就已经开始发愁，嘴里不停嘤嚅着。同县城的一个熟人和父亲打招呼，经他点拨，父亲忙喊马文。此时马文正靠在墙边昏昏欲睡。

他们直接循住院部而去。呼吸内科是偏僻角落里的一栋旧楼，外观比县医院强不了多少。这里同样人满为患，到处都是穿白底蓝条病号服的男人和女人，问护士，护士指着刚从一个病房出来的中年大夫说："那是我们主任。"父亲立即迎上前去。主任姓李，脸在白大褂的映衬下显得异常黝黑。后来听说，李主任闲暇喜好钓鱼，脸黑是太阳晒的。

主任站在走廊里接待了他们。

CT片出来了，马文肺叶上旧伤的部位，现在变成一块鹅蛋大的絮状物，已形成脓腔。婴儿已长成少年，毛茸茸的脸蛋绽出了花，眼睛经过漫长的冬眠已经睁开。父亲瘫蹲在楼道的墙边，低着头，双手埋进一夜之间完全白了的头发里，样子无助极了。马文虚弱地站在那儿。魂儿挣脱了他的控制，从身体里窜出，发出狞厉悠长的尖笑，在走廊里来回游荡。失去魂儿的马文只剩下一具躯壳，他想唤回自己的魂儿，却没有丁点气力。

他呆呆地看着父亲和主任在那里讨论，一直是父亲在说，都是以往治疗肺子的事，情绪时而有些激动。医生好不容易插话，建议先住院观察一周，药物不行只能手术。老爹忙问："不手术会咋样？"

"感冒或身体差的时候会旧病复发，那个病灶就像一枚炸弹。"主任说："可以随时引爆。喷！就这样。"他用手做了一个爆炸的姿势，这个动作把父亲吓到了，身子微微躲避了一下。

父亲抹着脑袋上的汗过来和马文商量。"不能手术，剖开肚子气就跑了，伤元气得很。"老爹说。父亲还在喘吁，脸上的皮肉轻微颤动，眼睛怔怔地瞪着他。马文第一次发现，原来父亲也有优柔寡断的时候。马文倒是想手术，切掉病肺一了百了，他不想让这颗炸弹陪伴自己一生。不过，身体受制父母，动不动刀子，还要听老爹的。

住院的病人以五十岁以上的中老年人居多，都是生面孔，像马文这样的年轻病人寥寥无几。楼道里摆放的几张加床，床上都躺着病人，他知道，自己未来的时日还是在走廊里度过。

14

呼吸内科顾名思义，就是跟咳嗽吐痰这类病人打交道，住进来的人肺子上都有病，病情可大可小。县医院里的大病在这里就算小毛病，这从那些不时抢救肺癌患者的医生护士身上就可以看出来。马文就属于这类小病，除了每天输液，连护士都没工夫在他床前停留。百无聊赖的日子一天一天过去，他无心打听自己的病情，看见那个黑脸主任，也不追上去咨询打问，远远看着主任忙碌的身影。不久后的一天上午，马文看见主任的黑脑壳上贴了块白胶布，神情遮遮掩掩。听病人讲，头天下午主任在门诊部被病人家属打了，动手的人已被警方带走。大医院的病人胆子也大，动动手算小事，去年还有持菜刀满楼道追着砍大夫护士的。

父亲在医院门口的小旅馆安顿下来，前两天还往住院部跑了几趟，后几天不见来了。输完液体，马文去了那家小旅馆，没见到父亲，一问才知道他只住了两宿就没再续。省城没个亲戚，晚上天还这么冷，老爹不会是回去了吧。顺着铁栅栏返回的路上，马文很担心父亲。再见到他时，经不住马文再三追问，老爹才低声告诉他："在医院的工地上找了个搬砖的活，管吃管住还能挣点钱，反正闲着也是闲着。"他说得轻描淡写。马文没责备父亲。要怪只能怪自己这倒霉的身体。

一周后，CT片反馈，马文的肺子恢复到县医院出院时的水平，病灶没有丝毫缩小。经过专家会诊，决定为他实施肺叶切除手术。老爹看马文心意已决，默默地依了他，赶着回家去筹集手术费用。听做完手术的病人家属偷偷告诉父亲，还要给大夫塞红包，主刀、副手、麻醉师都要给到，就连缝针的也不能落下。别小看这缝针的，留点线头在你肚子里面那可不是闹着玩的，更别说动刀子的大夫了。还有麻醉师，早醒迟醒全在人家手上掌握。

"早醒迟醒能有啥区别？"父亲问。

那人翻了父亲一眼："你也不想想，手术没做完人醒了，看见自己剖开的肚子还不得吓个半死。"剩下的话他缄口不说了，也许他认为父亲是榆木疙瘩不开窍，反应太慢。

那人离开后，父亲就为难起来，脸上显现出正义的气愤和被现实击垮的无奈神情。他又不好找别人去商量，毕竟是些见不得光亮的事情。
这些杂七杂八的费用加起来可不是小数字，马文很难想象这笔钱靠父亲
一个人，如何能筹集得到。

在马文进手术室那天早晨，病人们继续议论着前几天就传开了的话
题——流行性病毒"SARS"。非典型性肺炎已经传染了大半个中国，症
状是发热咳嗽，听说在这家医院已经收治了两例病人，消息相当可靠。
有些人叫喊着要办理出院手续，有些人干脆开始匆忙地收拾东西，想不
辞而别。一时间，从各个科室跑出来的病人汇成滚滚人群，在少有的洒
满阳光的大院子里，出现了一幅狂逃妙奔的场面。后来据马文所知，有
两个他认识的病人，就是在这次逃跑后安然地死在家里。

很快有几个武装到牙齿的护士来了，她们给马文做术前检查，填写
相关声明，动作有些机械。从厚厚的口罩上方露出的漂亮的眼睛里，找
不到一点熟悉的影子，但能从那里面感受到温意和紧张的双重含义。

病房一下子空了出来，只有一个病人靠近大窗户躺着。他很年轻，
几乎刚跨过童年期，看上去和其他健康的孩子没什么区别。他头也不抬
地玩着手机，痴迷地听着机器里发出的音乐声。马文躺在他对面的床
上，观察着这个有点智障的小病人。

看着对面的男孩，马文的耳朵开始追逐着外面，从窗外远处传来的
一片叽喳乱叫的麻雀，听声音该有几百只。春天步步迫近，在春潮涌动
的气息里，他想起儿时在外婆家和表哥们追麻雀的情景。

外婆家的西边是腾格里沙漠的边缘，一道浓密的沙枣林，网一样拦
住了沙漠。每到开春，林子里落着好多长着白翅膀的山麻雀。追麻雀是
村里男孩子的一种游戏。靠双腿不停地奔跑，将麻雀追至疲乏降落并抓
住，是基本的游戏规则。抓到麻雀最多的那个孩子，就是当天令众人羡
慕的英雄。在少年马文看来，这是一件根本无法完成的事情。这可不同

于在空旷的野地里追一头猪或一只羊那么简单，这可是一片茂密的林子。树林是鸟的天堂，追麻雀如同大海捞针。

半天下来，小伙伴们都有收获，唯独他还是两手空空，也许刚开始马文就没有带着希望去追。表哥告诉他，追雀儿时你必须死死盯住其中一只，不要受周围其他麻雀的干扰。如果它落在树上，你要快速冲上去摇晃那棵树，逼它再次起飞，直到飞困了落到地面上。按着表哥的授意，这一次马文果真捉住了一只麻雀。

麻雀在他手心里像一枚晒烫的果子，散发着潮热的湿气，心脏急促地蹿跳，并不亚于同样急促的他的心跳。鼓响的心跳声震得马文耳膜发痒。他站在林子的一小块空地上，专注地感受着两个生命强劲的搏动。

怦怦怦，手里的心。

怦怦怦，马文的心。

怦—怦—怦，他听到大地的声音。两颗心跳和着大地的声响交汇出同一个节奏，显出一种锲而不舍勃勃向上的生机。他缓缓张开手，麻雀在他手里迟疑了一下，然后不失时机地向密林深处飞去。

进手术室的时候，小乔赶来了。她告诉马文，昨天，父亲在集市上卖掉了那只八哥。后来，她又告诉他，离开身体后的那块肺子还在跳动着，像是另有了一个生命。

沙泉城

一天晚上，我在光明广场遇到我的一个初中同学，我一时想不起他的名字，但大模样还在。那是夜里十点左右，我从一家面馆出来，还不想急着回家，也没别的地方可去，便决定从宁丰路往西经步行街再往东，绕个大弯子回家。那条路上人多，晚上也不例外，尽管距离比抄近道多走两倍路程。光明广场就位于宁丰路与步行街口的交汇处。持续高温天气，广场上相对宽敞，纳凉的人群人头攒动，而且大都没有急着去哪儿的意思。这时，我看见一个高出别人一头以上的男人，从人群中相对着朝我走来，更是他的大步流星引起我的注意。

我认出他的时候他也看见了我，并微笑着在我面前停下。我们互相握着对方的手，许久都没有松开，亲热地站在人群中寒暄起来。算一算，这样的情景竟相隔了二十几年。平时也不是绝对没见过面——营台是个巴掌大的县城——只是没有那天晚上那样近距离面对面的情景。我们站在那里说了些啥，我现在也记不清了，只记得他告诉我他在花湖农场上班，当会计。他的个头前面已经说过，我得一直仰着头跟他说话，但我的个子其实并不矮。他人很精干，如电杆一样的站姿，系上袖口纽子的干净白衬衫，裤线笔直的深色裤子，或许皮鞋也擦得光可照人。突兀的眉骨下有一双亮而有神的小眼睛，瘦削的脸膛和挺拔的鼻子周围，分布着零零星星的雀斑。后来我曾对这张脸打趣说，戴上钢盔，你就是个活灵活现的德国纳粹。我甚至对他的血统产生过质疑。他说话相当简练，多数时候都是他在听我讲着一大堆的废话。他给我的总体印象是受过部队训练，慎言慎行，事业和生活正走上坡路的那种人。同他站在一起令我相形见绌。我当时想，这样的人不从政都可惜了。

"走沙泉。"最后他对我说。样子恳切，不像是戏言。

沙泉城，既没有沙也没有泉，却平白有了这么一个地名。沙泉和营台只隔了一条大河，能见度好的天气可以看见黄河对岸灰白色的楼群，和夜晚看去一片璀璨闪烁的灯光。沙泉也是县城，没有什么大型企业，财政收入主要靠餐饮娱乐业，吃头耍头相当多，也很上档次，周围县城里但凡有点钱的人都爱往那儿跑，尤其是夜晚四通八达的公路上，小车的灯光大都是冲着沙泉去的。这方面暮气沉沉的营台城根本没法比。有一句顺口溜："没钱的逛营台，有钱的走沙泉"，说的就是我们这儿的消费层次。确切地讲，是夜生活的丰富程度和不言而喻的什么。

老同学喊了一辆出租车，两根烟工夫就到了沙泉。车在一个闪烁着"天源食府"大字的楼前停下，整个大楼几乎被彩灯包裹了。在二楼的雅座间坐下后，一个问题还在困扰着我。我还是想不起他的名字。我不能直接问，也不好侧面打听，因为他见到我时顺嘴就叫出了我的名字。这么多年不来往，忘记一个人的姓名也属正常，可既然人家知道你的名字，还打的请你来沙泉消费，你连人家姓啥名谁都想不起来，是有些说不过去的。我能想象问他叫什么后的尴尬，至于尴尬到啥程度不好说，那要看对方在乎不在乎。输他的手机号时我暂时用"老同学"来代替，包括不得不指名道姓叫他名字的时候。这个称呼虽然宽泛，但透着一股亲热，从他脸上流露出的表情就是很好的证明。

窗外是沙泉城有名的榆树街，这里的夜晚比营台的白天还要热闹，霓虹灯五颜六色，通明的街灯映射到天际。我被打的一路而来的类似兴

154

奋的东西搞得忽忽悠悠，包括榆树街绮丽闪烁的夜景，走进食府大厅受到的毕恭毕敬的礼遇。

他没看菜谱点了三盘菜，都很可口，尤其是那道醉河虾，后来再来"天源食府"我都要点上它。酒是一瓶普通的本地老白干，他们农场出的"花湖二锅头"。他说起上初中时的一些事，班主任和几个我对不上号的同学。有一个叫李雅丽的女同学，名字我还记得，是当年的校花，现在在省城的一所大学当教授。我们还聊了各自的工作、老婆和孩子。酒后的他，话明显多了起来，一改三五个字，十几个甚至一串一串地说起来。他的记忆力相当好，许多少年时代发生的事他还记得，同学的名字和他们现在都在干啥，谁谁谁当了哪个单位的头头，混到副处级的老班长前几天刚被撸掉，等等。

杯盘狼藉时分，他一反常态，双臂抱在胸前，身体往后靠在椅背上，用审贼的眼神看着我，目光极有穿透力。他持续着这种状态，时间超出了该有的长度。我疑惑地问："咋啦?"他还是那样看着我。清了清嗓子后，他又伏在桌上，双手交叉成一个扇形，大拇指相互搓玩着说："我估计你把我的名字忘了。"空间立时凝聚起一种叫凛冽的气息。"开玩笑！我怎么会忘了你的名字。"我干笑两声，自觉笑得勉强。"那你说我叫个啥?"他进一步追问。"你不就是那个谁嘛。"我尴尬地嘿嘿着。"好了，你这种人我见多了。"他阳光地冲我一笑，冲跑了那种凛冽。

他掏出卡让服务员结账，告诉我他叫李国兴。"记住喽?"他侧目藐视了我一眼。其实这个名字就在嘴边，得有人提醒。

从食府出来，我们又借着夜色在榆树街溜达了一会儿。他没有一点倦意，步子迈得还是那么精神，好像那些酒全被空气喝去了，在阑珊的灯火中醺燃。

接下来的两个月，我和李国兴再没见面。我有他的手机号，但一直没打。也许是因为上次忘了他的名字，心里残留着些许歉意和那么点尴尬。

但我还是想请他吃个饭，这样心里会感觉平衡些。我这个人就这样，虽然身份低微，但不想欠别人什么，否则心里会一直不安。不过我是给他发的短信。"客气了，没必要。"短信马上跟来。我坚持要请。

"走沙泉。"他回复道。

当天下午，我们打的去了沙泉城，还是在榆树街的那家食府。那天，李国兴穿着一件休闲的浅色短袖衫，也许是国庆节在家宅了几天，神情有些慵懒，缺少了那种特有的精神头。他勉强冲我笑了一下，眼神也是散漫的。我顺口叫着他的名字，次数奇怪得多。

服务员径直走向李国兴，把菜谱递过去。我让他放开点，意思是今天带足了银子，有底气。兜里有钱就是不一样，连那些平时看上去强硬的东西都变得柔软许多，人也显得大咧了。他没看菜谱，点的大概还是上次那几样，喝的还是"花湖二锅头"，尽管我一再声明让他多点，好像他点的菜越多，我心里才不会觉得歉疚。

那天下午是我这些年度过的最愉快的时光。窗外阳光的余晖照映在对面灰白的楼群上，天空湛蓝透明，水洗过一样洁净，让深秋的城市笼罩在一层少有的童话般的寂静中。更主要的是，随着酒的作用和恬静的时光，勾起了人本真的天性。或许是不在营台，离熟悉的环境和人隔了段距离，我们放开聊着，身上的骨架都感觉松松垮垮，几乎到了不须设防无话不谈的地步。酒有时会让人的心境在某一环境、某个时节变得坦诚和纯粹，也可以在另一个时间、另一地点变得浑浊污秽。这是后话。

他说起了花湖的老场长——叫啥名字他没提我也没问——一起到外地游玩的事来。我不知道他为啥聊到这上面，兴许是找些我这种人没经历过的新鲜话题，还是想有所炫耀。他抱着膀子低声叮嘱我，"看你也是实在人，啥屁事也没经历过，今天就和你聊聊，哪说哪了。"我煞有介事地点着头。他说那个场长前不久刚调走，现在是营台一家要害部门的头头。老场长在的那些年，他随着他去过好多地方，见过不少世面。从北到南，从西到东，中国地图上有名的地方几乎全让他们走遍了，还去过东南亚和美国。什么美国的艳舞、泰国的人妖、澳门的赌场，更别说出入的那些高档酒店和天南海北的吃吃喝喝，名堂多得我记都记不住。他的话题跟着窗外的夜色一层一层往暗里叠加，检视出我自己的世界还有许多缺失。我的世界如同中国地图上的一小户人家、呼伦贝尔大草原上的一根草，除了上班回家还是上班回家，是养家糊口的命。他更加压低声音，面部夹杂着些许神秘和紧张，却抑制不住眉眼间的兴奋。话题引入女人，准确地说是风月场上的艳事。酒后的男人，终了的话题总会拐到女人身上，喝酒的多少决定聊的深浅，从女人的眉目传情到不羁的羽毛落尽。他舔着嘴唇，吞咽着口水，目光如一只贪婪的手，在那些无形的雌性肉体上游走。当然，他叙述的还算简约，毕竟不是忌惮之徒，点到为止，属于蜻蜓点水式的掠掠而过，单凭一两句话，意思就完全告诉你了。

"那得花多少钱呀！"我夹着菜问他，"你们农场哪来那么多闲钱？"

"这算啥。"他端着手里的酒瓶说，"你说我们这个酒销量多好，酒厂却很便宜地卖给了私人。"

"卖酒厂的钱呢？"我问。他的缄默已经告诉我了。

"那你也该跟着老场长弄了些油水吧？"我问了一个不该问的问题。我想他应该是个不差钱的主。这时他刚好用筷子伸直去夹远处的菜，没夹着，干脆收回空筷子。"你咋这么想我呢！"他把筷子重重地搭在碟子沿上，生气地说，"以后别再问这个问题了。"

我嘿嘿道："我也就是随便一问。"

喝了几杯酒后，他接着说："知道你小子问的是啥意思，跟着狼吃肉跟着狗吃屎。可那个老家伙贼着呢，除了跟他玩玩转转，钱上的事看得紧得很。他还答应帮我弄个副场长干，其实那是诱饵，是为了让我给他做假账，拆东墙补西墙，当挡箭牌使唤。"如果说有关女人的话题还有所保留，这会儿却像断了线的珠子，该说的不该说的全往出吐露，不吐不快的样子。他说那些年他晚上睡觉时常被噩梦惊醒，心里害怕得不行，生怕有一天假账被上头查出来。说到这，他像想起了什么，警觉地看了我一眼，拿起空筷子划拉着说："喝酒喝酒，谝这些怂事干啥！"

"老场长走的时候也没给你弄个副的干？"私密的话题勾起我的好奇心，几分钟缄默之后，我还是禁不住问他。

"弄个屁！我现在连会计都没得干了。"他睁圆眼睛瞪着我，仿佛我是那个坏他事的人，然后大口喝下一杯酒。他告诉我，上次见面后，老场长突然被上头调走，新场长上任后很快把他的会计给撸掉了，是场里有人搞了他的鬼。

"不让干算了，整天为财务上的那些烂事提心吊胆，出了乱子可就麻烦了。"我乘机安慰他几句。不干会计兴许是他不幸中的万幸，我想。"以后就剩下自在了。"他又美美地喝下一大口酒说，仿佛痛定思痛地告别了过去。但那口酒并没让他了断什么，他的脸在喝下那口酒后痛苦地狰狞了一下，然后呆呆地看着眼前那几盘残菜。"你说，我搞了一辈子财会，冷不丁让我去园林队打杂，我又不懂果树栽培，这以后的工作该咋干？还有，过去十天半月的在家吃不了一顿饭，天天跟着领导外面应酬，不瞒你说，光眼前榆树街这片吃吃玩玩的地方都扫荡过无数遍了。现在倒好，彻底清净了，整天面对家里的黄脸婆和粗茶淡饭，活得丁点意思都没有。"他发了一通牢骚。我不知怎么劝他，这个话题太过漫长。

从食府出来，华灯初放，另一个榆树街开始了。天气转冷，刚进入

158

十月，北方的酷暑一天都不多待，仿佛一下从炎热跑到了寒冷，少了秋意盎然的过渡。李国兴站在食府门口，能感到他的身上开始簌簌发抖，却没有一点回营台的意思。果然，离开食府门口的台阶，他便放开步子往街道的一侧走去，迈着成功人士的步伐，和周围那些裹着厚外套的闲散人反差很大，像是急着赶赴哪个重要场合。我只好快速地跟进。老同学心情不好，安慰不了什么，迁就一下总还是可以的，尽管现在时间已很晚了。看得出这是一个行为果断、做事不爱与人商量的主。在唯唯诺诺的人堆里混久了，对此我也谈不上反感，或许还有些由衷的敬畏和佩服呢。他就这样先我几步地走着，一言不发，好像身后根本没有我的存在。

也有例外的时候，在某个高档酒店或洗浴中心门口，他会走得很慢，慢到蜗行的地步。他带着回顾往昔美好时光的神情，对眼前彩荧珠转的每处细节都要仔细浏览，对每个出进大门的人像观看珍稀动物似的打量一番，并不时对我低声讲，这个酒店的高级套房如何如何，那个洗浴中心有哪样哪样的服务。能到这种地方来的都是有头有脸的人，一般人根本消费不起，兜里没个三千五千的别想进去。我发现他对这类地方表现出极大的兴趣，仿佛那些墙面专门为他安装了磁石，由不得他身不由己流连忘返。整个晚上，我们就这样在榆树街上来来回回地溜达，步子时缓时急，一直走到那些豪华的大门口都安静下来。夜深了，街市的秘密全躲进那些亮着和暗着的窗户里。

这以后，我再没主动联系过李国兴。一是我对吃吃喝喝闲浪大街这种事不感兴趣。另一个原因，他的短信总是先我之前，一次次地来了，每次只有三个字：走沙泉。

我也说不清那段时间我们去了多少回沙泉城，由起先的一周一次，变成一周两次、三次，直至后来几乎天天收到他发来的那三个字，节假日就更不用说了。我们成了沙泉城里的常客，两个无所事事的老游子。

大多数时候我们都是下午下班打车去，夜里一两点往回返。要知道我以前去沙泉城都是坐班车的，打一趟车的花费是啥概念，坐班车能坐十个来回。大半个冬天我们都是这样过来的。另一个可怕的状况出现了。自第一次他请客之后，以后的所有花销都由我结账，且成了一种自然而然理所应当的习惯。我的兜里再也不像从前那样随手就能摸到票子，甚至沦落到去小卖部赊账、跟同事讨烟抽、编瞎话向老婆要钱的地步。我感觉他身上显现出那个老场长的影子，而我扮演的竟是他原来的角色，所不同的是，花的都是我自己的血汗钱。我的那点私房钱，是我这些年不抽烟不下馆子，老鼠攒苍蝇般一点一点积下的。我成了他的跟班，一个不发工资还管结账的跟班。事情就是这样。

也许你要说我何苦呢，果断地离开这种人不就得了。不瞒你说，我没有朋友，营台县一个小单位里可有可无的保洁员，哪个愿意搭理我。当然这不是主要原因。我发现自己的潜意识是想更多地了解他这个人，或者说想感受一下和我以前完全不同的另一种生活。虽然怕花光我那点可怜的积蓄，但他的每条短信，都像给我打了一针迷魂药，令我身不由己呼之即出。他身上总有种言而不尽的神秘，诱使着我去弄清楚。实际上很多的人和事是弄不清也没必要弄清楚的，看清了一个人，也就给你带来了新的烦恼。

感兴趣的话题终有被他遍尽的时候。李国兴开始喋喋不休地讲起他们花湖的那些烂事，什么新场长邪乎得很，咋勾引农场的婆娘了，咋在会上装模作样地借用古诗词大谈人生了，等等，讲得口干舌燥满嘴白沫。这些闲话令我厌烦透顶。因为这种事情对我并不陌生。喝完酒，在榆树街那些高档的店面门口溜达也是必不可少的，直转到又冷又乏腿又疼。兜里时常缺钱，酒菜的档次也越来越低，后来干脆从餐馆移到大街的摊子上，靠一盘花生米或油炸蚕豆打发时光。但他不在乎，只要有酒和我专注的倾听，似乎就满足了。我把每次走沙泉当成最后一次，并想和他好好谈谈，毕竟他是我的老同学。但我始终说不出口。他的坚决让我无法拒绝。

快到腊月的一天，我的卡里刚上工资，准备回家老老实实地交给老婆。上个月的工资就被我编了一个天大的瞎话蒙混过去了。仿佛有先见之明似的，李国兴的短信来了。我痛定思痛，决定最后请他一次，一次最后的晚餐，为了永远地告别一个人、一些事。

晚上在沙泉城，我们吃完饭从食府出来。夜晚的街道寒风飕飕，刀子似的从脸上划过，李国兴扣上呢子大衣所有的扣子，把大衣领子竖起来尽量护住头，看架势这一次是要直接打车回营台了。不然。他披了披衣服，像往常那样沿着大街的一侧往前走去，对身边缓慢而过的出租车毫无兴趣。我跟上去说："回吧，天这么冷。"他好像根本没听见。那些酒店、洗浴中心除了灯火照旧，很难见到进出的人，满大街也只有个别行色匆匆的人影。这一次，他没在那些漂亮的门口慢下来，甚至没对它们看上一眼，完全是例行公事似的逡巡了一遍。

走到榆树街一条往西去的巷子口，他停下来等我走近。巷子两边排列着已落了大部分叶子的树木，稀疏的树叶和交错的枝杈上，点缀着满天星霓虹串灯。店面门口的七彩灯光，伴随着音乐和歌声，让夜晚的天际笼罩着一层含糊暧昧的光景。李国兴说过去转转，就领头朝巷子里走去。

巷子的两边几乎都是酒吧、歌厅和洗脚按摩的店铺，虽说不上豪华，但也让人进去时先掂量一下兜里的票子足不足。这应该就是传说中沙泉城的红灯区吧，我想。路旁有冒着热气的小吃摊，不时有几个时髦的年轻女子在周围踱来踱去。李国兴的步子在走进巷子的那一刻开始慢下来，目光离不开那些女人，并透过一块块店面玻璃，窥视着里面的俏丽身影，表现出少有的兴趣和大胆。那是一种已经搜索到猎物的豹子的目光，正在权衡目标的肥瘦。

在这条街上蹓个来回，他又开始第二次往里走。看看漂亮女人没啥不可以，谁也不认识谁，何必这样装模作样地绕弯子。我有些小瞧他。也许是事先已经看好，又经过反复掂量，他在一家洗脚房门口停下，对我说进去吧。我想想兜里的钱说行。听说这种店宰人，宰就宰吧，反正这是最后一次，宰个痛快封了他的口。

躺在二楼一个小房间的窄床上，两个听口音是外地的小姑娘给我们洗脚。没想到洗个脚还这么讲究，先用撒好红花瓣的中药水浸泡，再用一块冒着热气的厚布裹上蒸一会儿，然后逐个按摩脚上的穴位，修修脚剪剪指甲，用了快两个小时。我们躺在那里喝着茶水嗑着瓜子，听着悠扬的古筝音乐，惬意得像两个旧时的地主，双脚任由丫鬟似的姑娘揉捏着，身体舒坦到临界瘫软的状态。钱花到哪哪好，你要问我还来吗？我肯定说还来。

姑娘们做完后齐整地立在门口的地方，没有离开的意思，或许是在恭送我们。这时李国兴对她们说："把你们老板叫来。"

老板唧唧唧唧地走上楼来。一个眉心上有疤的中年胖男人，红脸，梳着油亮的背头，脖子上挂着一串粗金链子，夹烟的手指上有一枚特大号的戒指。他带着询问的眼神笑眯眯地弓着腰，眉心的疤痕像一朵被挤扁的紫花。

"老板，还有啥服务？"李国兴问。他气定神闲地躺在沙发床上，高贵的身份感显现无遗。老板还是那样笑眯眯地站着，不吭声。"到底有没有？"他不耐烦了。老板凑前一步问："你们是查事的吧？"李国兴笑了，"你看像吗？"老板点点头又摇摇头，脸上的疑问才慢慢散尽。"有，什么服务都有。"他重重地点着头。

这小子不会是想干那事吧？我的脑子一下蒙了。

老板领来七八个油头粉面的时髦姑娘，在我们面前站成一排。如果走在大街上，你绝猜不出她们是干这行的，会以为是哪家闺秀哪个当爹的掌上明珠呢。我心里有个热烘烘的东西往上蹿，生怕从嗓子眼蹦出来。李国兴依旧淡定，脑袋靠在床头上，俨然一副老熟客的做派，说："就她们呀？"老板说不喜欢再叫。李国兴摆摆手。姑娘们不高兴地噘着红嘴唇走了。又换了一拨，李国兴还是摆摆手。最后，老板眉心上的那朵紫花展开了。疤痕的中间有一处没受伤的空隙，展开后，像极了一头张着大口的紫脸怪物。老板阴沉着脸说："你们不诚心玩，立马走人！"当时我有一种不好的预感，担心那个神色不善的老板会找人来收拾我们。李国兴一点不怕，站在吧台前讨价还价，并大摇大摆地走出去。

那个红脸老板站在门口，看着我们走进旁边的酒吧。

进那家酒吧的时候，李国兴没和我商量，兜里显得很有钱的样子径直走进去。我想喊住他，已经来不及了，一个女人正把他往楼上引。我只好跟进去。那女人领着我们到楼上的小包间，摆上啤酒和几盘瓜子、薯条、开心果，然后合上推拉门走了出去。房间不大，能挤下四五个人，屋里弥漫着一股血腥和发霉的气味。脚下的木地板是假的，有一块已经起皮，露出类似塑料经反复践踏后遗留的肮脏疤痕。沙发和茶几用了大半旧，刚坐下，我发现屁股下有块黏糊糊的东西，一摸才知道是嚼过的口香糖。我挪挪屁股，坐着不吭声，脸上的表情也许很不好看。

李国兴背着手站在进门的地方，看着贴在门后的一张裸体女人图片，下面长毛的部位被人用烟头烫了个洞。他看着图片说："找两个姑娘陪陪吧。"没等我回话，他便冲外面喊服务员。服务员来了他又让去叫老板。

没想到老板还是隔壁洗脚房那个眉心上有疤的男人。这次不光我傻眼了，李国兴抬起头，愣愣地看着那个男人有十几秒钟。那男人十分冷静，大咧咧地坐在沙发中间，说："咋个玩法呀？"我感觉自己站的地方都无法落脚。"说啊！咋个玩法？"男人声调大增，如石头砸得我脑袋嗡嗡直响。他慢慢站起身，悠悠地晃动着胖身子，目光如刃。李国兴还算冷静，说："你喊啥，又不少你的钱，找两个陪酒的去。"老板瞪大眼睛，想发作又没发作出来，把肥大的脑袋扭得咯吱作响，说："好！"

来了两个姑娘。老板没出现。这两个姑娘是刚才在那边看过的，是里面最不起眼的两个。李国兴也许明白了老板的意图，晓得这背后的水深水浅，没再喊着换人。两个姑娘分别坐在我们旁边，劝我们喝酒划拳，看李国兴冷着脸没反应，俩姑娘又撮在一起玩手机，其间又出去了好一会儿。屋里没人的时候，李国兴不满地埋怨，"这些女人没一个像样的，比以前和老场长耍的那些差远了。"看我不搭理，他叹了口气，瘫在沙发里。他的声音从静静的黑影里传来，在隔壁隐隐的嬉笑声和污浊的空气里，显得那么干涩。"我知道你是咋想的。过去和老场长在外面吃喝玩乐惯了，现在下班只能回家，心疯得不行，光想往出跑，到原来去过的这些地方转转，心里才会好一点。"

我没吱声。

红脸老板闭目坐在楼下门口，身边多了两个煞黑大汉，在我们付了钱走出门去的时候也没睁眼看看。但我心里清楚，眉心上那块现在像挤扁的花朵的疤痕，比任何时候都警觉。

几进几出掏空了我兜里所有银子，连回家打车的钱都没留下。我不知回去后该咋向老婆交代，同时，我浑身上下有了一种前所未有的轻松。这种轻松来自于我将要与李国兴的告绝，另外，由于刚才和红脸老板的妥协或者叫服软，我们避免了一场可能发生的恶性事件。这个我心里有数。

我们迎着寒风向通往营台的大路走去，我揣着空空如也的衣兜和李国兴比肩行进，迈着几乎相同的步子。现在已是午夜三点，等徒步到家的时候大概天都快亮了。但我心里根本不为此沮丧，反而有一股暖烘烘的热流涌动全身。我看了一眼李国兴，他挺直腰杆，迈着类似军人的步伐凝视前方，白色的气雾均匀地从嘴里呼出。

"你冷吗?"他的声音传来。

"还行。"

过了一会他又说："我想好了，这是我们最后一次来沙泉城。你是老实人，我不想再让你跟我一起瞎混。我也要好好考虑一下自己以后的生活，再这么混下去我就成废人了。果园就果园吧，我想拜个师傅学习果树栽培，明年请你来花湖吃果子。"他侧过头对我笑了笑。

我没吱声。

走上一面缓坡，一股更加强劲的寒风迎面吹来，夹带着阴冷的湿气。这时远处黑暗的天幕上射出一朵烟花，一条直线滑向空中并炸开，炸开的烟花也同时映现在地上。我这才发现，我们已经走到了黄河边，烟花映现的地方，是看似流动实则固体的大河的冰面。我在想一个问题，是谁在隆冬的午夜燃放烟火?

身　后

　　马文站在舞厅一个很不显眼的角落，凭借旋转在空间的雪花彩光，眼睛盯着翩翩起舞的人群中，一个穿浅色短裙的姑娘。随彩光的变化，那条舞动的裙子忽红、忽橙、忽蓝、忽紫。姑娘身姿迷人，引人注目，更吸引他的是她脸上持续的微笑，仿佛幽谷里的潭水，清澈而神秘。刚才错肩而过，他已领略了那种美。

　　乐曲停下的间隙，人们熙来攘去，舞场一时乱了秩序。还好，又一曲奏起，男人们开始物色舞伴，准备重新步入有序的旋转。还站在那里的马文，此刻仿佛被人推了一把，果断地穿过大厅，向目标走去。

　　他走到穿浅色短裙的姑娘面前时，一个留着油亮背头、浑身白色打扮的中年男人，已经向她伸出手去，老练地做了一个邀请的姿势。马文晓得那男人是这家舞厅的常客，舞姿出众，倜傥风流，是老少女性渴慕的舞伴。姑娘用眼神在两个男人之间快速选择了一下，然后把手款款伸向马文，递给他一个奖赏似的，脸上带着甜甜的笑意。他搂着姑娘的腰身步入舞池，明白了果断是获取可能的道理。

　　"请你喝杯饮料好吗?"预感到舞曲将终，他才开口。姑娘没吱声，只是在浅笑里添加了一点默许的意思。

　　他们并排坐在舞厅外间吧台前的时候，一首"慢三"开始奏响，五彩灯光伴着优雅的欧陆曲调，在酒柜里一排排酒瓶身上缓缓滑过。马文不时偷偷打量起身边的姑娘。刚才跳舞时灯光明暗晃动，他无法进一步看清她的长相。姑娘长发披肩，嘴嘟哝着饮料杯中的吸管，或昂首掠一下耳鬓，含笑的眼神穿过通向舞厅的侧门，朝舞动的人群望去。在挑剔的马文看来，眼前的姑娘，从长相到线条再到气质，找不出什么瑕疵。单身的马文一直寻找的梦中人儿，今天终于出现了，他又对她的突然出现而恍惑，显得方寸错乱。

姑娘用欣赏的眼光看着舞动的人群，忽视了身旁他的存在。"我叫马文。你呢?"不该有的大段落寞后，他问，声音被萨克斯的一声长鸣稀释了。姑娘回过头，用疑惑的眼神看他，仿佛他脸上有值得疑惑的东西。他只好提高音量又问了一遍。"我叫桑丹丽。" 一个奇特的名字。互报姓名后，双方又没了下文。

这时，一个短发矮个子姑娘匆匆走来，伏在桑丹丽耳边低语着什么。她俩或许是同伴，马文想，凑在一起却不显般配，类似鲜花和纸花的关系。桑丹丽起身离开座位，没同马文打招呼，跟着那个姑娘朝舞厅侧门走去。桑丹丽的突然离开，立刻让马文周围敞出很大空间。他这才发现酒吧间里空荡荡的，刚才闲坐的人此刻都拥堵在舞厅的侧门口，从那里传来锵锵的迪斯科乐声，刺眼的镭射光里，静止的人影闪动如飞。出乎意料的冷落在马文心里打转。几分钟前他还为今晚的艳遇暗自庆幸呢。

等待远远超出预料的长度，失望也在马文心里一层一层加厚。中场休息，周围乱哄哄的说话声和扇着衣领喊热的人，让他很不舒服，仿佛被虚耗光阴的感觉包围着。他尽量避开熟人，漫无目地四处寻找，还不时朝宽敞的入口处张望，已无桑丹丽的半点踪影。他悻悻地离开舞厅，走下楼去。

夜晚的街道有雨后湿漉漉的痕迹，气温也没那么闷热，只是行人比平常这个时候少了许多。他还不想回家，也没别的地方可去，独自站在"前线"闪烁的霓虹灯下摸出一根烟。马文没有多大烟瘾，只是在一件事情结束时总结性地来上一根。"前线"是大众舞厅，中年人居多，却起了个前卫的名字，听上去更像迪厅。也许是它名称新潮实则大众化的本质，更适合马文的性格和口味，因而时有光顾。

在他斜过头吐出第一口烟雾的同时，他意外地发现了站在左侧不远处一棵树下的桑丹丽，裙子的本色是米黄，那种醒目并没因夜晚的黯淡而减弱。她不是一个人，身边多出一个四十来岁的男人，个头高大，衣着邋遢，头发在路灯下如蓬草那般杂乱。男人身上裹着一件厚夹克，还有脚上的翻毛皮鞋，在盛夏的夜晚里格外显眼。桑丹丽显得不耐烦，双手抱在胸前，一会儿看看上面，一会儿看看街上，不理睬面前奔着脑袋的男人。马文暗自思忖：男人是她父亲，还是她家亲戚里的某个长辈？好像都不是。他们更像是毫不相干的两个人为了某件事情僵持在那里。

他还是朝她喊："桑丹丽，舞厅里有人找！"此刻她兴许需要他这句话。桑丹丽和那男人同时向他转过头来。马文首先看见那个男人充满敌意的目光，从桑丹丽肩膀的一侧射过来，冷得他肩背发僵。男人有一脸莽汉般的络腮胡子。

并肩走上舞厅楼梯的第一个转弯处，桑丹丽停下来说："要不我们重新找个地方吧？"只这一句，她和他就有了某种默契，而且这种默契好似是有些大胆的。

折回舞厅门口，她用手碰了他一下，他心领神会，先探出半边脸朝街道左侧窥看。那个男人已经背过身，埋着头踱过那棵树，慢慢朝第二棵树走去。他看见那男人原来是跛脚，但瘸的幅度没有那么大。再次窥探，男人的身影在远处的公交车站台下半隐半现。他们贴着墙角的暗处急步朝男人相反的方向潜行。桑丹丽努力控制着脚下高跟鞋发出的声响。

十字街口，他看了一下身后。她马上说："别回头！"

他们拐向另一条街，开始跑起来。高跟鞋敲击着地面，发出串串细碎的声响。夏夜的微风从耳边吹过，梧桐树的叶子在风中摇曳，树叶宽大的斑影交替着从他们身上滑过。她也不问这是去哪儿，边跑边兴奋地看着他，眼睛在移动的路灯下闪烁着迷人的光彩，和幽邃的夜色呼应着。他感觉他们就像在进行一场秘密的私奔。

拐过一个路口，桑丹丽停下来喘息，看样子高跟鞋让她的脚受了不少罪。马文心有自责，上去扶她。桑丹丽摆摆手说："歇会儿就好了。"这当儿，他不忘回头看看身后，没发现什么蛛丝马迹，那个讨厌的家伙应该被甩掉了。

他们向离"前线"远些的天香街走去。天香街是小吃一条街，雨后的街上食客依旧很多，摊子少有虚位，弥漫着人的喧嚷和噼噼啦啦的炒锅声。马文暗自庆幸。嘈杂可以埋没他们的踪影，仿佛白糖撒进河水里，再灵敏的舌头也难寻觅到一丝甜度。行人肩膀碰肩膀，他边走边用身体为桑丹丽避开碰撞。

"你家在哪儿？"过了天香街后他问。这条往北去的大道宽敞无人，楼房藏在茂密绵延的绿化带后面，人行道两旁的街灯发着昏黄的光亮。

"琴湖。"她说。

琴湖是个县城，东南三十公里，和他们所走的方向正好相反，这个时间通往那里的班车早没了。琴湖他去过，其实是见不到湖的，跟琴也没半毛钱关系。

"琴湖去过，很美的地方。"他说。

"哪有你说的那么好。"她哧笑一声，显然不相信他说的是真心话。

这时，他惊奇地看到：几条通体银光的鱼从身边游过，散发着晶莹的碎亮，游到前面不远，鱼儿们又折转回来，围着他们嬉戏一圈。鱼群继续前游，一条耀眼的银带滑向夜空，隐入前方那块巨大的荧光广告牌里。他回头看着桑丹丽，但没从对方脸上看到同样的惊奇。她的微笑只是关乎他的。

她从后面拽住他时，他这才意识到他们一直在不停地疾走，她已经累得气喘吁吁。他们在一团树影里停下，四目以对，相互温情地注视着。他拉住的那只手圆润细腻，小孩的手一样娇小。他顺势把她揽进怀里，像揽住了一块光滑温润的玉，带着淡淡的体香在他怀里慢慢熔化。这一刻，马文觉得天底下所有的一切都是美好的，连空气都纯净得让人不敢相信。

他们继续前行，走得很慢，像一个人。谁也没问这是要走向哪儿，也许是天边，或许只是仅仅满足于这样漫无目的的行走。麻烦已被远远甩到身后，迷失在城市钢筋水泥的森林里。

"你多大了？"甜甜的声音从他臂弯里传来。

"二十七。"他说。

"结婚了吗？"

"没有。"

"那你多大了？"他又问她。

"你看呢？"她昂起头笑意盈盈地看着他，眼睛俏皮地眨着。

他凑近她耳根说着什么。她嬉笑着，挣开他的臂膀，挥起手在他身后追打，笑声映亮了半条街。

"刚才那个男人是你什么人？"重新搂在一起后，他问。她默不作声，身体传达出某种踟蹰。也许她忌讳谈起那个男人，他想，他是不该打听的，起码现在不行。

漆黑的夜空被路灯衬托得深不可测，能看到跟随他们缓慢移动的星星。道路两旁的树木黑黢黢的，午夜的街上看不到一个人影，偶有出租车经过他们身边时放缓车速，继而又向前驶去。马文喜欢夜晚的街上有人没人的样子，尤其是现在。他们一直走向西郊"沽湖丽景"的方向，到了那儿天大概都亮了。但"沽湖丽景"也并非目的地。

遇到红灯，马文习惯性地停下来，从裤袋里掏出烟。没打着火，他甩了甩火机。偶然回头，他看到一个人，一个男人的身影，就在身后不远的地方，正斜穿马路，摇摇晃晃向对过走去，黑影长长地拖在身后。定睛再看，男人不见了。对面马路牙子上一排黑黑的树影，被一阵风吹得飒飒作响，仿佛千万只鸟儿作弄。

下一个十字路口，马文再次回过头去。这次他看清了那个人，是"前线"门口遇见的那个男人。甩掉的麻烦倏地膨胀到很大，充斥着他眼前所有的空间。那男人正走在身后街道的另一边，不紧不慢地和他们保持着距离，摇晃的身影在树干与树干之间忽隐忽现。看他停住脚步，男人也站在那里点了根烟，火苗里的眼睛紧盯着他们。马文拉着桑丹丽拐到另一条街上，步子迈得很大。

"怎么走得这么快？"她问。

"那个男人是咋回事？"

"哪个男人？"

"就是在'前线'门口和你说话的男人。"

她掉转身，一脸惊慌地朝各处寻着。

"在哪儿？"她问。

马文回头去看，身后的街道空荡荡的，道路两边的马路牙子上连一个活物的影子都找不到。被风吹出响动的树丛，此刻安静得让人心悸。

"怪了？刚才还在呢，怎么一转眼就没了？"

"你真看清了？"

"没问题，就那个人，我咋能盯不住呢。要不我们继续走，我悄悄指给你。"他没说那男人是个跛脚。

他们接着往前走，桑丹丽时不时地朝身后窥看。"别回头，等他出现了我再告诉你。"他拽了她一下。不知不觉间俩人已经分开，只顾撒腿走路。突然，马文看见那个男人就在马路对过，和他们平行着，正边走边虎视眈眈地瞪着他俩。他始终认为他应该在身后，这样隔街相望的情景着实让他惊了一跳。

"你看，你看，他在那儿！"马文指着那个男人，感觉自己有些慌乱，他又咽了口唾液说，"别怕，我看他到底想干啥！"

桑丹丽顺着马文的手很容易就看到了那个男人。街道对面的男人停下来，站在那儿，身体和旁边的灯杆一样，一动不动。

"快走，甩掉他！"桑丹丽拉着他的手想往旁边一条昏暗的巷子里去。马文却梗直脖子，眼睛逼视着对面的男人。她使劲拽他，拽得他胳臂上的一块肉生疼。"你打不过他的，那孙子驴劲可大了。"她央告着，脸因拽拉和恐慌走了形。

马文此刻的倔强不是来自于准备迎敌，他心里清楚，眼前的对手虽是跛脚，体量却比自己强大，等待的结果无疑是羚羊与猛虎争锋。继续逃跑才是不二选择，但桑丹丽的高跟鞋能逃得过瘸子的追捕吗？他必须动脑子，和那样粗笨的家伙相比，脑子肯定是他的强项。他要用智慧战胜对手。他拉着她的手再次跑起来。

路上桑丹丽告诉他：那男人是琴湖的一个老混子，是个吃喝嫖赌的无赖，整天死乞白赖地缠着她，盯她的梢，走到哪跟到哪。她父母都是老实人，拿他也没办法，她不知道下一步自己该怎么办。听着她的话，马文觉得自己有责任保护眼前的姑娘，不能让一朵鲜花插到牛粪上。

"干吗不报警？"他问。

"报了，但那家伙神出鬼没的，一报警他就消失。"

"在'前线'门口他跟你说了些啥?"

"还能说啥。他要我回去跟他结婚,否则他决不放过我。"她抹着泪对他说,"就是死我也不会嫁给这种男人。"

"他看上去有四十多岁了吧?"他问。

"哪儿呀,刚过三十。"

刚过三十竟活出四五十岁的模样,邋里邋遢的瘸子肯定不是什么好货。"这事我管定了!"他显得义愤填膺,对她又像是对自己说。

拐过一个弯口,马文回头看了看,不见那个男人。街道两旁可能藏人的缝隙反复搜索几遍后,他还是不太放心。前面不远是沙洲饭店,底层沿街的店铺统一在灰暗里,只有右边顶头的一家还亮着灯。那是一家咖啡西餐厅,24小时营业,从里面发出幽寂的灯光,透着午夜仅存的热情。他拉着她走向那家西餐厅。

他选了一个靠里并能看见街道的位子。散座上零零星星几个人,从高高的椅背上露出半个脑袋,皆是成对成双地撮在一起,白色椅背上的金蔓线条在暗淡的灯光下闪着不容忽视的亮度。服务员上咖啡的时候,马文看见刚才那个男人一瘸一拐地从大玻璃窗外过去。

不知是环境变了,还是他的眼睛有问题,坐在对面的桑丹丽,此刻和街上看到的似乎不是同一个人,姿态和气质更像一个成熟女人的做派。喝咖啡的动作,目不旁侧的眼神,沉着得有板有眼,完全是一个出入高档场合的优雅女人。他从兜里掏出烟盒,并没有取出烟来。他把烟盒放在茶几上。

从西餐厅出来的时候已经是一个小时以后的事了,这段时间马文再没看见那个男人在窗前出现过。他毕竟是一个小县城里的无赖,一个过时的老混子,马文想。沙洲饭店往西有一条街道,道路两旁高大黑黑的树木排列紧凑,树影遮住了道路上面的夜空,路灯的点点亮光渐次伸向远处。从这里看去，躲在随便哪棵树后，都很难被人发现。马文朝那条街道走去，桑丹丽迟疑了一下还是紧随其后。

突然，身后猛然卷起一阵风，一个人从后面把他们撕开，像一堵墙矗立在撕开的口子里，背对桑丹丽面对着他。是那个男人！身体足足高过他一个半头，不！有两个头。借着灯光，马文看见面前的男人胡子拉碴，从上面俯视着他，锐利的目光让人想起拳击场上的亡命徒。男人大口大口地喘着粗气，浓重的口臭喷在马文脸上，他甚至连避开一些的能力都没有。

"滚开！"桑丹丽在男人背后叫喊着，"嗵、嗵、嗵"的声音分明是拳头在男人背上捶着。那个男人仍旧纹丝不动。

马文回过神，也大声冲男人喊："你听见了吗？她让你滚开！"声调大得都变了音。

男人飞起一掌，砸在他左侧的脸上，动作极快，如果不是重重一击，马文甚至认为男人动都不曾动过。他倒在地上，脸上写满恐惧，左耳嗡嗡嗡地叫着，所有自然的声音全都跑到右耳。惊恐之余，他的愤怒也在一点一点地增加。他没有马上抬起头迎向威胁。他在寻找力量，不是像斗士那样积蓄体力准备应敌，而是为了完成某项苦役，掂量自己的力气够不够用。

他躺在地上，从裤兜里摸出手机。还没等他拿稳，那男人跟上一脚，手机便跳着蹦子跑到了马路中央。

男人转过身，抓小鸡似的抓住桑丹丽的胳臂，顺着街道的一侧往前拖去。女人尖利的嘶骂声揪心扯肺，在幽暗的空间里回荡。

至此，一切本该结束了，马文完全可以离开这条街回家去。只要他不说，谁也别想知道今晚发生的事情，一次丢脸的遭遇。他站起身，拍了拍身上的灰尘，在原地待了一会儿，然后却像一条狗尾随在他们身后。

　　跟过一条街，到下一个街口，男人发现了他。他们停了下来，男人的一只手死死攥住桑丹丽的胳膊。

　　走到他们面前，马文用低沉的语调对男人说："我们能谈谈吗？"说完就向路边走去，身后的脚步声说明他跟了过来。他们在一棵树前停下。

　　"你能不能放过这个姑娘？"马文转过身对男人说，声调硬气得很。

　　"姑娘？她是哪门子的姑娘。她是我老婆，我老婆！"男人一口琴湖北沙窝口音，声音像棍棒连续敲击水缸发出的，带着嗡嗡的尾巴，在他右耳听来仿佛嗖嗖飞过的石头。

　　他哑了，半天说不出一个字。

　　马文的口气明显软了，声调都因身体的哆嗦而带着颤音："那你也不能这样对她呀。有话好好说嘛。"

　　"好好说个屁！"男人的话简洁有力。对方目光强硬，身上蓄着一股力量，带着肃杀的寒气，能把世上的任何东西碾成粉末。一阵沉默后，男人继续说道："本来好好的女人，全让你们这帮二流子勾引坏了。"

　　马文想辩解，但他知道那后面需要的时间。"可她现在已经不爱你了，你想过吗？你这样强迫她又有什么意思呢？"他试着开导男人。

　　"你怎么知道她不爱我？她不爱我，我们的儿子是咋来的？告诉你吧，她本质上就是个水性杨花的女人。你知道她跟过多少男人吗？你只是其中一个。"男人手指鸡啄米似的从马文脸上点到天上，然后扭动着嘎嘎作响的脖颈，鄙视地盯着他。

　　又是一阵沉默，带着长长的令人窒息的密度。

　　马文侧过头朝桑丹丽所在的地方看去，她已经不在那儿，眨眼工夫，连她的影子都没了。男人也发现桑丹丽不见了，他跑到马路上，站在道路中央，往前后左右几个不同的方向仔仔细细地找了一遍。他还跑到疑似可能藏身的几棵树后，猫捉老鼠般的逡巡了一圈又一圈。折回身，男人瞪着牛眼，双手拢成两个大拳，瘸着一条腿向他步步逼近。

男人扑上来，一把抓住马文的前襟，猛力地边拽边吼："是你设的诡计放跑了她！"摇得他脑袋发晕。

"你冷静点，根本不是你想的那样，我跟她真的什么事都没发生。"他张开双臂摆出投降状，任由那男人摇晃，"不信你就动手吧。"马文深深地绝望了，他只想等这个莽汉发泄完后，他能赶快离开这里回家去。

男人把拳头定在空中，许久才慢慢松开，离开力量的手显得软塌塌的，像一块布从上面滑下。男人的眼里浮起一层雾，把原有的锐利都遮蔽住了。他松开马文的衣领，转过身，低垂着头往前走了几步，落魄地蹲在一棵树下，双手从后面慢慢抱住脑袋。马文看到了一个男人的另一面。他对着夜空轻松地嘘出一口气。

男人蹲在那里狠命地吸着烟，看似完全忘了旁边有人，这个时机应该能让他悄悄溜掉。他站在那里，犹豫在走与不走之间。看着男人点着了第二根烟，马文想了想，还是走过去，蹲在男人身边。男人斜过头递给他一根烟，他看见男人脸上有泪。他接过烟点着，试了几试想找出一些话来安慰对方，什么话呢？他搜遍了脑子里的各个角落也没找出一句合适的。

后来男人告诉他，他老婆其实叫桑小翠，是他在大水坑跑车时认识的。他有两挂大车搞长途运输，还在县城买了楼房，女方家对这门婚事很满意。结婚后有了儿子，做饭带孩子有他老妈，老婆闲来无事，结识了一些杂七杂八的朋友。起先夜不归宿，等他知道时已发展到玩消失。好不容易找回来一番规劝，等他再次跑车回家后，听到的是她又一次的失踪。他要一边照顾生意一边满世界地找她，眼看着好日子过成了鬼光阴。

马文和男人蹲在那儿，把天蹲亮了。

早晨的第一缕阳光从树叶的缝隙间射下，街上的声音跟着嘈杂起来。他们看着满地烟头，同时站起身拍了拍屁股，他这才看清杂乱的头发和胡子里原来有张年轻的脸。男人疲倦地对他说："不找了，随她去吧。"然后回身向闪着亮光的树影里走去。看着男人渐渐走远，马文想，如果不是他的邋遢和粗莽，他应该是个不错的男人。

他想起要告诉男人个啥，可整条大街已看不到那个熟悉的身影了。

雾天不出门

　　常贵窝在床上，挨到窗外的天色大白了才慢腾腾地起身，此时屋里屋外听不到一点声响，静谧得让人心悸。他揉了揉惺忪的睡眼走出屋去，准备做他每天早起都要做的事：在远处那棵老杏树下撒泡尿，进屋洗脸刷牙，吃罢早饭，到果园门口临时搭成的草棚里，拾掇拾掇那辆老牛拉稀毛病不断的黄包车，然后出门去拉活。只要黄包车没啥问题，常贵一天的日子才会好过些。客座上有昨晚拉的那个醉鬼吐的一摊污物，想起那摊脏东西，他便失去了要拾掇一下车子的愿望。

　　早晨有雾，白茫茫的雾侵吞了果园，缥缈如烟，像一面灰蒙蒙的大墙堵得他胸口闷。常贵蹲在门口的土坎上，两手交叉着抱紧双膀，呆滞地瞪着眼前模糊的景物，一时无所适从起来。浓雾让常贵忘了自己是谁，今天要干些啥，明天又将会如何。

　　他偶然发现脚前有许多粉绿色的毛毛虫，正蠕动着肥胖的身子爬行，方向是他身后的黄泥棚舍。遇到土坎的阻力，毛毛虫们改变了运动的路线，调整方向，寻找相对平缓的地方迂回行进。这些虫子一定是在果林深处繁衍成规模，现在又忙着寻找新的领地，来抢占他的地盘了。果树怕是害啥大病哩，常贵看着雾里清淡如烟的树影自忖。"狡猾的家伙！"他站起身，用脚往土坎下踢了踢，扬起一阵灰尘。他拿起立在墙上的毛扫帚，狠狠地把那些妄图爬上来的厌物往坎下扫去。被触到的虫子立刻停止蠕动，很快把身子蜷成一个个粉绿色的蛋蛋。

常贵媳妇在支着蜂窝煤炉子的墙犄角里忙乎着。女人身影瘦小，两侧的肩胛骨明显地突撅着，像庄稼地里诈唬麻雀的稻草人。他觉得眼前的女人既熟悉又陌生，熟悉是天天吃住在一起，陌生是倏然发现，那个昔日爱哼唱小调的女人变得寡言了，无助得让人可怜。

女人喊他吃饭，雾里随之飘过一丝大米粥的香味。常贵没有马上起身，他对着雾打了一个懒洋洋的哈欠。女人又喊了，声音像一只荏弱的猫在喵叫。

屋里空间窄小，除紧抵北墙的双人铁床外，空处只够摆一张方桌，唯一的木头凳子不用时要藏在桌子下面，才能腾出点转身的地方，来了客人只好蹲在门口的坎上。这几样家当还是他们从山区老家来到这里后，从收购旧家具的老乡那里便宜买下的。老漆斑驳的铁床，散发出血腥似的陈锈味，和屋里潮湿的霉味混合在一起，就是这家的味道。桌面有一膀子见方，被抹布擦拭得油光闪亮，已经无法辨识出原来的漆色，只有琥珀一样茶褐色的木纹花子还在。方桌四角圆滑，有了些手感，闲时常贵总喜欢在上面摩挲，能找到一种柔滑美妙的感觉。木头凳有大半新的成色，上面厚厚附着一层白漆，像一头孤寂的小山羊静静地藏在角落里。铁床两侧的土墙上糊满报纸，常贵一躺下，就翻过来倒过去地看，他从那堆文字里知道了好多新鲜事，只是有好多字他还不认识，有些字只能认出一半。

常贵是在山区老家和小秀完婚后到这里来的。新婚不久，病榻上的母亲拉着他的手艰难地说："娘怕是不行了，你还是带上秀儿到川下找你姐去吧。你大（爸）走得早，这些年都是我这老病把娃拖累苦了。"说这些话时，娘的眼泪已经流干了。看着被病魔折磨得枯槁如柴的母亲，常贵反复答应着，才把手费劲地从那双钳子似的枯手里抽出来。

七年前姐姐又一次被姐夫痛打，一气之下把还在吃奶的碎娃扔给婆家，独自跑到川下一个叫永宁的县城。姐姐走后，家里一直没有她的音信，她的消息还是去年冬天从川下回来的人悄悄告诉他的。整天要钱的姐夫蒙在鼓里，就是知道了也腾不出工夫去找她。姐姐走的时候常贵还在念初中，现在他已经记不清姐姐的具体模样，甚至连她的高矮胖瘦也说不太清楚。印象中姐姐三天两头哭哭啼啼往娘家跑，她不爱言喘，一双大眼睛老在走神。

母亲过世后，常贵带着小秀到川下这个叫永宁的地方，跟着一个老乡的指引，很快就找到姐姐。姐姐比想象中白了也胖了，眼神里透着慵懒的自信，如果在大街上相见，常贵不一定敢认。听着姐姐的话里带着多半川下口音，既新鲜又生僻，仿佛动听的鸟儿啭鸣，让他油生出莫名的兴奋。他想，经过几年川下生活，自己的媳妇也会有这样润泽的皮肤和动听的声音。他和媳妇都是老实本分的勤快人，城里机会多，遍地是金银，只要肯下力，未来的生活一定会有很大改变。想着，常贵心里便沁出一丝美气。

姐姐在县城北街开了一爿店，卖烟酒和副食，过往的人也不算少，可她的生意却显得有些清淡。常贵发现她老爱和周围的闲女人打麻将，店铺的门上常常挂着一把大锁子。后来他才知道，姐姐被一个叫老金的男人包养着，铺面就是他出钱开的，挣不挣钱无所谓，单另还给她生活费。老金有六十岁，兴许还要大，有老婆，五个子女都成了家，还有一大堆孙子。常贵和小秀刚到永宁县城的那天下午，姐姐就让老金在城里的大餐厅摆了一桌酒菜，把他们美美招待了一顿。那天老金喝了不少酒，醉话里一口一个小舅子地叫他，姐姐默认了似的，坐在那里啥话也不说。从那时起常贵就不喜欢这个叫老金的男人，他劝过姐姐，老金是有家室的人，当心哪天他老婆找上门来。姐姐好像一点都不怕。

刚开始，老金介绍他去一个工地上干小工，干了大半年也没拿上一分钱。听一起干活的民工讲，到年底都不一定能拿上，他们至今还没见过去年的工钱是个啥模样。常贵急了，血往脑袋上涌，眼看着这一年就算白忙活了。他去找工头，工头也没办法，因为他身后还有一个更大的老板。那个姓黄的大包工头可不好找，好不容易打听到他家在福星苑小区的一栋别墅，常贵守了半个月才见着人，还被黄老板的手下一顿拳打脚踢赶了出来。他急了，第二天拎了把菜刀，早早堵在黄老板家门口。老赖碰上了愣头青，就是这么回事。黄老板软了，给他付了两个月工钱。他拿上这些钱从一个黄包车户手里租了辆车，到街上拉客，虽然风里来雨里去很辛苦，钱挣得少又不遭城里人待见，却都是实打实的收入，小秀手里也有了一笔小小的存款。夫妻俩很知足。

工地上的民工也去找黄老板玩横，却没常贵那么好的运气，因为老板是个空壳，钱都投到楼上了，后来还是政府出面，几方协商才给农民工结了工钱。好几个老乡从工地上出来后，在城里干着当地人不愿干的脏活、累活，有人想回去，但一想到老家的情形便打消了念头，这里起码还有钱赚，少赚总比没得赚强。老乡之间也时有走动，坐在一起，都是一脸的沉闷，聊来聊去也还是老家的那点碎事，一点都没有回家过年时像是挣上大钱的样子。

常贵盘腿坐在床沿上，面前就有了一老碗大米粥。女人窝在对面的"山羊"上，比他矮下去两头，只有在这时，常贵才能找到属于自己的男人的尊严。他没像往常那样端起饭碗就吃。他慢慢地从裤兜里掏出一包皱巴巴的"塞外"烟，从开口的缝隙里摸出一支"歪把子"，用手捋捋直，把它放到嘴里燃起来。嘴里吐出的烟雾一圈一圈悠然而上，在低矮的横梁周围旋起几朵青云。透过窗户，外面的浓雾已经堵到了窗口，没有一点散去的意思。桌上的小柳筐里有四个大暄馍，上面绽开的缝隙中袅袅冒着热气，旁边的小碟里盛着一小撮韭花，少得贵气。女人看了一眼吸烟的男人，用筷子远远在韭花边上蘸了一下，默默送进嘴里。

隔壁有响动。先是弄得板床吱吱作响，然后又重重地压了一下。有人走在地上，是趿拉着鞋摩擦地面的声响。松散的走动声，从常贵左耳滑到右耳，接着是拉开插销发出的一声钝响。推开门，脚步声迟疑了一下，然后紧贴着地面轻轻地一溜小跑。随着声音，常贵从窗口看见一个只穿着三角裤头的胖男人钻进浓雾，雾里随之传来"哗哗哗"的细流声。

"不要脸的臭流氓！"常贵把半截烟屁股从手里弹出去。飞出去的烟头，在地上翻了两个筋斗云，躺在门背后哑哑叫唤。

"小声点，这墙不隔音，别让人家听见了。"小秀猫一样的声音说。

老金在城北车站对过开了家旅社，旅社里养了几个小姐，是专干那种生意的，遇到风声紧的时候，他就把客人引到这里来。昨天夜里，常贵和小秀躺下后，听到老金领着人匆匆进了西屋，老金很快就走了。西屋里的男女云里雾里地快活起来，木床被弄出的咯吱声时缓时急，常贵的心也随着声响起伏跌宕。干这行的女人脸皮厚，知道隔墙有耳还浪声浪笑地张扬自己，尽着兴地大喘小叫。常贵知道小秀也没睡着，能听到她的呼吸声越来越不均匀。女人一动不动地躺在身边，像一截湿木头，他觉得和墙那边的无所顾忌相比，他们倒更像是一对偷情人。这一夜，隔壁的手机响了好几次，音乐是庞龙唱的那首《两只蝴蝶》。

窗外的雾散去一些，映现出树林浅灰色的剪影。果园是老金在城乡接合部的地产，一直等待开发商收购，老金说这块地没有三十万谁也别想动。果园以北已经盖满大楼，这一片地眼看着也快开发了。这些年老金忙着旅社的生意，果园早撂荒了，果树痉挛地弯曲着枝杈，叶子疯长，就像他养的那些小姐，只开花不结果。常贵跟老金提过，想把园子包下来试着剪枝嫁接，兴许还能多增加一份收入。为这事，他专门去了一趟新华书店，买回两本有关果树栽培方面的书。那几天，他连着几个晚上做梦都让成堆的果子砸醒。跟老金说的时候，常贵很婉转，希望老金少要点承包费，反正这园子闲着也是闲着，为此他还真叫了老金一声姐夫呢。老金只听个头，就直截了当开出两千块钱，一点没有再让让价的意思。他上哪儿去弄这些钱呢？老金说那我不管，眼珠子就在小秀身上溜探。

就在常贵刚端起饭碗的时候，老金走进屋来。他龇着夸张的大门牙，像刚从冰窖里出来似的，蜡黄的长脸愈加蜡黄。他挤巴着三角缝眼问常贵："那两个人起来了吗？"

常贵只顾转着老碗吸溜，头也不抬。

小秀赶忙接上话茬："听那男人出来一趟，这会儿怕是又睡着了。"

老金一屁股坐在床上，再不吭气，只有常贵喝粥的吸溜声，像涵洞口闷响不息的漩涡在屋里打转。小秀指着桌上的东西，眼神怔怔地让了让老金，老金摆摆手，小秀不再言喘，把脸深深地埋进碗里。

老金清了一下嗓子，喉咙里刚上来一口痰，又被他咽下去。他并没说啥，只是死死地端着一张冷脸。过了一会，老金才慢腾腾地说："你们在这里也住了有一年了吧。按理说呢我们都是亲戚，可也不能老这么住着，我也有一大家子人要养活。你们是不是该交点房费了？"说完，他的眼神快速睨向端着饭碗的常贵。

小秀看了一眼吃饭的男人，猫一样的声音附和道："交嘛。"

这时，从隔壁传来开门声。女人的高跟鞋敲击着地面转过来，一闪，一个粉团倚在门口。还没脱去稚气的粉脸显得憔悴，浓厚的粉渣泛起来，暴露出眼角细密的皱纹，看上去比实际年龄老成许多。蓬乱的黄头发像一丛荒草披散在头上，粉红的吊带衫裹着一对肥奶子，快要弹出来似的。常贵停下手，疑惑地盯着突然出现在门口的女人。

"老金，咋回事嘛，说好包夜给一张半的，怎么才给一张？一晚上折腾人家好几次，还说多给钱呢。"粉团用白嫩的手指掸了一下攥在手里的一张大票说。

"雪儿，你别在这儿瞎嚷嚷，一点眼色都没有。"老金用眼睛剜着粉团问，"人呢？"

"屋里睡着呢。"

老金起身去了西屋。

叫雪儿的女人用一根手指挑开胸前奶罩贴身处的缝，把那张粉红色的大票卷成一个小卷，顺着乳沟深深地塞了进去。她看都不看屋里的人，径直取下挂在墙上的铁皮马勺，舀了一勺水，倒进旁边的脸盆里。女人白嫩的手指在清水里试弄着，摆出两朵粉白的莲花。清水哗哗地泛起细碎的波纹，盆底，一尾大红的鲤鱼开始在花瓣之间悠闲地游动起来。女人弯下身去，圆挺的屁股正好撅向常贵，一点儿都不避讳。随着身体的摆动，他看见真丝的白短裙下，粉色的三角裤头忽隐忽现，像一只粉蝴蝶翩翩起舞。常贵潦草地扒拉完最后一点粥，起身走了出去，满脑子都是那只舞动的粉蝴蝶。

西屋的男人出来了，一个约莫五十岁的矮胖男人，背着双手缓慢地摇摆着肥鹅步。常贵想象不出，这么冷的男人睡女人时会是个啥样子。老金哈腰跟在胖子身后，手里卷着一张绿票子，看见常贵，他快速把那张票子掖进裤兜里。

老金送胖子出了园子门，在身后说："走好，下次再给你找个好的来玩。"那男人连头也没回一下。

雪儿从屋里追出来问老金："那半张呢？"

老金摆摆手说："算了，人家是管着咱的，惹火了他，小心哪天给咱旅社找麻烦。"

雪儿娇嗔地嘟起朱唇。经过这一会工夫，粉白的脸上又娇艳起来，丰满的身子磁石一样吸引着男人的眼球。雪儿见老金没有要回那半张钱，转身摇摆着肥臀走出园子。老金在后头催常贵："快骑上车送雪儿到北街口去。"

常贵匆忙摘下挂在草棚架上的秃笤帚，把黄包车客座上那摊已经风干的脏东西清理了一下，想了想，又顺手扯下媳妇搭在晾衣绳上的干净床单，叠了几折铺在客座上。他骑着黄包车追出园子后，雪儿已经走上西环大路，开始往北拐去。这时的雾已经淡了许多，大道两旁的建筑物显现出来，远处的楼群还笼罩在一层灰淡的轻纱里。天气开始转凉，阴冷的地气逐渐往骨头缝里渗，北方季节的经纬就是这么分明，刚一立秋，夏天的酷暑一天都不多待。

追上雪儿，常贵拍了拍前闸板有意弄出些声响，金属的钝响反射到路边楼房的墙面上，又从墙面反弹回来。女人没反应，只顾沿着大路的左侧继续往前走。这时的西环大路还见不到行人，雪儿的高跟鞋敲击沥青路面的声响，在空旷的大道上显得清脆孤寂。常贵放慢了骑行的速度，咬在雪儿身后。

雪儿的步子迟缓了一下，很快，她又重新调整走的姿势，这个小小的改变，让她腰身的娇媚又充分显现出来。这是一个在何时何地都能充分展示自身魅力的女人。常贵的目光开始大胆地在雪儿身上游走。杨柳细腰，凹凸有致的身材释放出与生俱来的风情，好看的翘屁股扭来摆去，类似水波的晃动，能让男人想入非非。如果在另一个地方遇到她，你绝对看不出她是干这行的，还以为她是哪户富贵人家的千金，哪家父母的心头肉呢。常贵心生遗憾：这样的女子为什么不好好找个婆家，非要出来干这个。他没有顾虑地紧盯着前面的粉团，就像一头圈养了很久的牛，为突然出现在眼前一畴肥美的水草而困惑。

雪儿终于停下来，回过头瞥了一眼跟在身后的黄包车。"上来吧，老金让我送你哩。"常贵马上停住车对她说。她的身子完全转过来，看着他和他的车子，像个赌气的孩子，脸上的不快还没散去。她还是上了他的车。

两个人都缄默着。常贵真想告诉雪儿，那 50 块钱是被老金给私吞了。他觉得这女人比自己还可怜，陪那么恶心的男人睡觉，挣的钱还要打折扣。骑了一段路后，常贵主动问道："你叫雪儿吧，你在城里是做啥的?"话一出口，他就后悔了。

女人没吱声。

常贵想，雪儿这名字真好听，是谁给她起的，还有些诗意呢，老家的女娃就没有这么妙气的名字。他的车子蹬得很稳，车上的重量显得很轻，没坐上人似的，只是车子的链条老是咯吱作响，他后悔早起时没给它好好膏点油。

"我就不信你不知道我是干啥的。"女人轻笑一声，话从身后传来，"大哥，干你这活也太辛苦了，哪天找我放松放松，我给你优惠。"

男人没吱声。

大路左拐弯，向北划去一条优美的弧线，连接上刚完工的北环大道。前面，有三个人在路边安装市内公交车站牌，不锈钢的柱子和牌面在晨雾里闪着亮光，新崭崭的牌牌让常贵的心情一下又沉闷起来。这两天，县城里各个街道都在安装这东西，听说要在十一期间开通市内公交汽车，再有半个多月，黄包车就不让上街了。黄包车不让上街拉客，常贵的生计眼看着又要断了。

宽阔的大马路上，只有黄包车的链条发出单调的咯吱声。这时，雪儿的手机响了，声音是那首熟悉的《两只蝴蝶》。

"噢，是大哥呀。"雪儿忽然一口山地话让常贵既惊讶又熟悉。"啥？大不行了？咋不早告诉我呢？昨天晚上？昨天晚上我⋯⋯"雪儿的声音越来越小，带着一点泣声。"我马上回去，嗯。"

"咋了，你大咋了？"常贵赶忙问。"昨天晚上你的手机老是在响。"

"还不是那个老混蛋，他说接电话会影响他的兴致。"雪儿的话被哭声淹没了。

"师傅，你直接把我送到长途汽车站吧。"过了一会雪儿说。

雾已散尽，雾后的阳光比平时显得更加明亮。街上的人们或步行或骑着自行车穿梭在路上，一时间，人如蚁涌，车似水流。几个黄包车夫的黄马甲，在车流中醒目得难看。新建的北苑广场，起伏的坡面绿地，曲曲折折往身后隐去。看见曲折的线条，常贵想起老家的山坡，家乡贫瘠的土地在记忆中也变得不再那么可怕了。他有了要回老家的冲动。他要把一身力气使在自己家的窝窝里，把小秀养得像雪儿一样胖，让媳妇给他生两个娃，一个男娃一个女娃，让娃儿们在自家的土坡坡上玩耍。想到这儿，他深深地叹出口气，把心里的沉闷一下全释放了出去。

八月蝴蝶黄

　　万葵家阳台的前面是一栋陈旧的两层简易小楼，刚好挡住远处汉渠的风景，一抬头，残败和杂乱尽入眼底。水泥粗浆在墙面大致抹了一层，年头一久，随处可见干裂剥落后裸露的暗红色砖块；锈痕斑斑的铁门窗，模糊的窗户玻璃，挂满油污的换气扇像个肮脏的燕子窝。背阴的墙根堆放着树枝、砖头、旧纸箱等杂物，如一堆有失清理的往事散乱地纠结着，说也说不清，又无需说清楚。任何时候看去，小楼总是一副凄凄迷迷的样子，冰冷、灰暗、丑陋地卧在一片新楼和花草之间。

　　旧楼原先是机械厂的家属楼，老住户大都搬进各处新盖的小区，老房出租给打工或做小买卖的外乡人，一时间增添了许多生面杂言，人们便习惯地叫它出租楼。墙上写有黑大粗糙的"拆"字，却又看不到任何拆迁的迹象。

　　隔一条巷道，万葵从自家二楼客厅，很容易看见对面旧楼的一家。这家三口人，两口子和一个女儿，男主人叫哈进步，万葵记得他们是去年立冬搬来的，转眼快一年了，现在是八月头，是芦苇吐白蝴蝶黄的时节。

　　晚饭前，万葵和往常一样，下楼到小区外面的广场溜达，这个习惯从他退休后一直保持着。广场的大理石龙柱前，他遇见在附近开牙科诊所的老乔，两人不咸不淡地聊起来，聊的大都是以前聊过的老话题。他们聊了一会儿当初"大集体"时候的事，便早早分手了。从广场回来，万葵和老伴一起吃过晚饭，然后摇着一把大折扇，在客厅里缓慢地踱来踱去。万葵身材癯瘦，年轻时身体基础差，但心气平和与世无争，倒也一直没什么大碍。爱好诗词格律的他，总喜欢用踱步的方式在腹中打稿，兴致上来，还慢声慢气咏上几句，摇头晃脑，自有一番陶醉其中的样子：

> 花红柳绿草萋萋，蝶舞蜂忙乱莺啼。
> 美影和风游子醉，直把汉堤作苏堤。

咏罢，他交替着揉了揉手背，自觉诗的意境还行，脸上流露出一丝不轻易流露的得意。这时，走出厨房的老伴告诉他一件事情。

老伴告诉他，他下午出去后，对面哈进步家吵过架，女儿哭，老婆骂，好厉害呟！哈家不知为啥总是争争吵吵，也不怕影响孩子学习，这样的母亲可真够呛。说这些话的时候，老伴眼神无辜，脸上的皱纹拧在一起，似乎那场争吵是因她而起的。

"一个锅里搅勺子，哪有不拌嘴的。"万葵烦老伴打断自己的兴致，心不在焉地给了一句。

万葵退休前在文化馆上班，今年春天刚过六十三岁，退休前不久买了现在这所房子。女儿早已成家，和女婿都在收入稳定的行政事业单位上班，虽说不上富裕，但也不需要他们老两口接济。他和老伴都拿着高级职称的退休金，除留下几个防老，其他的钱足够日常花销。万葵一生清淡惯了，对现在的殷实日子很知足，"知足常乐"也是他常挂在嘴边的一句话。这种知足还得益于他不谙世故、不与人论短长的性格使然。这样看来，万葵对老伴刚才的反感是有理由的。

晚上，万葵躺在床上，打开台灯，随手翻出一本书看。这是临睡前最悠闲安适的一段时光。窗外夜阑人静，只有小区草坪里的蛐虫在吱吱鸣叫，夜越深虫子的鸣叫越清亮，透着愈加浓重的湿气。这时，对面的出租楼响起了一阵说话声，逐渐演化成纷乱的争吵，连鸣叫的虫子都被惊哑了。争吵声在夜晚听去显得异常清晰。万葵关了台灯，从床上坐起身往窗外张望。借着对面楼道口的路灯，他看见哈进步被老婆大叫着从楼道里推出来，在路灯下站了一会儿，然后快步朝小区大门走去，消失在夜幕里。

万葵无奈地摇摇头，对正在洗脚的老伴说："那家人还在吵。"

"你看见什么了？"老伴停下手，梗着脖子往窗外寻去。

"哈进步被他老婆撵出去了，有点不大对劲。"

天亮了，从早晨开始阳光就很强烈，让人不好分辨时间的阶段，感觉一天冗长得没了尽头。一天过去，对面哈家的大人小孩都不在，没有在门口出现过。第二天还是一样。连续两个下午，万葵没有出门，无事可做，他就站在客厅的窗户前，打量着对面空得有些不太习惯的楼道口。

第三天临近中午，老伴从街上买菜回来，一进门就神色紧张地对他讲："在菜市场买菜时听人说，对面哈进步家的丫头前两天离家出走了！哈家人满世界找都没找到，还报了案。现在的孩子胆子也太大了。"老伴定了定神，这才提着手里的两大包东西走进厨房。"咱们家的孙子不知咋样？唉，太让人操心了。"老伴在厨房里边收拾东西边唠叨。

"离家出走？怪不得前两天乱哄哄的。"他凑到厨房门口。

万葵对哈家的事不太关心，但听老伴说他们的女儿不见了，心里便怪怪地想起那孩子。

老伴说，听张老太太买菜回来的路上对她讲，哈家丫头的出走是一件小不然的事情引发的：一个男同学给她写了一封信，被哈进步的老婆发现了，她把那封信交给了丫头的班主任。班主任后来在班上公开了这封信，目的是辟谣，却反倒把事情搞得沸沸扬扬。据张老太太的孙丫头回来讲，那封信她听老师念过，没有什么，都是同学间互相鼓励的话语，就算有，字面上也没说到。

万葵仅仅知道哈进步的名字，从没和那男人搭过话。平时看他总是骑着一辆旧三轮车出去，晚上回来得又很迟，把车子随便往楼道的犄角里一塞，第二天早晨又匆匆推上它往外跑。哈进步有四十多岁，脸色不太好，除了那件灰布褂子，几乎没见他穿过别的衣服，也从没见他和家里人一起逛过街。具体在外面干些啥他也不好说，反正是一个为了生计疲于奔命的人。虽然不知道哈进步在外面干些啥，但万葵一想起自己几十年含辛茹苦地为了孩子、为了这个家，就对这个不讨人喜欢的男人产生出隐隐的同情来。

可是万葵很讨厌哈进步的老婆。虽然与那女人只打过两面交道，就给他留下极坏的印象。

一天晚上，看车子的老张一脸无奈地对他讲，有几家住户不像话，一年多的看车费硬是赖着不交，让他很头疼。老张是一个老实巴交的乡下老头，住在车棚里，万葵常和他唠嗑。受在物业公司当主任的老乡照顾，老张才有了这份差事，但费用要自己收，收不来是自己的损失，物业的提成却是一分不能少交的。万葵问哪家欠得最多，老张支支吾吾告诉他是哈进步家。一向不容易激动的万葵偏偏在这时激动了，也许是想在一个老实人面前表现一下自己少有的勇气，他当即要上收费单子去替老张收钱，而且表现得异常愤怒。后来，他对自己当时的激动和由激动演化出的愤怒难以理解，他告诉老伴，老伴也不信，哧笑他在编故事。"真的，那种情形就像是让人从背后推着去的，由不住自己。"他说。

敲过几次门后，哈进步的老婆才开门，脸色稀烂的样子，把他拦在

炎阳子

门外。平时这女人只是脸色阴沉些，不爱说话，不至于这样咄咄逼人，好像随时准备和他拼上性命似的。万葵看出眼前的女人不是善茬，来时的勇气立刻消减了一多半，心里揣上一份忐忑。他尽量平和语气，婉转地说明来意。女人根本不买账，强词夺理说了好多难听话，尖厉的北山方言带着太多雄性的因素。"闲吃萝卜淡操心！"没容他再做解释，女人怦的一声把门关上，防盗铁门几乎碰到他的鼻子尖。剩下的话被关在屋里，万葵听不清，但那也绝不是什么好话。

万葵想，哈进步一家之所以老吵架，与摊上这样的女人有很大关系。

哈家有一个在高三复读的女儿，叫小艾。小艾总是一身校服，留着讨人怜爱的短发，额前的缨子剪成一条直线，和眉毛平齐，圆润的脸蛋透着少女羞涩的红晕，是很健康的那种红。女孩遇见万葵，笑容宛如微波在脸上轻轻漾开，虽然腼腆，但总是先开口问好，再忙也会用微笑的眼神和他打招呼。万葵渐渐发现，女孩打招呼是有选择的，并不是对每个人都有，这让他心里有了某种安慰。也许女孩敬重的是他老来儒雅的一面，他想，便愈加地对自己的言行苛求起来。

这家人怎么只有这个孩子如此懂事，他感到不可思议。万葵和老伴一提起哈家，总是说他家的女儿好。

万葵在家的时候，大多会在客厅的窗户跟前，所以能常常看见哈家的女儿出入。她骑着一辆浅绿色的女式自行车，放学回来后用钥匙打开铁门走进屋，然后出现在二楼的一个窗户前，乖乖地坐在那儿看书写字。这是一个挺文静乖巧的孩子，学习应该不错，怎么会复读呢？万葵边打理盆花边观察对面窗前的女孩。可是他还是觉得她的性格太过孤僻，除了上学，很少看见她下楼，也很少看见有别的孩子找她玩。女孩的窗户上挂着一串风铃，淡淡的蓝色，错落连缀的金属细管，在不同的光线下闪烁出不同的色泽，又都是那样的幽邃。每次回到家，女孩的第

192

一件事就是先把那串风铃拨动两下。随着碰撞，风铃会发出一串清脆的声响，悦耳悠长，如荡漾在风中时光的跳跃。万葵喜欢在安静中聆听对面的风铃声。

有一天，万葵终于从后面叫住哈家女儿。当时，他手里拿着刚从单位取回的邮件，一本发表了他诗词的杂志。小艾一回头就看见了那个大大的牛皮纸信封，它被端在胸前很显眼的地方。

"爷爷上街了？"小艾问候他时眼睛也没离开那个信封，话题就从信封里的杂志开始了。他们从那本杂志谈到他的诗词，谈到李白杜甫白居易，谈到她的名字叫小艾，当然他们也谈了她的一首小诗。说起她的小诗，小艾有些不好意思，咏诵得结结巴巴，两颊飞起晚霞般的红晕。

这时哈进步的老婆从外面回来，提着两棵白菜，翻动着眼睛里的眼白，两眉之间藏着一把刀。打量了一会儿万葵，她又用同样怨毒的眼神看了看女儿，然后咬牙吼道："回家去，不要脸的丫头！"

小艾低着头悻悻往家走，眼睛里有泪溢出。

万葵忙替小艾辩解："你看你，孩子没做啥错事呀！"

"行了！老不正经，别把我当傻子！"女人鄙视着他，眉心的刀子飞快地放出来。"以后离我丫头远点！"她又撂下一句，慢慢转过身，盯着万葵走出几步，然后啐出一口唾沫，呸一声砸在地上。

这就是万葵和哈家老婆的另一次交道，一场刻骨铭心的照面，许久以后想起来后背还直打冷战。从那以后，他和小艾之间就有了不远不近的距离，他也只能在远处为那孩子暗暗地捏着一把汗。

"这么大的岁数，让人说得多难听，何苦呢？"一次，从外面回来的老伴怪怪地数落他一通。

离家出走的女孩在第四天晚上回来了。小艾独自一人在小区门口不远的路上徘徊，被两个同学看到后，把她送回了家。这事是万葵后来听说的。

　　小艾回来的那个晚上，哈家仿佛发生了一场战争，整个小区都是哈进步老婆歇斯底里的骂声，间或着玻璃破碎的声响，和那女人喊累后断断续续的啜泣声。难听的哭声像是要揪出人的心肝肺来。

　　这一夜，万葵没有睡好，老在半睡半醒中听到女人抽搭搭的哭声。

　　第二天早晨，万葵起得特别早，天色还朦胧在暗幕里。他打开客厅的灯，一边侍弄花盆里的花草，一边留意着对面哈家的动静。小艾的窗户没有拉上窗帘，静成暗哑的一色，那串风铃也笼罩在灰暗里。哈进步第一个走出楼道，掩着嘴咳嗽了几声，像往常一样匆匆骑上那辆三轮车走了。昨夜的动静可能牵动了好多人，上班的人群里，有人抬头朝哈家看看，有的指指点点，边走边议论着什么。过了八点，万葵才看见小艾从家里出来，耷拉着脑袋，提着书包往车棚的方向走过去。转回来的时候，她仍旧低着头，默默地推着自行车走了好长一截路，这才骑上车很快在巷道里消失了。

　　小艾走后，万葵觉得瞌睡重重地上来。他靠在沙发上打起鼾。老伴给他盖上一条小薄被，嘴里嘟哝地埋怨着。他一直睡到老伴把中午饭做好才醒，这一觉睡得漫长，把欠下好久的瞌睡都补足了。

　　醒来后，他站起身先朝窗外望望。明晃晃的光线射进窗口，灿得刺眼，他适应了一会儿，这才看清阳光已经均匀地洒在小区的各个角落。哈进步的老婆在一楼厨房的窗户前忙着，油烟随着嗞嗞啦啦的炒菜声从换气扇里往出冒。二楼的窗口没有小艾的身影，风铃静静地挂在原处。万葵埋怨自己睡得太死，也不知女孩的风铃响过没有，他问正在端菜的老伴："哈家的丫头放学了吗？"

　　"都几点了还不回来？"老伴剜了他一眼，"你还是关心关心自己的孙子吧。上午丫头来电话，说小强迷上了电脑，最近学习成绩也下降了。

本来想叫醒你让你也听听，看你睡的那个死猪样。"女儿和他们住在同一个县城，孙子小强也上高三了，明年就要参加高考，这个节骨眼怎么能滑坡呢？他嚷嚷着要打个电话过去说说这小子。老伴让他先吃饭，该说的她在电话里都说了，如果有心晚上亲自去一趟。

下午万葵去了趟单位，在门房取了几封信和一本杂志，不用说杂志上又发表了他的诗词，可他连翻也没翻一下。他把杂志卷成一个筒，坐在吴头的床上，透过窗户玻璃，出神地看着文化馆的大院子。分报纸的吴头回头瞅了瞅他。平时万葵拿到杂志，总要翻开有他诗词的一页，看了又看，还要挑上几句念给吴头听，尽管对方听得似懂非懂。

吴头问："今天咋了？"

他仍旧盯着窗外说："没咋。"可他总觉得心神不宁口干舌燥，身上烦乱得不行。

回家的路上，万葵沿城东的汉渠边绕了一个大弯子。

"事情没有你想象的那么严重，也许明天小艾又会和以前一样。"在渠边老乔对他说。回家时遇见老乔，他给老乔讲了哈进步家这几天发生的事，他对哈家的女儿特别担心，还有一种不好的预感，他要老乔帮他分析分析这里面会不会出什么问题，老乔就用上面的话安慰他。

"你说现在的孩子也真是，不知道他们的脑袋瓜整天都在想些啥？我碰到过不大点的男孩到我那儿买安全套，还有女孩子，怀疑自己怀了孕要我给检查检查。你说说，这都是小孩子该干的事吗？"老乔苦笑着。

离开老乔回到小区门口，看见出租楼的时候，万葵感觉小艾要从楼道口出来，又会和以前一样，看见他，歉善地冲他抿嘴微笑着。他的步子随之慢下来。正在他的脚步慢到几乎徘徊的时候，从楼上哈家屋里传出哈进步老婆的哭叫声，下班的人和放学的孩子这时正好经过，听见声音，也放慢步子停下车子，一起猜测哈家到底又发生了什么事。哈进步的老婆在屋里边哭边骂哈进步，骂他是个没本事的老鸢棍，又骂女儿不省心，继而骂一些认识和不认识的人，哭骂声犹如一首长长的哀怨愤恨之歌经久不息。

有爱管闲事的婆娘从哈家出来。大家凑上前打听，才知道哈家女儿给家里留了张字条，又离家出走了。

"太不懂事了！"人们边散开往家走边嘀嘀咕咕，都说哈家女儿任性，不顾及大人的脸面，动辄就离家出走，以后嫁了人还了得。大家都可怜起哈进步夫妇来，说操持这个家本来就不易，还摊上这么个不争气的孩子。万葵呆呆站在原地，老伴从阳台的窗户探出头喊他时，他才发觉出租楼前只有自己一个人。哈进步的老婆低声抽噎，水龙头的水配合似的滴答着。

接下来的几天，哈家出奇得平静。没听见哈进步的老婆嚷嚷着找女儿，或半夜里两口子突然出现的吵骂声，甚至连他们的身影也很少在楼道口出现。偶尔看见，哈进步还是那样急匆匆地推着三轮车出门，很晚才听见车子带着散架的声响回来。他老婆面目僵结，躲避着众人，跟谁也懒得搭话。二楼窗户里的风铃静静地挂在那儿，没发出过一丝半点的响声。表面看，这一家好像从没发生过什么事情似的。

万葵再没和老伴提起哈家的丫头。

日历指向月底。八月二十九号这天早晨，万葵和往常一样，吃过早点，给那些盆花松松土，浇了浇水，修剪修剪枝叶，准备到小区外的广场上溜达。这时，他无意间看见哈家丫头从对面的楼道里出来。

大半个月不见，小艾好像一下子长大了，成了一个亭亭玉立的大姑娘，不细看还真认不出来。她穿着一条漂亮的裙子，挎着精致的小包，略施粉黛，手腕上脖颈上闪动着金黄的亮点。与其说裙子漂亮，不如说浑身上下透着一种高贵的气息，一种出污泥而不染的气质。更令万葵惊奇的是，本来的短发，却变成烫至胸前的长发，满头翻卷着波浪。哈进步老婆笑吟吟跟在女儿身后，仆妇似的，把女儿送出楼道，目送她向停在小区大门口的一辆黑色高级轿车走去。

轿车前有一个花里胡哨的胖男人，说不上多大年纪，更算不上年轻人，不耐烦地在车前踱来踱去。等小艾走到跟前，他们一同钻进小车，把车子朝大街的方向开去。哈进步的老婆笑嘻嘻地拍一个响掌，疾步走进楼去，屋里很快传出兴奋不已的话语和按捺不住的大笑声。

这一切，不光万葵看到了。巷道里的远处、更远处，一撮一撮站了不少人，同时有十几双眼睛看着同一个方向，议论的恐怕也是同一件事。

哈家女儿回家的事在小区不胫而走，有人说她已经退学，聘在一家公司里做事，开始挣工资了。但人们更多谈论的是那个站在小车前的男人，猜测是小艾的老板。有人很快从哈家探出消息，消息仿佛一颗炸弹在小区里炸开，传得沸沸扬扬。那个男人是小艾的未婚夫！有人说那男人三十出头，有人说他已经过五十了，但一致肯定那绝对是个有钱有势的大老板。你瞧人家开的那辆车子，那可是宝马！你再看人家身上穿的、脖子上套的，光手上戴的那块金表就值十好几万呢！人们羡慕不已，都说哈家这下显贵了，风光了。哈进步不用再去蹬三轮车，他老婆也不用去市场捡菜叶了，一个闺女，改变了一家人的命运。

哈家的夜晚又热闹起来，不再是过去的又吵又骂，而是满屋喜气洋洋的灯火和发自内心爽快的谈笑声。哈进步的老婆热情地招呼着每一位上门道喜的邻里，听说哈进步的老家也来人了，专为商议小艾结婚的事来的。小艾不够年龄，领不上结婚证，亲戚们说，那就索性不领那张纸了，择个黄道吉日，夫妻拜天拜地，吹吹打打不照样把事办了。哈家老婆给客人展示小艾带回来的聘礼，还说女婿在"华府盛景"给他们老两口买了一套房，准备过些天搬过去。客人们夸赞小艾真漂亮，几天不见短头发都变成大波浪了，哈进步的老婆讥笑他们老土，说那是接上去的，如今这社会，只要有钱什么事都可以做到。这些声音通过清明的夜空，很容易传到坐在自家客厅万葵老人的耳朵里。

老伴从外面回来，看见屋里暗着灯，亮灯后才看见万葵枯坐在沙发上。老伴一脸神秘地告诉他，听张老太太刚才在小区跟她讲，她的孙丫头回来说，哈家的女婿就是给小艾写信的那个男同学的父亲，半年前死了老婆，哈家丫头离家后一直住在他家。男同学本来是求他老爸给小艾找份工作，没想到被那老家伙看上了。作孽呀！都可以给那丫头当爹了。

万葵老人是看着窗外夜色中的出租楼听老伴说这些事的。他想，这座旧楼到底什么时候拆呢？那样的话，就可以看到远处汉渠的景色了。

与嫦娥相会

　　我骑着"老豪爵"驶出县城，沿西大公路轰鸣而去，城市闪烁的灯火被甩到身后，却丝毫没甩去我心里的忧伤。平原上夜幕低垂，漆黑沉静，连道路两边河田里喧嚷不休的蛤蟆都息了声。进入村道，空气骤然由闷热变为凉爽。摩托车的大灯射向前方，仿佛剪刀在黑暗里撕开一道锃亮的口子，随之又在身后愈合灭迹。"老豪爵"气急败坏如一头疯牛，以90迈的时速往北狂奔，来自双臂和屁股下强烈的震颤告诉我，稍不留意就有可能失控。"老豪爵"的气急败坏是受我传染的，我的气急败坏比"老豪爵"更甚。我感觉自己脸上的眼泪已流到下巴，被迎面而来的风吹跑，又会有新的眼泪流下。

　　一会儿，我又把车速减下来，任由"老豪爵"在空无一物的公路上游逛，糟糕的心情并没因减慢的车速而有所改变。

　　今天下午——此时应该算昨天下午，我骑着我爹留给我的豪爵牌摩托车，貌似无所事事地去了趟县城。方圆百里只有县城这么个热闹地方，闲来无事，我会和"老豪爵"一起到那儿溜达溜达，散散心。我爹是木匠，前年腊月的一天夜里，在回家的路上，和一辆迎面开来的东风大挂遭遇了。离世前爹常骑着"老豪爵"，顺着这条西大公路去县城的工地上干活。除了这辆摩托车和家里的几间土坯房，我爹没给我留下啥。听一起打工的人传回来的闲话，说我爹在县城有个相好，是工地上做饭的寡妇，"柳叶眉大花眼，屁股一扭似天仙"，说得有鼻子有眼的。我才不信呢，就我爹那武大郎身材黑旋风脸，搭个母夜叉还差不多。但这事也不完全是空穴来风，爹在外面应该有个牵挂，要不干了这么些年手艺活，竟没给我留下个一块半毛。农村有两下的手艺人，哪家不是富得冒油。我爹的钱肯定都花到那个牵挂身上了。我妈去世得早，爹有别的女人我也能理解，正常男人嘛，何况还是孤男遇寡女。但我是他的独根苗，总得留个后手吧，也不至于让我快三十岁还没钱讨媳妇，这就说不过去了，这就有些过分了。我大姑妈曾劝过爹，把那个女人娶进门，正正经经地过日子，免得闲话像风一样满村跑，不好听。我也希望爹能给我娶个后妈，"捣槌配蒜罐，好日子在后面"，可我的愿望还没来得及跟爹说，爹就走了。

现今农村小伙子讨媳妇那叫一个难，屋里的摆设、铺铺盖盖、穿穿戴戴不说，十几万元彩礼是必需的，还得在县城买房。县城里买套楼房是啥概念，四五十万稀松平常。这样的条件你还不能随意挑拣人，能讨个差不多的媳妇算烧高香了。有点姿色的姑娘早嫁给城里的癞汉子，或给城里有钱有势的男人当"小三"去了，狼多肉少，村里剩下的姑娘自然没有多少挑头。姑娘们只要进了城，开了眼界，哪怕干最低贱的活，也不会走回头路吃回头草嫁回农村来的。就我目前这条件，能讨到手的媳妇，不是离了婚的寡妇，就是身有残疾自理能力有限的，再往好里想，门都没有。但我不甘心。虽然我爹模子差，我却生得虎背熊腰一表人才，人称"大滩帅哥黄晓明"。我是高中生，肚子里有墨水，能下地出力，又能去工地搬砖；我不抽烟不喝酒，不偷鸡不摸狗，回溯三十年，我这条件可是十里八乡挑着拣着找媳妇的主。长辈们都夸我是好后生，可谁也不愿意把自家闺女许给我。我吃苦受累攒的那点钱，只够在县城的大街上看看漂亮女人，咽咽口水。

告诉你个秘密：其实我跟我爹一样，在县城也有个相好。她的名字叫小芳。

小芳姓叶，娘家在叶俊镇。回我们大滩的途中经过那里，一座有年头的青石桥，旁边是一棵有年头的大柳树。传说叶俊最早是个人名，一个古代镇守边关的大将军。我想象中的大将军，应该是"身披绿色英雄氅，手持青龙偃月刀"，威武不屈、富贵不淫的好汉。每每经过叶俊，我心中会油然萌生出一股敬佩之情，为那位古代的将军，也为叶小芳。小芳曾以自己是叶俊的后人为荣，写过一篇《将军赋》的作文被学校的小报发表，那时我们是高中同学，在县城，当时流行一首歌叫《村里有个姑娘叫小芳》。我的手机铃声设定的就是这首歌。现在的小芳已活脱脱变成一个城市漂亮女人，细皮嫩肉养尊处优，就像闲话里形容我爹的相好："柳叶眉大花眼，屁股一扭似天仙"。我不知这是不是巧合。可美中不足的是，小芳有男人，小芳是包工头肥肚子养的"小三"。肥肚子五十多岁了，小芳说他有老婆，他老婆是个母夜叉。

这次去县城，我就是专门去会小芳的。平时我隔三差五和小芳在县城幽会，这一次不同，这次我是带着一份神圣的使命去的。

我和小芳用手机联系，手机是我们的鸿雁，当初买这个手机也是为了小芳，除了她也没别人打进来。肥肚子不在时，小芳就给我来短信，你一句我一句，有说不完的悄悄话。小芳的生活并不完全是光鲜艳丽，也有苦闷的时候。我和小芳有过甜蜜，也有过赌气，但我们却始终鸳鸯戏水不离不弃。虽然她跟了肥肚子，但我知道她的真爱是我。表面看"小三"是图人钱财的角色，是靠脸蛋儿吃饭的，但小芳不，小芳从没嫌过我是农民，是个没啥钱的穷光蛋。这点自信我还是有的。小芳爱我的品貌，喜欢肥肚子的钱，品貌是精神层面，钱是物质层面，两样都得有，但我相信最终精神会高于物质。

小芳有才，是个有文化品位的"小三"，她不光说话穿戴和她的那些姐妹有别，短信也透着阿娇金屋思郎君的范儿，古色古香的。什么"思念一把辛酸泪，胡思乱想荒唐愁"，什么"何缘交颈为鸳鸯，胡颉颃兮共翱翔"。这些诗句我虽然不全懂，但能从字里行间感受到浓浓的爱意，我时常被这些诗句感动得不能自已。小芳和别的"小三"不同，别的"小三"只爱钱财，只要有钱，两条腿的蛤蟆都敢贴上去。

这次小芳在短信里告诉我一个天大的喜讯：肥肚子和母夜叉去外地旅游，要二十几天才回来。以往我们都是趁肥肚子短暂的不在，仓促在小芳那里偷个情，吃个果子。二十几天呐，我可以吃到多少个果子，而且不用担心肥肚子突击查岗。重要的是，我想借这次机会，好好和小芳交交心，开导她离开肥肚子，堂堂正正地嫁给我，和我一起过正常人的日子。我想好了，我要像城里男人那样单膝下跪，向小芳求婚，用真情感动真情。我要告诉小芳，我俩都老大不小了，要看清目前的形势，再这样晃荡下去，我们会把子孙后代的大事都耽误了。我不嫌小芳是别人的"小三"，不是昔日的黄花闺女，我要和她结婚，生两个娃，一个男娃一个女娃，让娃们喊我爹，叫小芳妈。我想小芳一定会被我的真情表白所打动，除非她是一块石头。

小芳的短信召唤着我。我用浴液在河沟里洗了澡，头发上抹了油，换上那件白色短袖T恤衫和抖抖料的灰裤子，穿上那双黑皮凉鞋。我在镜子前把别在腰间的手机正了正，打量了几打量，然后浑身香喷喷地去见小芳。

我把"老豪爵"停在小区外的"北来顺饭馆"前。以往和小芳幽会，摩托车常停在那儿，尽管这次没这个必要。我像个下班回家的干部，踱着气定神闲的步子，大大方方进了小区，向那栋熟悉的11号楼走去。

二楼左侧的房门虚掩着，我犹豫了一下还是先敲了敲门，小芳在屋里的远处喊了声进来。我推开门，怯生生地探着头，从没进过这家的样子。小芳在厨房里正忙乎，透过推拉门上的雕花玻璃冲我嫣然一笑，示意我进来。她的眼神有一丝嗔怪，仿佛说偷摸进来你又不是头一回。餐桌上已经摆了两样菜，一盘凉拌猪耳朵丝，一盘油焖大虾，旁边还立着一瓶红酒和两只高脚玻璃杯。小芳说过，晚上睡前她常喝上一杯红酒，说红酒对女人好，养颜。的确，小芳白皙的脸蛋时常泛着淡淡的红晕，嘴唇宛若两瓣桃花，身上有甜甜的果子香味，或许就归功于红酒的滋润。这是她进城后许多讲究里的一个讲究，许多改变中的一个改变，许多的讲究和改变，造就了今天貌美如花的小芳。

向晚时分，屋外还持续着下午的天色，没有一点暗下去的意思。伴随着厨房里哧哧啦啦的油锅声，远处传来几声爆竹的噼啪和孩子们的嬉笑，如果不是盛夏，会让人有几分过年的错觉。老天也有体恤我的时候，仿佛知道我蓄谋已久的表白，今天的天气、环境、美酒甚至小芳身上洋溢的喜气，都应和着我。我坐在餐桌旁的一把白色烤漆椅子上，隔了好一会儿才习惯屋里的布局。

偌大的客厅，一条走廊往东，两面各有两个茶色的门通向小房间，门把手在暗影里也不失金光。夕阳从客厅阳台的落地窗照进来，集中在窗前地上的一盆盆花草上，玉石般的瓷砖光可照人。墙上的壁纸布满浅浅的卷草花纹，头上的镜面吊顶反射着茶几上的水果和零食，顶部中央悬着一盏类似水晶的枝形吊灯。茶几是高档茶色实木的，一个可以用来躺着的布艺沙发，对面的液晶电视机有窗框那么大。满屋香气怡人，有菜香，有花香，有脂粉和甜甜的水果香。以前我收到小芳的短信，都是猴急来猴急去，多数时候还是摸黑进来的，没有机会仔细观察屋里的陈设。眼前这个家，完全是用金银堆砌起来的，抑或让人置身在钱的海洋。我对眼前的情景唏嘘不已。

此刻我才算真正明白金屋藏娇的含义。我显得手足无措，不觉然脸上渗出汗珠，感觉随时往下滑落。我用手抹了一把脸，看着自己湿津津的手掌。

小芳端着两盘菜从厨房出来，笑意盈盈，浑身散发着白亮的光晕，仿佛天鹅绒绒的羽毛。她用指尖摘下花围裙搭在椅背上。一条浅麦色的桑蚕丝圆领短袖裙，和脖子上的金项链很配，衬托着她丰满惹人的身姿，烫过的头发在脑后扎成一朵翻卷如菊的黑花。如果说今天的小芳和以往有啥不同，应该是由内而外透出来的气质，好像某种高贵的气息注满她的全身。她顺手打开音响，《好一朵茉莉花》的江南小调悠悠入耳，音量似微风拂面。小芳伸出戴有钻戒的嫩手给我分筷子，展一个兰花指儿说："咋了，平日里饿狼扑食的劲头都哪去了？"说着，睨了我一眼，藏匿不住的兴奋涟漪般荡漾开来。这是个信号，它告诉我，今天的小芳还是过去那个小芳，只是面对这份高贵，得有个文雅浪漫的前奏烘托。

餐桌上方藕粉色的灯光包裹着我和小芳，晕染出只属于我们的一方天地。我和小芳相视而坐，举着高脚杯频频对饮，醇甜的葡萄酒在身体的每个角落陶醉。美酒和音乐发挥了作用，调动起我们身上每一根浪漫的神经。小芳执意要和我喝交杯酒，眼神里开始燃起欲火，而且越燃越旺，身上散发着果子被太阳晒热的香味。灯光下的美人醉眼迷离，粉晕红腮，身上的果香对我轻轻抚摸。

我要冷静。我没忘记今天是带着使命来的，过多的腻味会妨碍我的正常表达。该是和小芳倾诉衷肠的时候了。我回避着她炽热的眼睛，把那双嫩如葱白的细手抓在自己手里，说："嫁给我吧。"我的声音在喉咙里拐着弯，畏首畏尾地爬出口。

小芳好像没听见，睁大眼睛审视着我，凝望山峦的阳面那样。我咽了一口分泌的唾液，又认真地对她说："芳，离开肥肚子，嫁给我吧，我会对你好一辈子的。"这次我说得很动情，自感眼眶湿润，每个字都说得分量十足。佳人痴痴地看着我，还是凝视山峦的阳面那样，转而看去山峦的阴面，后概尔全貌。

等待的时间超出了该有的长度，只有手与手的交融。许久后，小芳发出一声轻叹，说："现在这样不是挺好嘛。"我从那双湿热的手上感受到某种执拗。

"你要为你以后想想，总不能和我，和肥肚子不明不白地过一辈子吧。"我更紧地攥着她的手说。

小芳甩开我的手，不耐烦地说："把人家抓疼了。"然后坐直身子，侧目看着客厅里的一棵盆栽橡皮树，好像对它的造型很反感。小芳的反应让我始料不及，舌头顿时在嘴里打了个结。

"这样对你有啥不好，有肥肚子养着，又不用你花钱。嫁给你，你拿什么养我，你能给我这个家、这样的生活吗？"小芳对着那棵橡皮树说道，声音仿佛从很远的地方传来。小芳离开座位，走进卧室，从里面带上门，把我一个人晾在餐厅里。

我被小芳的话深深刺痛。我起身在屋里走来走去，故意把钥匙串弄得哗哗作响。不知啥时窗外已完全黑了，又仿佛是突然之间，夜色如一团墨汁涂满窗口。看样子小芳不可能出来了，等我进去哄她那也是休想！我换好鞋，愤愤地一个转身，离开这个让我憋心的地方，发誓不再回来吃剩下的那些果子。

我在小区外面的街道上漫无目的地转悠，不想回家，又没别的地方可去。夜黑风高，街上来往的车辆明显少了许多，人行道上偶尔有三两个人影，懒散地往小区里走去。我不时看看手机，手机里最近的信息还是小芳上午发的那条。我溜达到小区东边的银河广场。广场上跳舞的大妈早散了，连个人渣儿也没有，只有花池子远端那盏高杆灯孤零零地立在那儿，发着昏黄的光亮。树木花草黑乎乎纠缠成一团，失去各自的形状，暗处的虫子吱吱鸣叫，街灯映衬出树梢黑黑的剪影。我坐在黑暗中的一张条椅上，还没从刚才的怨怒中回过神来。

冷静下来后我想，如果再耐心一点，再有策略一点，我应该是可以说服小芳的。设想的表白被搞得一团糟，竟然忘了单膝下跪，事先也没准备一束花。我埋怨着自己。小芳和我的感情是有基础的，上高中时我们就好上了，如果不是囊中羞涩，我早都把小芳娶到手，兴许娃都有了。但我不想用更多的耐心和策略改变小芳的思想。这是我的自尊心在作怪，是我那点可怜的自尊心毁了今晚的好时辰。

不知过了多久，我又踅回小区门口。"北来顺饭馆"前，我那辆"老豪爵"还孤零零地泊在那儿，饭馆的卷帘门拉上了，旁边门店的卷帘门也统一在路灯的暗处。我站在"老豪爵"旁边，犹豫在走与不走之间。

小区门口那家商店的灯还亮着，看不到有人进出。我穿过马路走过去。商店里，一个高中生模样的小伙子正静静趴在柜台前玩电脑，我掏出钱说来瓶啤酒，小伙子递给我啤酒时怯懦地看了我一眼。在我走出商店后，那个小伙子很快拉下了卷帘门，隔断了我脚下的一块光亮。

我拎着啤酒走回马路对过，倒骑在"老豪爵"身上，用牙齿起开瓶盖。这段时间，周围看不到一个人影，整条街道空空荡荡。我盯着酒瓶里光怪陆离的液体，举起瓶子，对着自己张开的嘴巴咕嘟咕嘟灌了一大口酒，缓了缓气，又是一大口。然后，我把剩下的酒连同酒瓶，铆足力气往地上砸去，发出一声沉闷的巨响，响声传递到很远，算是对今晚的事做个了结。

"你是天上的奇女子，我是大地上的刺刺英"，不知是谁在黑暗的乡野道路上扯着喉咙唱歌，回过神，才发现歌声是从我嘴里传出的。眼泪不知啥时候干了，能感到痕迹硬巴巴挂在脸上。此刻我正骑着"老豪爵"，驰骋在通往大滩的西大公路上，夜空中划过歌声和摩托车的马达声。大滩是西大公路的末梢，是我们县最北边的一个镇，也是我的家。

歌声戛然而止。车灯前方，四个小灯泡一般发亮的光点幽凄地射向我。等"老豪爵"靠近后，我才借助摩托车的大灯，看见路边有两只小狗，正回头看着我，亮光就是从它们的眼睛里发射出来的。我停下摩托车，一只脚支撑着车身，没有熄火。

这是两只个头如小羊羔般大小、毛色说不上白说不上灰的狮子狗，怔怔地站在那儿，如两团被遗弃在马路上的脏拖布。能看出它们的年龄应该不小了，属老年流浪狗，或许先前曾是城里哪户人家的宠物。其中一只体形偏大的小狗，毛发乱糟糟地遮住五官，很难分辨出眼睛的位置，只有靠脑袋的转动判断它在观察你。另一只狗胆怯地躲在同伴旁边，摆出和这只狗相同的姿势，看样子什么事情都是靠同伴拿主意的。

两个小家伙站了一会儿，看我没有进一步动作，然后在那只毛发乱糟糟的小狗带领下，沿着马路的右侧，继续向与我相同的方向走去。紧随其后的那只狗瘸着一条腿，行动略显艰难，但基本能和同伴保持一致。

我停在原地，看着两团移动的背影，想象它们或许是一对情侣狗，在终老的今天遭到主人遗弃，在暗夜里寻找可以安身立命的归宿。我想，动物之间的爱情是靠什么维系的，肯定不是钱。没听说狗找情侣是奔钱去的，什么金子银子面子，什么车子票子房子，无论贫富贵贱，狗情侣始终不离不弃。是钱让人的爱情变了味。我这样一个农村小伙子，要模样有模样，守规矩有文化，却找不到媳妇，活得连条狗都不如。触景生情，我被我的想象和感慨再次弄湿眼睛。

我骑着"老豪爵"慢慢跟在两只小狗身后，用摩托车的灯光给它们引路。狗们不时回头朝我看一下，眼神里一定有感激的成分。在下一个通向村子的岔路口，两只小狗停下来，身体完全转向我，道别的样子，然后向右边的小路走去。我停在大道上，目送着它们走入沉沉黑夜。

　　前面是叶俊，我的伤心地。记得小芳进城打工两年后腊月的一天，她约我晚上在叶俊桥头见面。我是骑着"老豪爵"，一路唱着歌子去的，让我没有想到的是，小芳就是在那天晚上向我摊了牌。小芳告诉我，她跟了县城的包工头肥肚子，肥肚子答应等他老婆死后把她扶正。小芳说得轻松，没有丝毫掩饰和歉疚，她眺望着夜色中的干河床，眼睛在暗夜里闪着光亮。她说她可以和我继续保持关系，但不能嫁给我。我知道那种关系叫情人，类似小偷。小芳的话如晴天一声霹雳，大雨从上浇到下，冷得我心里拔凉拔凉的。小芳是我的女朋友，现在却要我和另一个老男人共有，且我成了候补。这几年我吃苦受累努力挣钱，一心一意想娶小芳，我不想和她做什么情人，我要当她名副其实的老公。我劝了小芳好半天，她还是油盐不进，她的那些条件肥肚子都能给，而我一样也没有。物质战胜了精神，就是这么回事。

　　果子吃过一口就想吃第二口，我和小芳的爱情也在偷偷摸摸中不知不觉染缠了六年。如果这叫爱情的话。

　　快到叶俊桥头，那棵大柳树下隐约有个黑色的人影，苍哑的絮叨声就像柳树本身发出的。我放慢车速，到跟前才看清是一个老太太站在那儿。黑夜里的老太太手搭在额头上，向县城的方向眺望，这个姿势兴许保持了很久。"老豪爵"在老人面前停下，她正好处在摩托车照出的一团灯光里。老太太放下手，浑浊的眼睛仍旧盯着前方，白发如麻，苍老的脸上皱纹纵横，类似树皮的纹路。看我停在她面前，老太太问我："你看见我家英子了吗？"声音透着母性的温柔。

　　"我不认识你家英子，你家英子干啥去了？"我骑在车上问。

　　老太太蠕动着没牙的嘴巴说："我家英子进城打工，好几年都没回来，神说她今天要回家咧。一大早我就在这里等，咋还不见我家英子回来呢？"老太太唠叨着，继续朝县城的方向作眺望状。

这时，桥那边传来自行车在卵石上颠簸出的金属撞击声。一个中年汉子骑着自行车匆匆而来，停下车子后还不住地喘着粗气。他先看了看我这个陌生人，然后对老太太说："你出来也不给家里人说一声，前村后村找了这半天。"男人责备着老太太。看老太太没反应，他又支好自行车，到老人身边去搀扶她，温着语气说："妈，天这么晚了，我们回家吧。"老太太不搭理她儿子的搀扶，仍旧看着县城的方向说："我不回去，我要在这儿等英子，神托梦了，说英子今天要回来。"男人说："这大半夜的，咱们明天再来等吧。"老太太不理视她儿子，又把手展开搭在眉上。

男人看老太太不听劝，从荷包里掏出烟，想了想，过来递给我一根。我摆摆手说不抽。男人吸着烟低声告诉我，他女儿叫英子，三年前到县城打工，被城里的坏男人拐跑了，至今下落不明。老太太为这事急坏了眼睛，神经也有些不对头。男人边说边指指自己的脑壳，仿佛他那里也出了问题。男人接着说："我们搬到新村了，桥边的老房子准备拆，我妈怕英子回来找不到家，一个人大老远从新村跑到这来，也不给家里人说一声，把人都急坏了。"

"农民新村"是近年政府推行的一项惠民政策，自己掏一部分，公家补贴一部分，全县大部分乡镇的新村点都已建成，听说明年我们大滩也要开始动工了。一排排新房，一户一个小院，平展展的水泥路一直铺到家门口；沼气灶、自来水、太阳能、光伏电站、光纤宽带，各种设施一应俱全，条件不比城里人差。我想起推广会上见到的"农民新村"规划图，失落的心又被希望点燃。

我看男人有五十多岁，不知叫他大哥好还是叫他叔叔好。我对他说："好好劝劝老人家，天晚得很了，别出啥事。"我指的是老人眼睛不好，滔滔的汉延渠又没盖盖子。那男人在我发动摩托车时拍了一下我的肩膀，算是告别或谢意。

过了叶俊，"老豪爵"往东拐向通往我家的土路上。借着微弱的天光，远处已经隐约出现我们村黑乎乎熟悉的影子。

突然，摩托车焅了蹶子，我在一种巨大的震动中和"老豪爵"人车分离。"老豪爵"瞪着大眼躺在地上哼哼，我随惯性飞出去，滚落到路旁的草丛里。事后我才知道，不知哪个缺德的家伙在路上挖沟引水，完后也不填上，害得我耍了回飞车。

一轮大月亮挂在夜空，月光照亮湖面，湖水粼粼泛波，烟漫云移如仙境一般。明月倒映在水中，天上一个月亮，水中一个月亮，无数星星在两个月亮间滑来荡去。一个仙女冉冉飘下，落在我面前，周围的水草顿时被映亮。仙女长袖飘飘，模样俊秀，袅娜如风扶嫩柳，轻盈如云过坎沟，眉目脉脉有情，令人靡然心醉。这不是小芳吗！小芳如何又化作仙女降临到我面前？难道是上天在我危亡之际对我的眷顾，让我最后看一眼心爱的姑娘？我既惊喜又怯怕，不知如何应对。呆视许久，我还是嗫嗫问道："你是小芳还是仙女？"貌似小芳的仙女低鬟浅笑，半启朱唇说道："我不是你的小芳，我是嫦娥。"

嫦娥呀！我想起"嫦娥舒广袖""吴刚捧出桂花酒"的诗句。听传言，吴刚是月下老人，我可以让嫦娥捎个话，请吴刚给我在凡间说门亲事。以神仙的身份和法力，这点事应该不算啥，说不上我真能讨个不爱钱财爱人才的好媳妇呢。正想着，一阵风把我从昏迷中吹醒，再看，已不见仙女的踪影。暗夜里的刘家湖模糊难辨，全然没有刚才的景象。

我可不能轻易与生命告别。短暂的昏迷后，我发现自己身下的这片草地毗邻刘家湖，绕过湖的北岸就是我家。我躺在草地上，脑袋时而迷糊时而清醒。我挣扎着想爬起来，可胳膊肘和腿子疼得不能动弹。这时，我的手机在不远的草丛间响起，是那首《村里有个姑娘叫小芳》。音乐声中，手机雪亮的荧光屏，招来两只飞虫悠悠起舞。

后 记

开始准备这部小说集的时候，才发现自己不是在选稿，因为可以拿得出手的东西实在太少，忽然感到惭愧，甚至有些悲观了。也许是对写作处处苛求，酝酿斟酌许久，深思熟虑后方肯动笔；再则随性而为，对发表不是那么看重，无任务少压力，数量少，质量也没高上去。究其根源，实是懒惰使然。

我一直喜欢读小说，书读多了就想自己动手试试，而那时我已快到了知天命的年纪。当时我正和一场疾病遭遇，在恐慌、无助、焦虑、失落和希望的心境中蹉跎，想写点什么来打发光阴。写作成了我暂时忘却病痛的安乐剂。我躺在病床上不停地写着，半生过往在脑海中重现，还有窗外天际传来的声音、树上叽喳的小鸟、缓慢移动的光影以及光线里浮动的微尘，以往无视的细节，令我无比得新奇和珍惜。病人们奇怪地看着我，疑惑我来医院的真正目的。在病人眼里我是个异类。

后来我想，也许文学的意义，就是在悲凉的心境中，予人释放一份生存的温度，予己增添一点希望的活力。

带着试试看的心态，我把首个成型的短篇小说《墙上的猫》投给《朔方》。很快收到责编老师的回复，对稿件给予肯定，并说了许多鼓励的话语。这篇小说的顺利发表，让我觉得写作原来是件相对容易的事情。不然，我只是剥去了洋葱的第一层外衣，里面层层叠叠，剥去一层又会出现新的一层。一篇篇小说发表了，写作的难度也在一层一层增加，不停地磨砺消耗着我。当我相信小说与我有难解难分、纠缠不休的缘分时，我就不能妥协，不能松懈，继之以热情、真诚和努力。小说是门艺术，好的艺术要经得起反复"把玩"，耐得住时间琢磨，是酣畅淋漓、充满张力和生命力的创造劳动。那些编辑过我小说的老师——了一容、穹宇、冯光辉、彭兴凯等，从他们身上，我看到了对文学所具有的共同真诚的态度。

今天的中国是一个全方位拥抱世界的国家，中国文学也是在开放的背景下展开的，这为写作提供了一个前所未有的环境，一个有趣且富有想象力的时代。只有深度介入人的生存状态，把握人们的情感变化和社会发展的本质，在现实中体验和提炼生活，才能写出优秀的作品。从这个意义上说，我的写作之路才刚刚开始。

感谢青铜峡市委宣传部，感谢审稿老师张学东，使这部小说集的出版成为可能。

袁鸣谷

2018 年 2 月 10 日